학교, 책과 시에 물들다

학교,
책과 시에
물들다

**초판 1쇄 인쇄_** 2021년 02월 15일 | **초판 1쇄 발행_** 2021년 02월 18일
**지은이_**나현아 | **펴낸이_**진성옥 외 1인 | **펴낸곳_**꿈과희망
**디자인·편집_**윤영화
**주소_**서울시 용산구 한강대로 76길 11-12 5층 501호
**전화_**02)2681-2832 | **팩스_**02)943-0935 | **출판등록_**제2016-000036호
E-mail_ jinsungok@empas.com
ISBN_979-11-6186-100-5 43810

2021 대구광역시교육청 책쓰기 프로젝트

# 학교, 책과 시에 물들다

다독(多讀), 심독(深讀), 시(詩)
세 마리 토끼를 잡는 방법

나현아 지음

꿈과희망

# 잠깐

| Yes | 나의 상태 |
|---|---|
|  | 1. 아이들에게 '책'이 '밥'이 되도록 하는 방법이 궁금하나요? |
|  | 2. 아이들 마음에 아름다운 시 한 편 담아 주고 싶나요? |
|  | 3. '다독(多讀), 심독(深讀), 시' 중 관심 가는 게 있나요? |
|  | 4. 비밀스럽게 무언가를 한다고 생각하면 설레나요? |
|  | 5. 기다려지는 직원회 시간을 만드는 방법, 궁금하나요? |

위 체크리스트에서 2개 이상 Yes가 나오면 이 책을 한번 읽어 보세요~

프롤로그

사람들은 제각기 자신이 좋아하는 것을 하며 삶을 풍요롭게 가꾸어 나갑니다. 그중 한 권의 책이 삶을 바꾸기도 하고, 한 편의 시가 살아갈 힘을 주기도 합니다. 특히 코로나19로 관계가 소원해질 수밖에 없는 상황에서는 서로를 보듬어 주는 책과 시가 더 그립습니다.

이 책은 학교와 학생, 선생님들이 책과 시에 물들어가는 일련의 과정을 담았습니다. 지금도 독서 교육을 위해 많은 분들이 애쓰고 계시고, 저도 그동안 관심을 가지며 독서 교육을 해왔습니다. 하지만 뭔가 부족함을 느끼며 아이들이 책과 시를 늘 가까이 하도록 하려면 어떻게 해야 할지 고민이었습니다. 그 결과 세 가지 결론을 얻었습니다.

- 독서는 많이 읽는 다독(多讀)과 깊이 읽는 심독(深讀)의 조화가 필요하다.
- 독서 교육을 위해 학생만이 아니라 선생님들을 위한 프로그램도 필요하다.
- 시를 일상에서 접할 기회를 꾸준히 주어야 한다.

이를 반영하여 학생들과 선생님들이 '다독, 심독, 시' 세 마리 토끼를 잡을 수 있도록 방법을 연구하고, 여러 선생님들과 실천한 과정을 여기에 실었습니다.

'다독, 심독, 시' 세 마리 토끼를 잡으려면 우선 밑밥을 잘 던져야겠지요. 1장은 그것을 위해 학교 전체를 책 갤러리로 만들려고 애쓴 과정을 담았습니다. 지역 공공도서관으로부터 3만여 권의 책을 기증받아 학교 곳곳에 두어 책이 도서관에만 있는 것이 아니라는 인식을 심어주었습니다. 인테리어 효과도 주면서 아이들의 이야기 속에 책이 비집고 들어갈 수 있도록 한 것이지요.

요즘 아이들은 디지털 기기 없이는 살 수 없어 '포노 사피엔스' 세대라고 합니다. 2장은 이런 아이들에게 책과 시가 밥이 되고 일상이 되도록 한 활동을 담았습니다. 다독을 위한 '낭독 프로그램'과 심독을 위한 '책밥 프로젝트', 시를 위한 '시로 여는 수업' 이야기입니다.

어릴 때 동화책을 좋아하던 그 아이들은 어디로 사라졌을까요? 아이들이 책을 읽지 않는 것은 이야기의 즐거움을 잃었기 때문입니다. 청각과 감성을 키우는 '낭독 프로그램'을 통해 이야기의 즐거움을 되찾고 다독할 수 있도록 하였습니다.

'깊이 있는 독서, 융합적 독서'가 중요하다는 것도 알고 있습니다. 하지만 학교 현장에서 한 학년 전체를 대상으로 적용하기는 쉽지 않습니다. 그 가능성을 열어준 것이 '책밥(책융합) 프로젝트'입니다. 환경을 주제로 300명 넘는 학생들과 5개 교과 12명의 선생님들이 합심하여 진행하였습니다.

아이들이 시를 가까이 하지 않는 이유가 무엇일까요? 시가 평가의 대상이 되는 순간 시는 더 이상 시가 아닙니다. 시와 친해지게 하려면 평가 대상이 아닌 시를 꾸준히 들려주어야 합니다. '시로 여는 수업'은 시와 친해지도록 매시간 수업을 시작하면서 시를 암송하여 들려준 것입니다. 이런 활동 속에 성장하는 아이들의 모습도 고스란히 담았습니다.


3장은 수업과 업무로 바쁜 일상 속에서도 늘 책과 시를 가까이하시는 선생님들의 이야기입니다. 세상에는 두 부류의 선생님이 계십니다. 하나는 책을 좋아하시고 즐겨 읽으시는 선생님입니다. 또 다른 하나는 책을 좋아하지는 않지만 읽어야 한다고 생각하시는 선생님입니다. 선생님은 어느 부류이신가요? 선생님을 위한 3종 선물세트가 있습니다. 바로 '비밀 독서단, 독서 토론 모임, 시배달'입니다.

'비밀 독서단'은 비밀리에 지령서와 책을 받고 비밀스럽게 읽고 비밀스럽게 생각을 나누는 모임입니다. 학교에서 비슷한 수준의 비슷한 수업을 하다 보면 스스로가 정체되었다고 느낀 적 없으신가요? 그럴 때는 깊이 있는 독서 '심독'이 필요한 순간입니다. 심독을 위해서는 교사독서연구회를 조직하고 독서 토론 모임을 하며 책을 매개로 다각도로 삶을 들여다보았습니다.

마지막으로 선생님들을 위한 시선물입니다. 시배달은 직원회 시간 시를 한 편씩 선물하여 시로 마음을 나누는 선생님들의 이야기입니다. 이처럼 선생님들이 먼저 책의 즐거움과 시의 맛을 느끼신 덕분에 그 행복이 아이들에게도 자연스레 전해졌다고 생각합니다.

부족한 것이 많지만 이런 노력들이 학교 독서 교육을 위해 애쓰시는 여러 선생님께 조금이나마 도움이 되었으면 합니다. 그것이 아니더라도 이 책 속 시 한 편과 저의 소회가 선생님들의 몸과 마음에 담백한 여백이 되었으면 하는 바람입니다.

이렇게 한 권의 책으로 나오기까지 애쓰신 분들이 참 많습니다. 그동안 교사독서연구회를 지원해 주신 대구시교육청과 비슬고 이재철 교장 선생님, 교사독서연구회를 하며 독서 교육의 방향을 함께 고민하신 이후현 선생님, 최현애 선생님, 책 갤러리와 비밀 독서단을 위해 애쓰신 문응열 선생님, 책밥 프로젝트와 낭독 프로그램을 지원해 주신 신한기 선생님 고맙습니다. 특히 책밥 프로젝트를 함께 하신 여러 선생님들과 그 과정을 글로 잘 담아주신 정은식 선생님, 김춘식 선생님께 다시 한번 감사드립니다. 그리고 다양한 독서활동에 참여하고 소감을 보내주신 여러 선생님들과 학생들에게도 감사의 인사를 드립니다.

끝으로 늘 저를 응원해 주시는 부모님, 사랑하는 남편과 사랑스런 세 아이 나영, 나경, 정용에게도 고마운 마음을 전합니다.

2021년 2월
세상의 봄날을 기다리며
나현아

차례
———

프롤로그   6

## 1장  학교는 책 갤러리

01  책 갤러리 풍경   14
  - 책 갤러리가 되기까지   16

02  이 책 어때   24
  - 체크리스트가 있는 책 추천   27

## 2장  학생들, 책과 시에 물들다

- 다독(多讀)과 심독(深讀), 조화가 필요하다   42

01  다독  독서의 즐거움, 낭독으로 그 답을 찾다   44
  - 낭독으로 청각과 감성을 깨우다   46
  - 재미난 이야기 속으로   56
  - 낭독으로 매력적인 목소리를 갖다   64

02  심독  융합적 독서, '책밥 프로젝트'로 그 답을 찾다   70
  - 책읽기가 밥처럼 일상이 되다   72

- 1단계 국어 교과 : 질문과 구술로 깊이를 더하다   78
- 2단계 과학탐구실험 교과 :
  적정 기술을 파헤치고 태양전지 실험을 하다   99
- 3단계 한국사 교과:
  역사 속 환경을 살리는 물건을 찾다   106
- 4단계 영어 교과 : 환경 TED대회를 열다   113
- 5단계 수학 교과:
  최대, 최소로 플라스틱 사용량을 줄이다   118
- 6단계: 책밥 프로젝트의 저자, 쌍방향으로 만나다   124
- 7단계: 책밥 개인별 심화학습, 쌍방향으로 발표하다   128

03 시 시, 더 이상 평가의 대상이 아니다   134
- 시로 여는 수업   136
- 이야기가 있는 시 속으로   141

## 3장 선생님들, 책과 시에 물들다

01 다독 비밀 독서단, 지령서를 받다   160
- 비밀스런 독서가 시작되다   160
- 비밀 지령서와 비밀글 엿보기   163
02 심독 독서연구회, 죽음을 다각도로 들여다보다   186
- 독서 토론 모임 이렇게 해봐요   188
- 3인 3색 책 이야기   197
- 깊이를 더하는 독서 토론 속으로   215
03 시 회의시간, 시 속에 빠지다   238
- 시로 여는 직원회   238
- 마음에 품은 시 속으로   256

에필로그   263
시 출처   264

# 1장
...

# 학교는
# 책 갤러리

# #01
# 책 갤러리 풍경

선생님은 어떤 풍경을 좋아하시나요? 누구나 마음에 아름다운 풍경 하나쯤 담고 있지요. 저는 왼쪽에는 달이, 오른쪽에는 노을이 지는 풍경을 보며 퇴근하는 길을 좋아합니다. 사이드 미러로 뒤편의 아름다운 구름까지 더해지면 환상적이지요. 때마침 '세상의 모든 음악'이라는 라디오 프로그램에서 "오늘 하루 수고 많으셨습니다."라는 진행자의 목소리를 들으면 그야말로 하루의 피로가 다 풀립니다.

또 하나 언젠가부터 책장에 줄지어 꽂힌 책을 보면 흐뭇하답니다. 한 권 한 권 책 속에서 제가 만난 이들과 만나게 될 이들은 어떤 이야기와 어떤 삶을 들려주었고 들려줄지 생각만 해도 설레거든요. 책을 펼치지 않아도 제목을 보며 혼자 생각에 멍 때리는 시간이 행복하더군요. 특히 책장 앞에서 책 속에 빠져 있는 아이들을 보면 절로 미소가 지어집니다.

그런데 우리 학교에서는 그런 미소가 자주 지어진답니다. 바로 밑밥을 잘 던져두었기 때문입니다. '책 속에 빠진 학교'라 해도 과언이 아닐 정도로 군데군데 놓아둔 책 덕분에 고개만 돌리면 책이 보입니다. 당연히 아이들이 오며 가며 책에 관심을 가질 수밖에 없지요. 쉬는 시간에 사물함에 가서 책을 꺼내다가 사물함 위에 줄지어 놓인 책을 보게 됩니다. 관심이 없어도 어느 날 책 제목이 눈에 들어오지요. 쉬는 시간에 복도에서 친구들과 이야기를 나누다가 고개만 돌리면 책이 눈에 띕니다.

예전에 아이들이 책에 흥미를 갖도록 집집마다 거실에 텔레비전 없애는 열풍이 분 적이 있었습니다. 거실을 서재로 꾸미는 것인데 그 덕에 책을 좋아하게 된 아이들이 많았습니다. 인간의 삶은 유전적 영향도 크겠지만 환경도 절대 무시할 수 없습니다. 아이들의 독서를 위해 눈길 닿는 곳곳에 책을 두고 자연스럽게 독서를 할 수 있는 환경을 조성하는 것이지요. 바로 우리 학교가 책 인테리어를 통해 학생들을 책과 친하도록 유도하고 있습니다.

# 책 갤러리가 되기까지

학교 곳곳에 책이 놓이게 되기까지는 당연히 선생님들의 수고로움이 있었습니다. 특히 문웅열 연구부장 선생님의 열성적인 노력으로 지금은 학교 전체가 도서관이 되었답니다. 그 노하우를 이제 공개해 드리겠습니다.

학교를 책 갤러리로 만든 그 책들은 모두 지역 공공 도서관에서 기증받은 책입니다. 우리 학교는 올해로 4년이 된 학교인데 신설학교라서 도서 예산이 적었습니다. 당연히 장서보유량이 학생 수에 비해 턱없이 모자랐지요. 그래서 고민하던 중 지역 도서관으로 공문을 보내 기증을 부탁했습니다. 각 도서관에서는 새 책을 계속 구입하려면 공간이 한정되어 있습니다. 당연히 오래된 책은 서고를 옮겼다가 폐기처분한다고 합니다. 하지만 폐기되는 책이라고 책으로서 가치가 없는 것은 아닙니다. 오래된 책이라고 내용까지 낡아 의미가 없는 것은 아니지요.

2년 전부터 지역 도서관에 기증을 부탁했더니 대봉 도서관을 시작으로 책을 가져가도 좋다는 연락이 왔습니다. 대봉도서관에서는 만 권의 책을 가져가도 된다고 하였지요. 선생님께서 트럭을 가져가서 싣고 오고 땀 흘리며 학교 군데군데 정리를 하셨습니다. 교과교실제 덕분에 특별실이 많은데, 그중 한 곳에 '헌책방'이라는 이름으로 책을 보는 공간도 하나 더 만들었습니다.

이후 달성 도서관, 남부 도서관, 중앙 도서관, 서부 도서관에서도 연락이 와서 각각 이천 권 정도씩 책을 가져왔습니다. 북구 도서관에서는 만 권의 책을 가져왔는데 그중에는 많이 낡고 폐기할 책이 많아서 그런 것

으로는 아이들이 창의적으로 책탑을 쌓았습니다. 이것을 트리로 생각하는 아이들도 있었습니다. 1층에 놓여 있어서 등교할 때마다 아이들이 보는데, 책을 한 권씩 빼서 젠가를 하고 싶은 생각이 들 정도로 잘 쌓았다고 이야기하는 아이도 있었습니다.

2층과 3층에는 교실 옆 넓은 복도에 마루라고도 할 수 있는 사다리꼴의 큰 평상이 있습니다. 그

곳에도 책장을 두고 책을 꽂아두었습니다. 아이들은 쉬는 시간에 책장 옆에 앉거나 누워서 쉬다가 가끔 책을 뒤적이기도 하지요. 이곳은 아이들이 교실 외에 가장 오래 머무는 공간이어서 책이 가장 잘 활용되고 있습니다. 교실에서 딱딱한 의자에 앉아서 수업을 하다가 쉬는 시간 복도 평상에 눕기도 하고 쉬면서 자연스레 옆의 책에 눈길을 돌리지요. 어떤 아이는 그 책을 베개 삼아 베고 자기도 합니다.

마음껏 골라서 읽고 제자리라는 것이 없으니 아무 곳에나 꽂으면 되니 더 쉽게 활용할 수 있습니다. 특히 건축, 정치, 역사 등 학생들의 진로와 관련된 책이 많아서 아이들이 더 관심을 가졌습니다.

우리 학교는 5층 건물에 도서관은 1층에 있습니다. 아이들이 책을 읽어야지 하고 필요성은 느끼지만 연이은 수업과 수행평가로 마음 먹고 책을 사거나 빌려서 읽기가 쉽지 않습니다. 이런 상황에서 층마다 책이 넘쳐나니 책을 빌리러 1층까지 가지 않더라도 쉽게 책을 읽을 수 있습니다. 책이 많아서 고르는 재미도 쏠쏠하지요. 이동 수업을 하면서 벽에 전시된 책에 눈길을 돌리기도 합니다. 그 선에는 넓은 복도가 때론 휑하게 느껴졌는데 책 덕분에 아늑한 공간으로 변신했습니다. 책을 나무줄기 모양의 책꽂이에 꽂아둔 '북트리'라는 공간도 있습니다.

또한 2층에서 4층까지 올라갈 수 있는 긴 계단이 있는데 이곳은 어찌 보면 위험할 수도 있었습니다. 이 계단 중간에도 작은 책장을 두어 인테리어 효과도 내면서 학생들이 서두르지 않고 안전하게 다닐 수 있도록 하였습니다. 오래되고 낡았지만 표지가 고서 같은 느낌의 책은 학교 벽면의 죽은 공간에 진열하여 공간을 살리기도 하였습니다.

이렇게 기증받아 전시된 책은 언제든지 아이들과 선생님께서 가져가고 싶으면 가져가도록 하고 있습니다. 책에 욕심이 있는 사람이라면 책을 더 주의 깊게 보겠지요. 지역 도서관은 책을 보관할 서고가 부족하여 포화상태가 되면 종이 값만 받고 책을 폐기해야 하는데 그런 책을 유용하게 쓰게 되어 좋고, 아이들은 어디서든 책을 만날 수 있으니 서로 좋은 일이지요.

도서관 기증을 받기 어렵다면 선생님들께 기증을 받을 수도 있습니다. 선생님들 댁에는 기본적으로 수십 권에서 수백 권에 이르는 책이 있습니다. 본교 학생들을 위해 기증한다고 하면 선생님들도 선뜻 응하실 것입니다. 기증받은 책은 책표지 한쪽에 기증자 성함과 책에 대한 기증자의 소회를 간단하게 적으면 좋을 것입니다. 선생님의 스토리가 담긴 책이라면 아이들도 더 눈여겨 볼 테니까요. 자신이 좋아하는 선생님께서 기증하신 책은 무엇일지 궁금하기 마련입니다.

요즘은 학교마다 '진로 북앤톡'이나 '독서 토론대회'를 위해 책을 구입하는 경우가 많습니다. 그런 책도 도서관에 모두 비치하기보다는 복도나 벽면에 비치를 한다면 인테리어 효과도 있으면서 더 많은 아이들이 관심을 가실 것입니다.

물론 이렇게 한다고 아

이들이 모두 책에 관심을 갖지는 않습니다. 얼마나 책이 의미 있게 다가가는지도 잘 모르겠습니다. 환경이 중요하긴 하지만 절대적이진 않기 때문입니다. 결국 자신의 의지가 필요하지요. 하지만 종종 책들이 흐트러지는 걸 보면 아이들이 책을 건드린다는 것을 알 수 있었습니다. 흐트러진 책을 보면 속상한 것이 아니라 밑밥을 던져준 효과가 나타나는 것 같아서 기분이 좋답니다.

책은 도서관에 가야만 볼 수 있는 것이 아닙니다. 학교 곳곳에 놓인 책을 통해 아이들은 자신들이 있는 곳은 어디든 도서관이 될 수 있다고 생각합니다. 책을 좋아하지 않는 아이도 친구가 책에 관심을 가지면 덩달아 흥미를 느낍니다. 친구 따라 피시방 가는 것과 마찬가지입니다.

전시된 책은 학생들만 관심을 갖는 것이 아닙니다. 종종 책을 고른다고 서 계신 선생님들을 만나게 되는데, 이런 모습을 보는 것만으로도 아이들에겐 의미 있는 일입니다. 그것도 아니어도 좋습니다. 책은 그 자체만으로 훌륭한 장식이 되니까요.


## 나에게 '책탑 쌓기'는

- 기말고사가 끝나고 반에서 친구들과 무료한 시간을 보내던 중 문웅열 선생님께서 찾아오셔서 우리에게 미션을 던져주셨다. 폐기되어도 이상하지 않을 것 같은 헌 책들을 이용해 책탑을 쌓는 것이었다. 당시 새로운 놀이에 목말라 있던 우린 단번에 미션을 행동으로 옮겼다. 그렇게 약 6시간 동안 책에 파묻힌 채 책탑 쌓기를 진행했다. 책탑 모양을 어떻게 할 것인지 구상하고, 크기가 제각각인 책들을 분류하는 데 애를 먹었다. 책쌓기는 쉽지만은 않았다. 쌓다가 무너지는 책들은 너무나 야속했고 장시간 지속되는 노동으로 몸도 마음

도 지치게 되었다. 그러나 결과물이 만들어져 가는 모습은 그럴듯
하여 흐뭇했고 결국 우린 미션을 완수했다.

　친구들과 역할을 나누고 서로 격려하면서 우리가 쌓은 것은 책탑
뿐만이 아니다. 그 책탑을 볼 때마다 그 날 쌓은 우리의 소중한 추
억이 떠오른다. (김준현 학생)

### 나에게 '책 갤러리'는

- 책에 큰 관심이 없어서 학교 곳곳에 놓인 책이 단지 인테리어 디자
  인이라고 생각했다. 쉬는 시간이나 점심시간에 책을 읽는 것보다는
  몸을 움직이거나 친구들과 수다를 떠는 것을 더 좋아하기 때문이다.
  그렇게 책이 나에게 아무런 영향을 주지 않을 거라 생각했는데 나
  도 모르는 사이에 책에 스며든 것 같다. 친구들과 책 주위를 걸어다
  니면서 자연스럽게 내 주위에 있는 책 존재를 인식하게 되었다. 친
  구들과 관심가는 이를테면 웃기거나 신선한 책표지를 보면 책 내용
  에 대해 토론하기도 하고, 때로는 책표지에서 시작된 책에 대한 호
  기심으로 직접 책을 읽어보기도 하였다.

  　이처럼 자연스럽게 나를 독서의 세계로 인도한 학교 곳곳의 책 갤
  러리에 감사하다. 책에 관심을 가지는 것이 어렵던 나에게 책에 관
  심 가지는 법을 알려주었던 것 같다. (김나연 학생)


- 학교 공간을 책을 활용해서 꾸며 놓은 학교는 처음 봐서 신기하였
  다. 한번은 밥먹고 교실로 가고 있었는데 친구가 나의 별명과 비슷
  하다고 책을 가지고 왔다. 순간 당황하였지만 어떤 면으로는 재미
  있었다. 그 덕분에 학교에 여러가지 종류의 책들이 있다는 것을 알

고 관심을 더 갖게 되었다. 가끔 책 제목과 표지를 보고 재미있어 보이는 책들은 읽어 보았다. 많이 읽지는 않았지만 그래도 책에 대한 관심이 생겨서 기쁘다. (양소은 학생)

- 학교를 돌아다닐 때 주변에 늘 책이 있어서 확실히 책과 가까워진 느낌이 많이 들었다. 실제로 그 책을 완전히 정독한 적은 없지만 책 제목을 훑어보고 책을 집어서 읽어 보긴 했다. 친구들과 복도에 앉아서 재밌을 것 같은 책도 찾아보고 궁금한 점도 책에 답이 있어서 자주 책이 있는 곳으로 갔다. 학교에서 있었던 추억 중 하나가 친구들과 복도의 책이 있는 곳에 앉아서 이야기하며 책 읽은 것이다. 막상 책이 우리 주변에 있으니 어쩔 수 없이 쉽게 접하게 된 점이 좋았다. (구나현 학생)

- 학교에서 특히 복도에 놓인 책들이 좋았다. 왜냐하면 일단 접근성이 좋아 쉽게 책을 가져가고 가져다 놓을 수 있고 책 종류도 고전에서부터 최신 책까지 다양하게 있어서 좋았다. 평소에 책을 엄청 안 읽었었는데 이것으로 인해 그나마 책을 한 달에 1권씩은 읽게 된 것 같다. (김경민 학생)

- 학교 곳곳에 놓인 책은 볼 때마다 책을 읽어야 하는데 읽지 않는 나 자신에게 자극이 되었다. 시간이 없더라도 읽어야겠다고 다짐하는 계기가 되었다. 가끔씩 나의 진로와 관련된 책이 보여 한번 펴보며 무슨 내용인지 훑어보곤 했다. 낡은 책도 많고 내용이 너무 어려운 것도 있었지만, 자세히 들여다보면 쉽고 재미있는 책들을 많이 볼 수 있었다. (김태민 학생)

선생님은 책을 주로 어디서 추천받으시나요? 요즘은 인터넷을 통해 쉽게 책을 추천받을 수 있습니다. 인터넷 서점과 블로그가 아니더라도 각종 추천 도서 목록은 바로 찾을 수 있습니다. 자신과 같은 책을 구입한 다른 사람들은 주로 무슨 책을 사는지도 알 수 있습니다. 자신이 좋아하는 책과 비슷한 부류의 책들도 쉽게 찾아볼 수 있습니다.

하지만 자신이 아는 누군가에게 직접 책을 추천받았을 때는 그 강도가 다릅니다. 올해 모 선생님께서 《길동무》라는 동화책을 읽어 보라며 주셨습니다. 서점에서 봤다면 동화책이라 관심도 안 가졌을지 모릅니다. 하지만 감동이 배가 되어 몇 번이나 읽고 짧은 감상 글까지 적어서 돌려드렸답니다. 그래서 저는 아이들에게 가능하면 책을 많이 소개해 주려고 합니다. 수업 시작 전 평소 제가 읽는 책을 간단하게 소개하며 책이야기를 들려줍니다.

국어 문법 수업을 하면서는 《라틴어 수업》이라는 책을 소개한 적이 있습니다. 저자인 한동일 교수는 라틴어 문법이 상당히 어려운데 그 힘든 공부를 하다 보니 이제는 어떤 공부도 할 수 있겠다는 자신감이 생겼다고 합니다. 아이들은 지금 당장 자신에게 필요하다고 생각되는 공부만 하고 싶어합니다. 하지만 세상을 살다 보면 의외의 것에서 배움이 일어납니다. 저자처럼 문법 공부를 통해 공부 방법을 배우게도 되고 인내도 배우게 되지요. 이 이야기를 들려주며 아이들이 국어 문법 공부에도 흥미를 갖도록 유도하였습니다.

그 책에 나오는 라틴어 인사를 소개한 적도 있습니다. "Sie valas bene valeo."라는 인사인데 '당신이 잘 지낸다면, 저도 잘 지냅니다.'라는 말입니다. 발음 때문에 아이들이 웃으면서 더 관심을 갖기도 합니다. 로마인들은 편지를 쓸 때 저 라틴어 인사를 첫마디로 많이 쓴다고 하는데 발음과 달리 참 따뜻한 인사입니다. 이 이야기를 하면서 제가 4학년인 아들에게 위의 저 인사를 알려주었던 이야기를 했습니다.

"엄마, 정말 내가 행복하면 엄마도 행복하나요?"
"그렇지."
"그럼 내가 슬프면 엄마도 슬픈가요?"
"그래, 너가 슬프면 엄마도 많이 슬프지."
아들은 곰곰이 생각하더니
"그럼 엄마, 나 더 행복해져야겠어요. 그래야 엄마가 더 행복하지요."

엄마의 행복을 바라는 아들의 마음이 전해서 뭉클했습니다. 이 이야기를 함께 들려주면 상대의 행복을 진정 바라는 이 간단한 인사말에 아이들은 금방 감동을 합니다. 아이들이 감동하는 순간 교사는 참 행복하지요. 그래서 그것이 중독이 되어 책도 더 열심히 읽고 어느 부분을 들려줄까 고민하기도 한답니다.

이렇게 수업 중 책이야기를 들려주다 보면 책을 더 추천해 달라는 이야기를 많이 듣습니다. 그럴 때는 아이들이 책에 관심을 갖는 것만으로도 흐뭇합니다. 제가 좋아하는 책과 고등학생들이 읽기에 적절한 책이 좀 다르긴 합니다. 추천이 고민이 되기도 하지만 제가 읽은 책 중에서 그래도 학생들이 읽으면 좋겠다는 것을 이야기해 주곤 했습니다.

# 체크리스트가 있는 책 추천

　수업 중 책을 한두 권씩 추천하던 중 연구부장 선생님께서 아이들을 위한 책 추천을 부탁하셨습니다. 복도 계단에 아이들을 위한 책 추천 코너를 만들면 좋겠다고 하셨습니다. 매달 5권을 추천하여 5곳에 전시하는 것이었는데, 듣는 순간 왠지 가슴이 뛰더군요.

　고등학생 추천 도서도 기웃거리고 책을 좋아하는 딸아이에게도 물어보며 책을 추천하였습니다. 같은 값이면 다홍치마라고 좀 더 흥미를 끌수 있도록 다섯 개의 체크리스트를 만들고 왜 이 책을 만나야 하는지 유도를 하였습니다. 인터넷 서점에 있는 출판사 추천이 아니라 저의 생생하고 솔직한 추천 내용도 담았습니다. 무엇이든 아는 사람의 스토리가 담기면 더 구미가 당기기 때문입니다. 가능하면 장르도 문학, 사회, 과학, 예술 등 다양하게 선정하려고 했습니다. 하지만 시집처럼 제가 좋아하는 분야가 아무래도 눈에 잘 들어오고 과학 분야 책은 손이 덜 가더군요. 코너별로 장르를 정해두는 것도 좋을 것입니다. 책 수준도 좀 쉽게 읽히는 책부터 깊이가 있는 책으로 섞어서 추천하면 좋겠지요.

추천 코너는 아이들이 가장 많이 오고 가는 곳에 두는 것이 좋습니다. 매달 책이 바뀌니 계단을 오르내리며 한 달에 한 번은 눈길을 주겠지요. 물론 이렇게 복도 계단에 추천 코너를 만들어도 그냥 지나치는 아이들이 많을 것입니다. 하지만 가끔 그곳을 지나면서 아는 책이 나오면 읽어 봤다든지, 제목을 들어 본 적 있다든지 그런 이야기를 건네며 가는 아이들을 봅니다. 제목에 솔깃해서 가다가 발걸음을 멈추는 아이들도 있지요. 그 앞에 서서 한참 책을 들여다보거나 저 책 언제 가져가서 읽을 수 있느냐고 물어보시는 선생님도 계시구요. 어떤 책은 종종 며칠간 사라졌다가 다시 제자리에 돌아오기도 했습니다. 그곳에 추천한 책 중 일부를 이곳에 담아 보았습니다.

## 《이별이 오늘 만나자고 한다》 이병률, 문학동네

| Yes | 나의 상태 |
|---|---|
| | 1. 시인이 내어준 집에 잠시 살다 오고 싶나요? |
| | 2. 시 구절 하나 마음에 담고 싶나요? |
| | 3. 오늘, 슬픔과 만나고 싶나요? |
| | 4. 하나 없이는 왜 하나가 올 수 없는지 궁금하나요? |
| | 5. 하염없이 울음을 쏟고 싶을 때가 있나요? |

위 체크리스트에서 2개 이상 Yes가 나오면 이 책을 한번 읽어 보아요!

★ ○○○ 선생님이 추천해요!

'배고프다'는 말처럼 속에 있는 이야기를 풀어내고 싶거나 누군가의 이야기에 귀 기울이고 싶은 '입고프다, 귀고프다'는 말이 있습니다. 그런데 가끔은 시고픈 날이 있습니다. 특히 요즘같이 청명한 가을날은 무작정 시가 그립습니다. 자연이 본모습을 찾아가는 것에 비해 코로나19로 우리의 관계는 더 소원해지고 그것이 우울함, 슬픔을 불러오기도 합니다. 그래서인지 시 속에 펼쳐진 슬픔과 이별의 언어가 오히려 따뜻하게 다가옵니다. 우리 삶을 담담하게 읊은 것 같지만 '서로, 꽃비, 세상의 끝' 등의 시를 읽다 보면 머뭇거리며 가슴이 짠해집니다.

《눈사람 자살 사건》최승호, 달아실

| Yes | 나의 상태 |
| --- | --- |
| | 1. 우화 같은 시가 그리운가요? |
| | 2. '개미귀신, 새우의 힘…' 제목에 구미가 당기나요? |
| | 3. 기존 시에서 느낄 수 없는 신선함을 느끼고 싶나요? |
| | 4. 어릴 적 엄마가 들려주던 동화가 기억 나나요? |
| | 5. 언뜻 보면 쉬운데 그 자리에 머물게 하는 시를 좋아하나요? |

위 체크리스트에서 2개 이상 Yes가 나오면 이 책을 한번 읽어 보아요!

★ ○○○ 선생님이 추천해요!

눈사람은 텅 빈 욕조에 누워 뜨거운 물과 찬물 중 어떤 물을 틀지 고민합니다. 눈사람이 어떤 물에 녹고 싶은지 궁금한가요?

이 시집에는 이처럼 낯설고 엉뚱한 이야기가 가득 담겨 있습니다. 예전에 아이들이 어릴 때 이 시인의 《말놀이 동시집》 시리즈를 재미있게 본 적 있었습니다. 그 기대를 저버리지 않고 이 시집에도 수많은 동물들이 나옵니다. 하지만 웃고 덮을 수 있는 책이 아닙니다. '게'의 이야기, '원숭이'의 이야기 등을 따라가다 보면 결국 인간에 맞닿아 있습니다. 우리가 어떤 삶을 살아가고 있는지, 우리는 어떤 삶을 살아야 하는지 곰곰이 생각해 보게 합니다.

《체리새우 비밀글입니다》 황영미, 문학동네

| Yes | 나의 상태 |
|---|---|
| | 1. 마음을 어루만져 주는 소설이 그리운가요? |
| | 2. 중학교 시절을 되돌아 보고 싶은가요? |
| | 3. 자신의 가면은 어떤 모습인지 궁금한가요? |
| | 4. 아픈데 왜 아픈지 몰라 더 힘든가요? |
| | 5. 누군가와 더 잘 지내고 싶나요? |

위 체크리스트에서 2개 이상 Yes가 나오면 이 책을 한번 읽어 보아요!

★ ○○○ 선생님이 추천해요!

누구나 관계의 어려움을 겪고 살아갑니다. 특히 좋든 싫든 한 공간에
서 오랫동안 함께 해야 하는 학교는 관계 덕분에 행복하기도 하지만 관
계 때문에 힘들기도 한 곳입니다. 이런 생각, 저런 생각 하다 보면 친한
친구에게도 털어놓지 못하는 이야기가 있습니다.

당당하게 '나'로 서고 싶다면, '체리새우'라는 블로그에서만 비공개로
자신을 털어 놓는 주인공의 이야기에 귀 기울여 보세요. 솔직하고 생생
한 이야기를 통해 나와 너의 마음을 어루만져 주고, '체리새우'처럼 자
유롭게 유영하게 될 것입니다.

《시간을 파는 상점2》김선영, 자음과모음

| Yes | 나의 상태 |
|---|---|
| | 1.《시간을 파는 상점》속편을 기다렸나요? |
| | 2. 시간을 사고 팔 수 있다고 생각하나요? |
| | 3. 누군가의 시간을 사고 싶나요? |
| | 4. 누군가를 위해 기꺼이 자신의 시간을 내어주고 싶었던 적이 있나요? |
| | 5. 너를 위한 시간이 결국 나를 위한 시간이라는 것을 느낀 적이 있나요? |

위 체크리스트에서 2개 이상 Yes가 나오면 이 책을 한번 읽어 보아요!

★ ○○○ 선생님이 추천해요!

《시간을 파는 상점》을 읽고 속편을 기다렸는데 드디어 나왔습니다. '시간을 파는 상점'이라는 온라인 카페를 운영하는 아이들이 의뢰받은 사건을 해결해 나갑니다. 아이들이 무엇을 할 수 있을까 싶지만, 누군가를 위해 시간을 기꺼이 내어주고 거기에 동참하는 아이들을 통해서 세상이 달라질 수 있다는 것을 알게 됩니다.

'사랑'은 시간을 내는 것이라고 합니다. 부모님께 전화 한 통 드리고 일상을 이야기 나누는 그런 것이 '사랑'입니다. 우선 이 책의 기발한 이야기에 놀라게 되지만, 책을 덮고 나면 나에게 주어진 소중한 시간은 누구에게 기꺼이 내어줄지 고민하게 됩니다.

《최저임금 쫌 아는 10대》하승우, 풀빛

| Yes | 나의 상태 |
|---|---|
| | 1. 최저임금이 얼마인지 아나요? |
| | 2. 일하고 대가를 제대로 받고 싶나요? |
| | 3. 다른 나라도 최저임금을 주는지 궁금하나요? |
| | 4. 평등한 세상을 원하나요? |
| | 5. 늘어가는 수명, 줄어드는 일자리가 고민인가요? |

위 체크리스트에서 2개 이상 Yes가 나오면 이 책을 한번 읽어 보아요!

★ ○○○ 선생님이 추천해요!

알바를 해본 적 있나요? 최저임금이 있어서 다행이기도 하지만 최저임금이 최고임금이라 생각하면 슬픕니다. 최저임금제도는 계속 개선되어야 하고 현실의 변화를 반영해야 하는 것입니다.

이 책에 나오는 근로계약, 최저임금 등은 어찌 보면 어려운 내용입니다. 하지만 철부지 조카와 까칠하지만 척척박사인 삼촌의 재미난 이야기로 쉽고 친절하게 풀어나갑니다. 기업과 노동자 어느 한쪽에 치우치지 않고 모두가 상생하고, 우리가 당당하게 노동할 수 있는 방법을 함께 고민해 봅시다.

《나는 행복한 불량품입니다》임승수, 서해문집

| Yes | 나의 상태 |
|---|---|
|  | 1. 자본주의의 작동 원리가 궁금하나요? |
|  | 2. 돈으로 물건 대신 경험을 사고 싶나요? |
|  | 3. 시간을 버는 최고의 방법이 궁금하나요? |
|  | 4. 시간의 주인이 되고 싶나요? |
|  | 5. 성공보다 행복을 원하나요? |

위 체크리스트에서 2개 이상 Yes가 나오면 이 책을 한번 읽어 보아요!

★ ○○○ 선생님이 추천해요!

학교에서 많은 시간을 보내는 우리는 시간의 주인으로 살아가기보다는 주어진 일과 시간표에 따라 움직입니다. 그러다 보면 무엇을 위해 살고, 무엇이 가치 있는 삶인지 인생의 내비게이션을 놓치곤 합니다. 이 책의 저자는 번듯한 직장을 그만두고 작가의 삶을 살며 규격품이 아닌 불량품이 되었지만, 시간을 온전히 스스로 통제하며 해방감과 충만함을 느꼈다고 합니다. 마르크스의《자본론》도 '시간'의 관점으로 명쾌하고 재미있게 알려주는데 이를 통해 인간도 미래형 인재라는 이름으로 입시사육을 당하고 있는 건 아닌지 되돌아보게 됩니다.

《왜 세계의 가난은 사라지지 않는가》장 지글러, 시공사

| Yes | 나의 상태 |
|---|---|
|  | 1. 자본주의의 진실을 알고 싶나요? |
|  | 2. 가난이 왜 사라지지 않는지 궁금하나요? |
|  | 3. 유토피아를 실현하고 싶나요? |
|  | 4. 가장 탄탄한 벽도 자그마한 균열들로<br>인해 무너진다고 생각하나요? |
|  | 5. 콩고의 아이들이 광산으로 떠나는 이유를<br>아나요? |

위 체크리스트에서 2개 이상 Yes가 나오면 이 책을 한번 읽어 보아요!

★ ○○○ 선생님이 추천해요!

《왜 세계의 절반은 굶주리는가?》의 저자로 잘 알려진 장 지글러의 책입니다. 인간의 이기심과 자본주의가 손을 잡은 결과로 우리의 생각을 초월하여 많은 이들이 고통 속에서 살아가고 있습니다. 저자는 그것을 자본주의의 '식인 풍습'이라고 이야기하고 자본주의는 수정이 아니라 과격하게 파괴해야 한다고 주장합니다. 이것만 보면 과하다고 생각할 수 있지만, 비용을 절감하고 이윤을 증가시키기 위해 엄청난 부를 독점하는 소수 집단의 이야기를 듣다 보면 충분히 이해가 됩니다. 또한 불편하지만 더 나은 세상을 위해서 꼭 알아야 하는 자본주의의 민낯을 할아버지와 손녀의 대화로 명쾌하게 알려주어 쉽게 읽을 수 있습니다.

《역사의 쓸모》최태성, 다산초당

| Yes | 나의 상태 |
|---|---|
|  | 1. 역사 공부가 쓸모 있는 공부라고 생각하나요? |
|  | 2. 역사의 도움을 받아 자신이 원하는 삶을 살아가고 싶나요? |
|  | 3. 역사 속 만나고 싶은 인물이 있나요? |
|  | 4. 격이 있는 사람이 되고 싶나요? |
|  | 5. 허무한 일에 열정을 쏟은 적이 있나요? |

위 체크리스트에서 2개 이상 Yes가 나오면 이 책을 한번 읽어 보아요!

★ ○○○ 선생님이 추천해요!

우리는 끊임없이 잘 살고 있는지, 잘 가고 있는지 고민합니다. 정약용, 이회영처럼 유명한 인물이 아니더라도 더 나은 세상을 위해 나아갔던 아무개들의 이야기를 듣다 보면 그 길이 보입니다. 전 아이들을 키우면서 힘들 때면 '신사임당이라면 이 상황에 어떻게 했을까?'라고 종종 생각했습니다. 되돌아보니 그것이 꽤나 도움이 되었습니다. 이 책에서는 역사 속 이야기를 어떻게 바라봐야 하는지, 그 속에서 우린 더 의미 있는 삶을 살기 위해 무엇을 선택해야 하는지 보여줍니다. 수많은 선택의 순간에 역사가 쓸모로 다가올 것입니다.

《사람사전》정철, 허밍버드

| Yes | 나의 상태 |
|---|---|
|  | 1. 단어의 뻔한 뜻이 아니라 숨겨진 의미가 궁금하나요? |
|  | 2. 자신만의 사전을 갖고 싶나요? |
|  | 3. 사전과 친해지고 싶나요? |
|  | 4. 피식 웃다가도 무릎을 탁 치는 이야기를 듣고 싶나요? |
|  | 5. 단어 속에 담긴 사람의 성분이 궁금하나요? |

위 체크리스트에서 2개 이상 Yes가 나오면 이 책을 한번 읽어 보아요!

★ ○○○ 선생님이 추천해요!

'사랑'이 무엇이라고 생각하나요? 이 책에선 '사랑'을 이렇게 정의합니다. 〈같이 있어주는 것. 같이 걸어주는 것. 같이 비를 맞아주는 것. 같이 울어주는 것. 같이 웃어주는 것. 이 모든 문장에서 '주다'라는 개념을 빼면 사랑. 사랑은 같이 있는 것. 같이 걷는 것. 같이 비를 맞는 것. 같이 우는 것. 같이 웃는 것.〉

이 책은 차례대로 보는 책이 아닙니다. 옆에 두고 생각날 때마다 툭 펼치면 되고, 어디든 읽으면 마음을 훅 치고 들어오는 구절이 있습니다. 단어의 이면과 진실을 담고 있는 사전이기 때문입니다.

《질문하는 영화들》라제기, 북트리거

| Yes | 나의 상태 |
|---|---|
|  | 1. 영화 본 후 "재밌다"로 끝나면 좀 아쉬운가요? |
|  | 2. "기생충, 어벤져스, 암살"이 중 본 영화가 있나요? |
|  | 3. 영화 속 숨겨진 비밀 궁금한가요? |
|  | 4. 지적이고 분석적인 '나'로 거듭나고 싶나요? |
|  | 5. 질문하는 사람이 되고 싶나요? |

위 체크리스트에서 2개 이상 Yes가 나오면 이 책을 한번 읽어 보아요!

★ ○○○ 선생님이 추천해요!

영화는 팝콘 먹으며 즐겁게 시간 보내기 가장 손쉬운 것입니다. 하지만 시가 그렇고 소설이 그렇듯 영화에는 곱씹어 볼수록 감춰진 의미를 찾는 재미가 있습니다. 이 책은 영화 속에서 스쳐 지나가는 대사들을 곱씹고, 스크린에 투영된 사회적 모습을 되짚으며 영화가 품은 의미를 파헤쳐 봅니다.

25편의 영화 이야기를 따라가다 보면, 덩달아 세상에 더 많은 질문을 던지게 됩니다. 결국 스크린 너머를 통해 세상이, 삶이 다르게 보일 것입니다.

## 《예술과 함께 유럽의 도시를 걷다》이석원, 책밥

| Yes | 나의 상태 |
|---|---|
| | 1. 예술인의 흔적이 담긴 장소가 궁금하나요? |
| | 2. 사진으로나마 유럽 여행의 설렘을 느끼고 싶나요? |
| | 3. '아는 만큼 보인다'를 느끼고 싶나요? |
| | 4. 유럽예술의 원천을 찾고 싶나요? |
| | 5. 영화 〈아바타〉의 배경이 궁금하나요? |

위 체크리스트에서 2개 이상 Yes가 나오면 이 책을 한번 읽어 보아요!

★ ○○○ 선생님이 추천해요!

유럽은 과거를 먹고 산다고 해도 과언이 아닙니다. 수많은 침략과 전쟁으로 과거를 제대로 보존할 수 없었던 우리 입장에서는 부럽기도 합니다. 이 책은 유럽 25개 도시를 여행하며 곳곳에 담긴 예술가들의 흔적을 보여줍니다. 음악, 미술, 건축, 문학을 좇아 떠나는 유럽 여정 속에 이름도 생소한 도시들이 많아 낯설기도 합니다. 하지만 모차르트, 헤세, 피카소 등 우리가 익히 이름을 들어온 이들과 인연이 있는 도시를 친근감 있게 소개하고 있어서 가보고 싶게 만듭니다. 한 곳을 갈 수 있다면 어디를 가보고 싶은지 생각하며 읽어 보는 것도 재미있을 것입니다.

《이토록 공부가 재미있어지는 순간》 박성혁, 다산북스

| Yes | 나의 상태 |
|---|---|
| | 1. 속에 잠들어 있는 '진짜 나'를 흔들어 깨워보고 싶나요? |
| | 2. 달라지는 자신을 지켜보고 싶나요? |
| | 3. 똑똑해지는 느낌 느끼고 싶나요? |
| | 4. 인생의 그림을 다시 그리고 싶나요? |
| | 5. 공부를 대하는 마음가짐, 공부에 몰입할 수 있는 방법이 궁금하나요? |

위 체크리스트에서 2개 이상 Yes가 나오면 이 책을 한번 읽어 보아요!

★ ○○○ 선생님이 추천해요!

코로나19로 학습격차가 더 벌어진다는 우려의 소리가 들립니다. 한 번도 무언가를 열심히 해본 적 없는 작가는 15살에 자신의 인생을 팔짱 끼고 구경하는 자신을 발견하고 충격을 받았다고 합니다. 무언가를 위해 진짜로 다 쏟아부어 본다는 것은 멋진 일이지만 어려운 일이기도 하지요. 공부는 할수록 자신을 강하고 단단하게 만듭니다. 왜 공부를 해야 하는지 공부에 어떻게 몰입해야 할지 모른다면 이 책을 통해 앞이 좀 훤하게 보일 것입니다.

2장

학생들,
책과 시에
물들다

## 다독(多讀)과 심독(深讀), 조화가 필요하다

사람들은 제각기 자신의 생각과 마음을 담는 그릇을 지닙니다. 선생님의 그릇은 어떤 모양, 어떤 크기인가요? 그 그릇에는 무엇이 담겨 있나요?

이 그릇을 잘 가꾸려면 크기도 키워야 하지만 깊이도 깊어야 합니다. 그릇이 조그만 웅덩이보다 바다같다면 좋겠지요. 바다는 얕은 곳이 있는 반면 심해도 있어야 진정한 바다입니다. 드넓은 바다처럼 그릇을 키우고 채우는 방법은 무엇일까요? 저는 '경험과 사색'이라고 생각합니다. 그중 직접 경험이 채워주지 못하는 부분을 가장 쉽고 빠르게 채워주는 방법이 바로 '독서'입니다.

학교에서 독서를 강조하는 이유가 여기에 있습니다. 그렇다면 독서는 어떻게 하면 될까요? 그저 즐겁게 읽기만 해도 좋겠지요. 하지만 독서를 통해 한 단계 수준을 높이려면 양적 독서와 질적 독서 모두가 필요합니다. 다독(多讀)과 심독(深讀)의 조화가 필요하다는 것입니다.

아이들의 다독을 위해 기획한 것이 '낭독 프로그램'입니다. 청각에 집중하며 감성을 키우고 어릴 적 이야기에 빠졌던 그 즐거움을 되찾아 책을 가까이 하도록 한 것입니다.

깊이 읽는 심독을 위해서는 5개 교과에서 함께 참여한 7단계 '책밥(책융합)프로젝트'를 실시하였습니다. 책을 읽고 질문 만들기, 구술, 과학실험, TED대회, 보고서 작성 등을 통해 융합적 사고가 일어나도록 하였습니다.

# #01
## 독서의 즐거움,
## 낭독으로 그 답을 찾다

선생님은 어떤 감각을 주로 사용하시나요? 우리는 오감을 갖고 있지만 주로 시각에 집중합니다. 인간의 감각 중 시각이 차지하는 비중이 큰 것은 당연합니다. 하지만 요즘은 특히 SNS가 발달하면서 학생들이 영상을 접하는 시간이 많아 더욱 시각에만 집중하는 것 같아서 염려가 됩니다. 스마트폰 없이는 생각하거나 살아가는 걸 힘들어하는 '포노 사피엔스(Phono Sapiens)'라는 말이 나올 정도로 하루의 많은 시간을 폰을 들여다보며 시각에 의존합니다. 물론 학교 수업도 주로 시각을 활용하는 읽기 위주입니다. 그러다 보니 오롯이 다른 감각에 집중하는 경우가 드뭅니다.

특히 청각은 시각과 함께하는 경우가 많습니다. 그래서 소리에만 집중하고 들리는 것을 스스로 머릿속으로 이미지를 만들어내는 일은 더욱 드뭅니다. 영화나 영상을 보면서 이미지를 떠올려 볼 수 있지만, 그것은 자신이 만든 이미지가 아니라 주로 제시된 이미지에 한정되지요.

# 낭독으로 청각과 감성을 깨우다

아이들의 청각과 감성을 깨우고 이야기 속에 빠질 수 있도록 하기 위해 '낭독 프로그램'을 기획하게 되었습니다. 희망자를 받아서 매주 월요일, 수요일 점심시간 30분을 활용해 진행하였습니다. 매주 프로그램을 운영하다 보니 아이들이 이야기의 즐거움에 빠져들어 자연스럽게 '다독' 교육을 할 수 있었습니다. 특히 코로나19로 점심시간이 100분으로 길어져 아이들이 서로 이야기도 못하며 무료하게 보내고 있었는데 그 점심시간을 유익하게 활용할 수 있었습니다.

낭독에 몰입할 준비(심호흡) → 첫 장 같이 보며 낭독 듣기 → 눈 감고 이야기 속에 빠져들기 → 생각, 질문, 소감 기록하기 → 벽에 소감, 질문 포스트잇 붙여 공유하기 → 학습지 제출하기 → 첫 장 낭독 녹음하기 → 사이트에 녹음 파일 올리기 → 피드백 받기

시각에 지친 이들을 위로하기 위해서인지 요즘은 책을 읽어주는 낭독 프로그램을 쉽게 찾을 수 있습니다. 전문 성우를 비롯하여 목소리 좋은 사람들의 소리를 눈을 감고 편안히 듣다 보면 금세 이야기 속으로 빨려듭니다. 낭독하는 이들의 제각기 다른 목소리 매력에 빠지기도 하지요. 눈으로 보는 것과는 또 다른 즐거움을 얻게 됩니다. 같은 곡도 연주자가

어떻게 해석하고 연주하느냐에 따라 다른 연주가 되듯이, 같은 문학 작품도 읽어주는 사람에 따라 다르게 다가옵니다.

하지만 학교에서는 낭독이 사라진 지 오래입니다. 초등학교 저학년 때 국어수업을 떠올리면 아이들이 다 같이 입을 맞추며 책 읽는 장면이 떠오릅니다. 이렇게 잠시 같이 소리 내어 책을 읽은 적이 있지만, 그 이후 책은 눈으로만 읽는 것으로 알고 있지요. 어떻게 하면 아이들이 책을 많이 보도록 할까 고민했는데 그러려면 독서의 중요성을 백 번 이야기하는 것보다 스스로 책의 즐거움을 느끼도록 하는 게 중요했습니다. 그래서 그 즐거움을 되찾아주는 낭독이 필요합니다.

## 낭독을 들으면 무엇이 좋은가요

낭독은 아이들이 이야기의 재미에 빠지게 합니다. 책에 흥미를 잃은 아이에게 책으로 다시 빠지게 하는 가장 좋은 방법은 책 읽어주기, 바로 '낭독'이라고 합니다. 왜냐하면 이야기를 싫어하는 아이는 없고 낭독이 이야기의 재미를 느끼게 해주기 때문입니다.

다니엘 페나크의 《소설처럼》에는 '책을 읽어주는 것은 선물과도 같다. 읽어주고 그저 기다리는 것이다. 읽고 또 읽어주면서, 아이들의 눈이 열리고 아이들의 얼굴에 기쁨이 가득 차리라는 것을 믿어야 한다. 머잖아 곧 의문이 생겨나고, 그 의문이 또 다른 의문을 불러오리라는 것을 믿어 의심치 말아야 한다. 일단 책과 가까워지면 그때부터 아이들은 스스로 길을 찾아나설 것이다. 제 발로 소설에서 소설의 작가에게로, 또 작가에서 작가가 살았던 시대로, 그리고 자신이 읽은 이야기에서 이야기가 지니는 다양한 의미들로 조금씩 다가갈 것이다.'라고 합니다.

이야기를 좋아하지 않는 아이는 없습니다. 어릴 때 할머니나 엄마가 들려주신 이야기 기억나시나요? 저는 어릴 때 할머니께 곧은 낚싯바늘로 낚시했던 '강태공 이야기'를 수없이 들었습니다. 강태공은 물고기를 잡기 위한 낚시가 아니라 세상을 구하기 위한 때를 기다리는 낚시를 했고 결국 주나라 문왕을 모시게 된다는 이야기입니다. 뒷이야기를 다 아는 같은 이야기인데도 늘 재미있게 들었던 기억이 납니다.

이야기를 좋아하던 그 많은 아이들은 어디로 사라졌을까요? 집집마다 아이가 어릴 때는 부모들이 동화책을 많이 읽어줍니다. 그러나 글을 아는 순간 책은 온전히 아이의 몫이 되고 그러기에는 책이 아이들에게 너무나 벅찹니다. 자신의 속도로 읽어서는 이야기를 상상하기 어려워 재미를 금방 잃어버리기 때문입니다.

이런 과정을 거쳐 책과 멀어진 중·고등학생들에게 낭독 프로그램을 통해 어릴 적 그 행복을 다시 느끼게 할 수 있습니다. 아이들은 이야기의 재미에 빠지게 되고 자연스레 책에도 관심을 더 갖게 되지요. 낭독은 책과 담을 쌓고 지내는 이들을 독서의 세계로 빠뜨리는 가장 손쉬운 방법입니다. 고전소설《운영전》을 낭독했을 때는 뒷이야기가 너무 궁금해서 못 기다리겠다며 책을 빌려가는 아이도 있었습니다.

시 낭송이나 소설 낭독에 귀를 기울이면 내면의 소리에 집중하게 되어 이미지 만드는 일에도 집중할 수 있습니다. 스스로 이미지를 만들어 형상화하는 능력은 대단히 중요합니다. 이것이 결국 창의성과 연결이 됩니다. 이미지가 다 구현된 것만 본다면 편하긴 하지만 스스로 생각하는 힘은 약해질 수밖에 없습니다.

국어 시간에 윤흥길의《종탑 아래에서》라는 소설 작품을 소리 내서 읽으며 수업을 한 적이 있습니다. 처음에는 제가 읽고 그 다음에는 누구든

지 읽고 싶은 사람이 자발적으로 한두 쪽씩 읽으라고 했습니다. 중간중간 나오는 소녀의 대사는 제가 읽었으며 낭독으로 한 편의 소설을 다 같이 봤습니다. 함께 읽어도 각자 상상하는 장면은 조금씩 다르겠지만, 같은 줄거리를 잡고 가다 보니 마치 재미있는 영화를 한 편 같이 보는 것 같았습니다. 함께 피식 웃거나 슬퍼하기도 하고 눈치 없는 남자 주인공의 모습에 답답해하기도 하며 서로의 조그만 반응에 감정이 더 커졌습니다.

낭독이 익숙하지 않은 터라 처음에는 서로 눈치를 보며 읽기를 망설여서 기다려주는 시간이 필요했습니다. 아이들은 읽고 싶지만 나서는 것 같아서 머뭇거리기도 합니다. 그 시간이 길어지면 다들 '다음에 누가 읽지? 누가 좀 얼른 읽었으면 좋겠다.'라고 생각합니다. 그런 여백의 시간을 좀 두고 누군가 읽게 되면 그 아이는 마치 모두를 구원했다는 느낌도 갖게 합니다.

아무튼 각자 읽으라고 하면 지루할 수도 있었을 텐데 낭독으로 아이들 모두가 작품 속에 온전히 빠져든 시간이었습니다. 고등학교에서 그럴 시간이 어디 있느냐고 하실 수도 있습니다. 하지만 '낭독'은 시간을 들인 것 이상으로 아이들을 이야기 속으로 빠져들게 합니다. 낭독을 통해 작품을 충분히 느꼈기 때문에 그 다음 활동이 술술 풀립니다.

낭독을 들으면서 자신의 생각을 그림이나 글로 표현하다 보면 표현력까지 향상되겠지요. 아이들은 이야기에서 감동을 받기도 했지만, 자신의 모습을 돌아보고 힐링하는 시간을 갖기도 했습니다. 물론 저도 아이들의 솔직한 감상 이야기에 매료되었답니다.

- 청각과 감성이 깨어난다.
- 이야기의 재미에 빠진다.

- 결국 독서의 세계로 빠져 다독 문제가 해결된다.
- 이미지 형상화 능력이 향상된다.
- 집중력이 길러진다.

## 활동은 어떻게 진행 되나요

제가 먼저 몇 차례 낭독을 하면서 시범을 보여주었습니다. 물론 그 전에 교사도 충분한 연습을 해야 좋은 낭독이 가능하겠지요. 글자를 틀리지 않고 읽는 데 집중하기보다는 문학 작품을 읽어주는 것이므로 인물과 상황에 맞게 적절하게 표현하는 것에 초점을 맞추고 아이들이 이미지를 잘 그려낼 수 있도록 해야 합니다. 저는 유튜브에서 소설 낭독 영상을 찾아보고 따라하거나 목소리를 녹음하여 들어보며 스스로 교정하기도 하였습니다. 낭독자의 매력적인 목소리에 반하여 한참을 듣고 있었던 적도 있습니다.

몇 차례 제가 낭독을 하고 나서는 신청자나 추천을 받아서 아이들이 낭독을 할 수 있도록 했습니다. 소설이나 에세이에서는 대화 부분에 배역을 나누어서 낭독하기도 하였습니다.

무엇이든 시작할 때는 준비하는 자세가 필요합니다. 어떤 마음으로 대상을 대하느냐에 따라 자신에게 들어오는 깊이도 달라집니다. 낭독도 마찬가지입니다. 바로 듣기에 몰입하기란 쉽지 않기 때문에 듣기를 준비하는 심호흡을 세 번 정도 하도록 했습니다. 코로 크게 숨을 들이마시고 입으로 숨을 내쉽니다. 그러면서 다 같이 소리에 집중할 준비를 했습니다. 또 다른 시공간으로 들어갈 영혼의 준비를 하는 것이지요.

그 날 읽을 작품 첫 장은 복사를 해서 나누어 주었습니다. 아이들은 첫장은 같이 보면서 듣고 그 이후부터는 듣기만 합니다. 바로 듣는 것보다

시각을 동원하여 잠시 듣다가 오롯이 청각에 집중하여 이야기로 들어
가도록 했습니다. 들으면서 떠오른 생각은 나눠 준 학습지에 글이나 그
림으로 표현하고 질문도 자유롭게 적어보도록 했습니다. 아이들은 주인
공의 모습을 그림으로 표현하기도 하고 특정 장면이나 줄거리를 표현
하기도 했습니다. 하지만 기록하는 것보다 듣는 것에 집중하도록 하고
가능하면 다 듣고 기록할 수 있도록 지도했습니다.

아이들은 조그만 포스트잇에 소감이나 질문 중 하나를 선택해서 간단
하게 기록하고 마칠 때 벽에 붙이고 나갑니다. 그것은 쉬는 시간에 언제
든 와서 읽어 보며 서로 생각을 공유합니다. 작성한 학습지는 제가 확
인 하고 돌려주면 학생들은 그것을 개인 포트폴리오로 정리했습니다.

## 낭독이 있는 독서 토론

| 날짜 | 월    일 |
|------|---------|
| 비슬고  학년 반 번 이름 | |

책이름 : _____ 저자 : _____

| 가끔은 조용히 눈 감고 소리에 집중하여 잠든 영혼을 깨워봅시다. |
|---|

### 이 시간, 이야기 속으로 빠져들다.

| 들으면서 떠오른 생각 | [작성 안내] 오늘 들은 부분에서 기억에 남는 내용과 그 이유를 적어 봅시다. 그림도 가능합니다. |
|---|---|

| 궁금한 질문 | [작성 안내] 이야기를 들으면서 떠오른 궁금한 질문을 적어 봅시다. <br> **1** <br> **2** <br> **3** |
|---|---|

| 낭독 시간 소감 | [작성 안내] 이야기를 들으면서 든 생각이나 다음에 듣고 싶은 이야기를 자유롭게 적어 봅시다. |
|---|---|

## 어떤 책을 낭독하나요

단편 소설로 시작을 했습니다. 처음에는 아이들을 이야기 속으로 빠져들게 하는 것이 중요하므로 재미있으면서 짧은 단편 소설을 골랐습니다. 점심시간을 활용하여 프로그램을 진행하다 보니 시간이 넉넉하지는 않았습니다. 30분간 낭독을 하는데 그 시간에 끝날 수 있는 책을 선정할 수도 있고 한 권의 책을 여러 부분으로 나누어 낭독할 수도 있습니다. 30분이면 대략 눈으로는 30쪽 정도, 소리로는 15쪽 분량의 책을 읽을 수 있습니다.

첫 시간은 황순원의 《소나기》로 시작했습니다. 한국인이라면 '진달래꽃'이라는 시를 다 알듯이 한국인들에게 가장 잘 알려진 소설은 아마 《소나기》가 아닐까 합니다. 이미 읽어 본 아이들도 있고 읽지 않았더라도 제목은 들어보았을 것이고, 어린 소년 소녀의 사랑 이야기라서 쉽게 공감할 수 있어서 이것으로 골랐습니다. 낭독 시간도 25분 정도 걸리는 분량입니다.

처음 몇 번은 단편 소설로 시작하고 아이들이 낭독에 좀 적응이 되어 집중력이 향상된 후에는 호흡이 긴 책으로 며칠에 걸쳐서 낭독하는 것도 좋을 것입니다. 낭독 작품은 선생님 혼자서 고민하지 말고 아이들에게 듣고 싶은 이야기나 책을 추천받는 것도 한 방법입니다.

## 낭독은 어디서 이루어지나요

공간은 그 사람의 인지사고 과정에 중요한 영향을 미친다고 합니다. 높은 천장은 자유롭고 창의적인 사고를 활성화하고 낮은 천장은 집중을 더 잘하게 합니다. 이처럼 공간이 사람을 만듭니다.

우리 학교에는 아이들의 마음을 편안하게 해주는 행복한 교실이 있습니다. 바로 교실 두 배 정도 크기이고 직사각형 교실이 아니라 한 쪽이 타원형인 '멍때리기실'입니다. 이곳에는 평상이 놓여 있고 8개의 평상에 탁자가 있습니다. 나무로 만든 평상이라는 것 자체가 아이들에게는 신기하죠. 10년 가까이 의자에만 앉아서 수업을 듣다가 평상에 양반다리 하고 둘러앉으면 절로 마음이 열립니다. 나무 바닥이 불편하다면 구석에 있는 요가 매트를 언제든 가져와서 사용할 수 있습니다.

그리고 탁자 위에는 조그마한 꽃병에 꽃이 한두 송이 꽂혀 있습니다. 아이들을 위한 선물이라 생각하고 가끔 준비를 했습니다. 집 마당에서 가져올 때도 있고 학교 화단에 무성하게 자란 꽃 중에서 몇 송이 가져오기도 했습니다. 화단에 있어야 꽃은 좋겠지만, 한두 송이 덕분에 많은 이들의 마음을 어루만져 주니 미안한 마음을 뒤로하고 실례를 했습니다. 한 번 꽂아두면 일주일은 가니 한 번의 수고로움으로 내내 즐거웠습니다. 아이들은 조화가 아니라 진짜 꽃이라는 것에 놀라고 더 감동을 한답니다. 넓고도 독특한 멍때리기실에서 낭독 프로그램을 진행해서인지 아이들은 카페에서 좋은 음악 들으며 힐링하는 것 같은 기분이 들 때도 가끔 있었을 것입니다.

## 잘 들으려면 어떻게 하나요

작품에 공감하며 듣는 것이 중요합니다. 우리가 소설 작품을 왜 읽을까요? 종종 아이들을 책으로 유인하기 위해 소설을 읽으면 연애를 잘할 수 있다고 이야기합니다. 여자 친구가 생긴다는 말에 솔깃해하며 소설

에 흥미를 갖는 아이도 있습니다. 문학은 결국 인간에 대한 이야기이므로 읽으면서 인물들에 공감하다 보면 자연스레 인간과 삶을 이해하게 되지요. 당연히 여자 친구의 마음을 잘 헤아릴 수 있으니 연애는 잘되기 마련입니다. 그래서 문학이 인문학에 속하는 것입니다.

공감을 잘하려면 작품을 들을 때 그 속에 빠져들 듯 상황을 상상하며 이야기를 그냥 따라가면 됩니다. 소설의 매력은 자신이 그 사람이 되어 보는 것이지요. 인물에게 펼쳐지는 이야기를 따라가다 보면 왜 그렇게밖에 할 수 없었는지 그 마음을 헤아리게 됩니다.

우리가 음악을 감상할 때 한 악기에 집중해서 들으면 때로 내가 알던 곡이 맞나 싶답니다. 오늘은 '첼로', 오늘은 '드럼' 등 그 악기 소리가 유난히 선명하게 다가오지요. 소설도 주인공을 따라가는 것이 가장 일반적이겠지만, 때로는 주변 인물 중 한 사람을 정하고 그 사람에게만 초점을 두고 가는 것도 재미가 있습니다. 스스로 서술의 시점을 바꾸어 보는 것입니다.

처음에는 집중이 안 될 수도 있지만, 몇 번 하다 보면 이야기 속에 들어가는 시간도 더 빨라집니다. 이야기에 집중하다 보면 자신만의 섬세한 이미지가 그려진답니다.

# 재미난 이야기 속으로

황순원의 《소나기》 낭독

-

소년, 소녀 역을 번갈아 낭독하는 게 쉽지 않았습니다. 그런데 한 남학생이 낭독해서 올린 것을 들어보고 깜짝 놀랐습니다. 정말 작품 속 소년이 자기 이야기를 하는 것 같았습니다. 이처럼 낭독이 아이들의 새로운 면을 발견하는 계기가 되기도 했습니다. 소녀의 죽음을 알리는 마지막 부분은 여운이 느껴지도록 낭독하면 아이들이 더 몰입을 잘합니다.

- 오늘 들은 《소나기》는 정말 감성적이었고, 명상을 하듯 눈을 감고 소리에 집중하니 뭔가 마음이 편안하고 더 재미있었다. 특히 마지막은 전율이 있었다. 나도 빨리 낭독해 보고 싶다.
- 소녀가 하는 행동을 소년이 관찰하며 하나하나 말해 주는 것이 정겨워서 이야기에 계속 빠져든다. 화자가 말하는 모든 것이 내 머릿속에 그려지고, 그 그림이 계속 커지더니 어느덧 곧 내가 되는 듯하다. 문학은 남이 죽어라 설명해도 내가 느끼지 못하면 영원히 알지 못한다. 이야기와 이미지를 그려낸 나의 이 감정이 쭉 이어지길 바란다.

전영택의《화수분》낭독
-

버릇없는 딸아이 모습에 화가 난다는 아이가 있는 반면 마님 댁으로 간 딸아이를 걱정하는 아이들도 있었습니다. 1920년대를 느낄 수 있는 단어는 무엇이고 아범, 어멈 호칭이 사용된 시기는 언제인지 작품을 통해 그 시대에 의문을 갖기도 했습니다. 또한 아이들은 마지막 장면을 통해 모성애란 무엇인지 고민하기도 했습니다.

- 가난한 아빠가 큰 건 못해 주지만 자기 자식을 끝까지 지키고 싶어 하는 마음이 너무 애잔하고 뭉클했다. 가난해서 어쩔 수 없이 자기 자식을 보낼 수밖에 없는 현실이 안타깝다. 아픈 와중에도 가족을 생각하고 서로를 찾아가는 길에서 막내를 껴안고 생을 마감한 아범과 어멈의 이야기가 너무 가슴 아팠다. 마지막에 자식만 살아남게 되어 너무 슬프다.
- 사회적으로 복지 체계가 없었고 화수분과 같은 사람들이 생기지 않도록 미리 막지 못한 1920년대를 보면서 사회보장시스템의 중요성을 알게 되었다.
- 제목만 보고 가난한 한 남성이 인생 역전하는 이야기인 줄 알았다. 그런데 굉장히 슬픈 내용이었고 마지막까지 슬퍼서 나도 괜히 울적하였다. 생각지도 못한 결말이어서 너무 슬펐다. 다음에는 좀 더 밝고 기쁜 내용만 있는 소설을 듣고 싶다.
- 처음부터 기선제압당한 느낌이었다. 쓸쓸한 느낌에 오한이 들다가 어디서 우연히 본 옛날 우리 모습이 떠올라서 따스해질 듯하다가도 다시 차가워져 기분이 참 이상했다. 이게 일상에서 느낄 수 없는 소설이 주는 느낌일까. 일상에서 느끼지 못하는 감정들을 느끼게 하는 것이 낭독의 매

력인 듯하다. 멀게만 느껴지던 문학과 좀 더 가까워진 듯하다.

## 정재찬의《시를 잊은 그대에게》중 '별이 빛나는 밤에' 낭독

－

소설을 두 편 들려주었더니 시를 듣고 싶다는 아이들이 꽤 있었습니다. 그래서 선택한 이 책은 정재찬 교수가 공대생들에게 시 수업한 내용을 담은 책입니다. 시만 이야기하는 것이 아니라 시와 관련된 노래, 영화, 그림 등이 다양하게 얽혀서 이야기를 따라가다 보면 금세 사고가 확장되며 즐거워집니다. 노래가 나오는 부분은 미리 준비해 두었다가 낭독 중 노래를 들려주기도 하였습니다. 소설처럼 스토리가 있는 것이 아니어서 아이들에겐 좀 어려웠을 수 있지만 윤형주의 '두 개의 작은 별' 노래와 돈 매클레인의 '빈센트' 노래가 곁들어져 아주 흥미로운 시간이었습니다.

낭독 후에는 '별' 하면 떠오르는 자신만의 이야기를 적어보라고 하였습니다. 작가가 별과 관련된 여러 이야기를 풀었듯이 아이들도 별에 얽힌 자신만의 사연을 담고 있을 테니까요.

아이들은 초등학교 야영을 가서 바라본 별이나 늦은 밤 독서실 마치고 집에 가면서 바라본 별을 떠올리기도 했습니다. 부모님이 사 주신 야광별 스티커를 천장에 붙이고 행복해했던 어린 시절과 과학 시간에 별의 실제 거리를 구하느라 힘들었던 기억을 떠올린 아이들도 있었습니다.

- 별에 관한 시와 이야기를 듣고 어린 시절 달을 위해 나의 생일 선물을 포기했던 기억이 난다. 일곱 살 생일 때, 부모님께서 생일 선물로 무엇을 받고 싶으냐고 물으셔서 높디높은 하늘을 가리키며 제일 밝은 별을 따달라고

하였다. 그 당시에는 부모님은 무엇이든 할 수 있다고 믿었기 때문이다. 하지만 부모님은 안 된다고 하셨고, 난 '가장 밝은 별이어서 그런가?'라는 생각이 들어 가장 밝은 별이 아니어도 좋으니 별을 따달라고 했다. 여전히 안 된다는 부모님께 "저 많은 별 중 한 개도 못 따줘요?" 하며 화를 내자, 부모님은 "모든 사람들이 별을 따갈 수 있지만 그러면 달이 외로워서 안 돼." 하셨다. 그 후 난 모두가 달을 위해 별을 밝힌다고 생각했다.

- 어두운 밤에 혼자 집으로 향할 때나 아침에 본 공포 웹툰이 기억나서 갑자기 무서울 때 하늘을 자주 바라본다. 그러면 반짝이는 별은 나의 꿈, 감정, 소망을 담은 듯이 여겨지는데 언젠가 그 별들에 가까워질 생각을 하면 어느새 무서움이 사라진다.

- 어렸을 때 친척이 돌아가셔서 장례식장에 조문을 갔다 오면서 아버지께 "별이 참 많이 떴네요."라고 하자 아버지께서는 아무 말 없이 웃으시며 담배를 피우셨다. 나이가 들어 친구 부모님의 장례식에 갔다가 오는 길에 하늘을 바라보았는데 그 날도 유난히 별이 많았고 예전에 아무 말 없으시던 아버지의 마음이 이해가 되었다. 그래서 별이 많은 날은 내 마음을 착잡하고 적적하게 하는 날이다.


## 고전소설《운영전》낭독

-

이번에는 시대를 거슬러 고전소설로 장르를 바꾸어 보았습니다. 우리가 고전소설하면《춘향전》,《홍길동전》을 쉽게 떠올리는데 가슴 아픈 사랑 이야기도 있답니다. 바로 '운영'이라는 궁녀와 김 진사의 이야기인데 그들의 슬프고 비극적인 사랑 이야기에 아이들은 가슴 아파합니다. 이 이야기는 상당히 길어서 다섯 번에 걸쳐서 낭독을 했습니다. 시가 많이 나와서 아이들이 어려워할 줄 알았는데, 의외로 아이들은 시에 많은 감명을 받고 있었습니다. 시에 대해 서로 논하고 시로 마음을 표현한다는 것이 새롭게 느껴졌나 봅니다.

- '고전문학' 하면 독특한 문체와 형식 때문에 늘 어색하고 힘들었다. 하지만 이 이야기는 초반부터 궁 주변을 묘사하고 운영과 김 진사의 만남이 세세하게 묘사되어 있어서 마치 내가 옆에서 듣는 것처럼 느껴졌다. 또한 들으면서 시가 많이 삽입되는 것이 고전소설의 특징이라는 것도 알 수 있었다. 안평대군이 궁녀에게 당나라 시 500편을 뽑아 가르쳤다고 하는데 지금 우리는 지식 교육을 바탕으로 내신에 신경 쓰고 있다. 나도 이들처럼 시를 집중적으로 배워 시를 쓰고 표현해보고 싶다는 생각이 들었다.
- 유영이 옷이 헤지고 얼굴빛이 마치 병든 사람 같으며 아무 일행도 없이 수성궁에 왔다고 사람들은 그를 비웃는다. 하지만 그들이 오히려 가진 것 없는 유영보다 더 가난한 것 같다. 다른 사람을 깔보는 사람은 겉은 번지르르할 수는 있으나 속이 텅 빈 것을 들키고 싶지 않으려고 발버둥 치는 것 같기 때문이다. 나도 다른 사람의 말을 귀담아 듣지만, 스트레스 받을 정도로 신경 쓰진 말아야겠다.
- 운영과 김 진사는 귀신인 상태에서 유영이라는 선비를 만나는데 얼마나 한이 깊었으면 500년이 지나도 그 사연을 잊을 수 없다고 하나 싶어서 그 사랑이 더 절실하게 느껴진다. 궁녀들이 뛰어난 재주를 가졌음에도 바깥세상에는 나가지도 못하고 대군의 눈에 한 번이라도 잘못 들면 죽을 위기에 처한다는 것이 안타까웠다. 성삼문이 궁녀들의 시를 듣고 쓴 사람을 빠르게 파악하는 것을 보고 놀라웠으며, 시에는 작가의 삶이 무의식적으로 반영될 수밖에 없다는 것을 알았다. 또한 그런 사람이라면 어

떤 고전시가 문제를 보더라도 다 맞을 것 같아 부러웠다.

– "네가 이렇듯 물으니 어찌 숨길 수 있겠니?"라는 부분이 마음에 든다. 누군가에게 진심으로 묻고 서로 진심을 전할 수 있는 사이가 몇이나 될까? 친구를 중요하게 생각하고 친구를 위해 기꺼이 희생할 줄 아는 나도 나의 힘들고 어려움을 사실대로 전하기란 쉽지 않은데 말이다. 또한 대군이 김진사에게 시를 재촉하지 않고 기다려주는 장면, 김 진사가 갑자기 얻은 인기에 자만하지 않고 겸손하게 대응하는 모습이 인상 깊다.

### 전승환의《내가 원하는 것을 나도 모를 때》낭독

–

이 이야기는 학생들이 낭독을 하였습니다. 수행평가와 각종 대회로 지쳐 있을 아이들에게 힘이 되는 글을 읽어 주고 싶어서 이 책 중 '내가 원하는 것을 나도 모를 때'와 '위대한 집착'을 선택했습니다. 자신의 삶을 되돌아볼 수 있어서 소설에 비해 공감하는 아이들이 더 많았고 위로받는 느낌이라 마음속으로 눈물을 흘렸다는 아이들도 있었습니다. 이처럼 나중에 받은 소감글로 아이들의 고민을 마주하다 보니 이런 이야기를 앞으로 더 많이 들려주어야겠다는 생각이 들었습니다.

– 이 이야기에는 정말 많이 공감이 갔다. 요즘 내가 진짜 원하는 것이 무엇이고 지금 우리가 열심히 하는 이유가 무엇인지, 진정한 행복은 무엇인지 가끔 회의가 들 때가 있다. 그런데 이 이야기에서 집착을 무조건 나쁘게만 보지 않는 것이 인상 깊었다. 과학과 예술에 대한 열망과 집착은 세계를 발전시키고 인류에 큰 기여를 할 수 있다. 나도 돈이나 권력 같은 것에 집착하기보다 나의 꿈이나 목표 같은 좋은 것에 집착하고 싶다.

－"그저 하루하루 사는 데 급급해서 인생에서 가장 중요하고 기본적인 질문조차 까맣게 잊고 있었던 거죠." 최근 나는 나를 제대로 바라보지 않는 것 같다는 생각을 많이 한다. 4차 산업혁명에 대비한 직업과 대입 준비로 이리저리 치여 살아가다보니 어릴 적 나의 진정한 모습은 사라져갔다. 어쩌면 기술이 발전할수록 진정한 나는 완전히 사라지는 것이 아닐지 불안하다. 어릴 때 대통령이 될 것이라고 외치던 당돌한 나였는데 사람들을 행복하게 해주고 싶다는 생각은 없어지고 미래의 나만 생각하고 있다. 정말 다른 사람들은 무모하다고 하지만 창업의 꿈을 이루고, 과거의 진솔한 나를 마주할 수 있을지 여러 생각이 드는 시간이다.

학생들이 듣고 싶어 하는 책 추천입니다

《운수 좋은 날》,《수난이대》,《동물농장》같은 특정 작품 외에도 아픈 사랑 이야기, 판타지나 추리 소설을 듣고 싶다는 학생들이 있었습니다. 시를 들려주고 난 뒤에는 시 이야기를 좀 더 듣고 싶다는 아이들도 있었고, 할아버지, 할머니가 주인공인 작품, 아이들의 순수한 사랑 이야기 등 아이들이 듣고 싶어 하는 이야기는 너무나 다양했습니다. 이처럼 이야기에 갈증을 느끼는 아이들에게 앞으로도 계속 들려주고 싶습니다.


**나에게 낭독은**

－ 글쓰는 것은 좋아하지만 책 읽는 것은 좋아하지 않았는데 낭독을 하고 나서 달라졌다. 다양한 작품을 선생님과 다른 친구들이 읽어준 덕에 이야기에 빠지게 되었고 자연스럽게 책읽기에 대한 흥미가 올라갔다. 그러다 보니 표현과 생각도 넓어지는 것 같고 단순히

흥미로 시작한 이 활동이 나를 성장하게 해준 것 같아서 감사하다.

- 생각보다 내가 직접 읽는 것보다 듣는 것이 집중이 잘되어서 신기했다. 등장인물에 따라 목소리가 다르고 한 문장씩 곱씹으며 들으니 이야기에 더 몰입이 잘되었고 이야기 속 상황을 상상하기도 쉬웠다. 낭독이 집중하는데 큰 도움이 되는 것 같다. 평소 점심시간을 아쉽게 흘려보낼 뻔 했는데 알차게 보내게 해준 프로그램이었다.

- 귀로만 들으니 처음에는 듣기가 어려웠다. 하지만 조금 있으니 들리는 내용이 머릿속에 그림으로 그려졌다. 눈으로만 보다가 귀로 들으니 색다른 경험이었고, 중간 중간 인물의 성격이나 특징을 잘 살리며 읽어주셔서 집중에 도움이 되었다.

- 평소 학업 스트레스가 많았는데 여러 작품을 들으면서 그동안 쌓였던 고민이 사라지는 것 같았다. 듣는 순간순간 나 자신을 되돌아 볼 수 있는 이야기가 많았고 그래서 나를 반성하고, 때로는 내가 위로를 받는 시간이었다. 너무 바쁘게 살아가는 요즘 잠시나마 쉬어갈 수 있는 시간이기도 하고 나를 다시 바로잡을 수 있는 시간이기도 했다. 이런 시간을 만들어 주신 선생님께 감사드린다.

# 낭독으로 매력적인 목소리를 갖다

'낭독 프로그램'은 듣기만 하는 것이 아니라 직접 낭독을 해봅니다. 그 날 낭독 프로그램을 마친 후에는 이야기의 첫 장을 자신의 목소리로 낭독하고 녹음하여 학교 공유 사이트인 '리로스쿨'에 녹음 파일을 올리도록 했습니다. 자신의 수업도 영상을 찍어서 보면 고칠 부분이 금방 눈에 들어오는 것처럼 목소리도 마찬가지입니다. 발음이 잘 안되는지 호흡이 빠른지 본인이 먼저 압니다. 매력적인 자신의 목소리를 갖고 싶다면 연습이 답이라는 점을 강조하며 소감과 함께 파일을 올리라고 이야기했습니다.

교사는 아이들에게 할 수 있는 무대를 깔아줄 따름입니다. 각자의 사소하지만 지속적인 노력이 필요합니다. 지금은 별 거 아닌 듯하지만 작은 행동이 자신을 완전히 엉뚱한 곳으로 데려다 놓기도 하니까요.

그리고 다른 사람의 목소리를 들으며 자신의 목소리를 돌아보고 친구들을 격려하는 것도 의미 있는 활동입니다. 리로에 올릴 때는 친구들이 올린 파일 세 개를 듣고 댓글도 달아주도록 하였습니다.

이런 낭독 프로그램에 독서 토론을 곁들인다면 생각을 공유하여 사고의 확장이 일어나면서 그 책은 자신의 마음속에 한참을 머물 것입니다. 원래 계획은 몇몇 작품은 좀 더 깊이 들여다보기 위해 자유 독서 토론(비경쟁 독서 토론)을 실시하려고 했습니다. 하지만 모둠 활동이 어려운 상황이라 아쉽지만 하지 못했습니다. 대신 좀 더 낭독에 집중하면서 단편 소설, 시, 고전소설, 에세이 등 다양한 책을 다룰 수 있었습니다.

낭독 프로그램에서 활동한 것은 개인 포트폴리오를 바탕으로 연말에 학교생활기록부에 기록해 주었습니다.

## 낭독을 직접 하면 무엇이 좋은가요

아이들은 말도 잘하고 글도 잘 쓰고 싶어 합니다. 그러려면 우선 잘 읽을 수 있어야 합니다. 소리 내어 읽다 보면 자연스럽게 어휘를 익히게 되고 어휘가 쓰이는 자연스러운 문장도 배우게 되지요. 낭독을 잘하려면 어휘 의미도 잘 알아야 하니 어휘력과 문장 이해력이 생깁니다.

잘 읽으려면 또한 잘 들어야 합니다. 낭독 연습을 하다 보면 다른 사람들은 어떤 목소리로 어떻게 이야기 하는지 소리에 귀 기울이게 되어 집중력을 기를 수도 있습니다.

그 날 프로그램 후에는 스스로 낭독을 해보도록 했습니다. 그러면 소리 내어 작품을 읽는 순간 말이 빚어내는 오묘한 맛에 빠져들게 됩니다. 그 맛을 알게 되면 같은 언어를 사용하면서 그들만의 언어 조합으로 어쩌면 그런 놀라운 이야기를 펼치는지 작가를 존경의 눈으로 바라보게 되지요. 연습을 꾸준히 한다면 그 언어가 자신에게 들어와 자신만의 새로운 언어 세계를 발견하게 되어 말도 잘할 수 있게 됩니다.

낭독하는 시간은 자신을 만나는 시간이기도 합니다. 우리는 다른 사람이 자신을 어떻게 생각할지 많은 신경을 씁니다. 정작 자신의 목소리가 어떤지 감정이 어떤지 귀 기울이지 않지요. 누구든 녹음해서 자신의 목소리를 처음 들어본다면 참 낯섭니다. 하지만 그 목소리의 주인공이 자신이라는 것을 받아들이고 스스로에게 말을 건네 본다면 색다른 경험을 하게 됩니다.

낭독을 계속 연습하면 매력적인 자기 목소리도 갖게 됩니다. 화단도

손길 주는 것에 따라 달라지듯 목소리도 자신이 방향을 정해주고 다듬어 준다면 분명 달라지겠지요. 그러다 보면 자꾸 소리 내어 읽고 싶어지며 자신의 목소리를 사랑하게 되고 결국 이것이 자신을 사랑하는 첫걸음이 될 것입니다. 목소리를 잘 타고난 이도 혹 있겠지만 성우의 멋진 목소리도 노력의 결과라고 생각합니다.

- 어휘력과 문장이해력이 생긴다.
- 언어의 오묘한 맛과 낭독의 즐거움에 빠진다.
- 매력적인 목소리를 갖게 된다.
- 목소리 덕분에 자신을 사랑하게 된다.

## 낭독을 잘 하려면 어떻게 하나요

올 초에 코로나19가 확산되면서 코로나 예방과 관련하여 교내 방송을 제가 우연히 하게 되었습니다. 처음에는 듣기가 참 민망하여 바로 몇 번을 다시 녹음을 하였습니다. 그랬더니 조금 낫더군요. 누구나 녹음해서 자신의 목소리를 들으면 무엇이 부족한지, 어디가 어색하고 이상한지도 자신은 금방 알 수 있습니다. 또 하나 중요한 사실은 연습을 하면 누구나 목소리가 충분히 좋아진다는 것입니다.

낭독을 할 때는 또박또박 읽는 것에 초점을 두지 말고 제대로 표현하려고 노력해야 합니다. 그 단어와 이야기에 어울리는 목소리의 크기와 어조가 있지요. 그것을 잘 살리려고 해야 합니다.

문장과 문장, 문단과 문단 사이 쉼도 중요합니다. 한 문장에서도 잘 쉬어 읽어야 듣는 사람이 편안하게 더 잘 들을 수 있습니다. 그림에 여백이 중요하고 삶에 쉼표가 필요한 것과 마찬가지입니다.

쉼이 적절하려면 호흡이 중요하지요. 목으로 낭독하면 30분만 하여도 금방 목이 아프고 소리가 쉬게 됩니다. 낭독 전 복식호흡을 하여 배에서 소리가 올라올 수 있도록 연습이 필요합니다. 《나에게, 낭독》이라는 책에서는 누워서 낭독을 하면 의도하지 않아도 몸통 깊은 곳까지 들고 나는 복식호흡을 하게 된다고 합니다. 몸이 이완되고 마음이 안정되며 몸의 절반이 바닥에 닿아 움직임을 느끼기 좋은 상태가 되기 때문이랍니다.

아이들의 낭독을 들어보면 목소리는 좋은데 발음이 정확하지 않은 경우가 있습니다. 이럴 경우에는 볼펜을 입에 물고 연습하거나 발음교정기의 도움을 받으면 좋습니다. 가수들도 입을 크게 벌려야 하는 것처럼 발음은 입을 크게 벌리고 입 모양과 혀 위치를 정확하게 하려고 노력하면 더 잘 됩니다.

좋은 목소리 낭독을 들으면서 따라해 보는 것도 좋습니다. 저는 출퇴근길에 클래식 라디오 프로그램을 자주 듣는데 진행자의 목소리를 종종 따라해 봅니다. 지금 생각해 보니 별 거 아니지만 그것이 많은 도움이 되었습니다.

하지만 뭐니 뭐니 해도 낭독하는 사람이 즐겁게 해야 합니다. 행복해서 웃는 것이 아니라 웃어서 행복해진다는 말이 있습니다. 공부도 미소를 지으며 공부하면 즐거워진다고 합니다. 모든 일에 미소 지으며 하면 그 일의 결과는 달라집니다. 낭독도 마찬가지이겠지요. 매시간 설레는 마음으로 작품을 만나고 즐겁게 한다면 그것보다 좋은 것은 없습니다. 칼릴 지브란의 《예언자》를 보면 "사랑으로 일을 한다는 것은 여러분이 만드는 모든 것에 여러분 속에 있는 영혼의 숨결을 불어넣는 것입니다. 일은 사랑의 구체적인 모습입니다. 여러분이 무관심하게 아무렇게나 빵을 구우면, 사람들의 허기를 반밖에 채우지 못하는 쓴 빵을 만들게 됩니다."라고 합니다. 말하는 사람이 이야기 속에 몰입할수록 듣는 사람도 덩달아 잘 빠져들 수 있습니다.

- 녹음해서 들어본다.
- 연습이 대가를 만든다.
- 내용, 상황에 집중한다.
- 복식호흡을 하며 쉼을 잘 조절한다.
- 좋은 목소리를 따라한다.
- 즐겁게 낭독한다.


## 나에게 낭독 녹음은

- 내 목소리를 녹음해서 들을 기회가 없었는데 낭독 프로그램을 계기로 내 목소리를 들으며 낭독을 할 수 있어 색달랐다. 시옷 발음이 안 된다는 게 너무 슬프지만 어느 부분에서 끊어서 읽어야 하는지 조금 파악을 하게 된 것 같다. 어찌할 바를 몰라 수십 번 연습한 스스로에게 수고했다고 말하고 싶다.

- 읽을 때는 좋았는데 막상 들어보니까 부끄럽고 낯간지럽기도 했다. 문장 끝부분이 많이 힘들게 느껴졌는데 좀 더 부드럽고 또박또박 마무리할 수 있도록 연습해야겠다. 후반부에 잘못 읽은 부분이 있는데 이런 부분도 주의해서 읽어야겠다고 생각했다.

- 목소리 녹음은 음악 시간 때 인사말 이후로 처음이고, 막상 하려니

긴장되어서 버벅대는 문장도 있었다. 여러 번 연습해보니 틀리는 횟수도 줄고 더듬는 것도 나아져서 신기했다. 꾸준히 하다 보면 편안하게 할 수 있을 것 같다.

- 흐린 오늘 운동장에 나가서 노트북으로 《소나기》를 녹음하였다. 내 짧은 인생에서 이렇게 녹음하는 일이 매우 드문데, 문학 작품을 녹음하는 일은 또 처음이다. 처음이라 어색하게 느껴지고 말이 중간중간 끊어지기도 하였는데, 이렇게 녹음을 하는 경험이 많아지면 나의 문학적 소양도 한층 올라갈 것이라고 생각한다.

# #02
## 융합적 독서, '책밥 프로젝트'로
## 그 답을 찾다

세상은 연속되어 있습니다. 연속적으로 이루어진 현실 세계를 인간은 편의성을 위해 언어로 구분합니다. 운전을 하며 가다 보면 어느 순간 내 비게이션에서 '경상남도에 오신 것을 환영합니다.'라는 소리를 들을 때가 있습니다. 그냥 하나로 이어져 있는 도로인데 한 곳을 기준으로 지역을 구분해 놓은 것입니다. 학교 수업도 마찬가지이지요. 사회 현상은 국어, 사회, 수학, 과학 할 것 없이 모두가 통합되어 있지만 우리는 과목을 세분해서 가르칩니다.

의학에서도 전문 분야가 나누어져 있습니다. 내과에서는 소화기내과, 내분비내과, 신경내과 등으로 진료 과목을 나누어 자신의 분야를 더 깊이 전문적으로 공부하고 진료합니다. 하지만 원래 통합되어 있다는 것을 늘 염두에 두지 않으면 코끼리의 뒷다리만 만지는 격이 되기도 합니다. 통합적으로 보아야 알 수 있는 질병을 한 쪽에서만 봐서 잘못된 진단을 하게 되지요.

책도 마찬가지입니다. 연속된 세상을 제대로 이해하려면 통합적 사고력이 필요합니다. 통합적 사고력을 기르기 위해서는 한 권의 책을 다양한 측면에서 깊이 보는 것이 중요합니다. 바로 '다독'으로 채워지지 않는 또 다른 부분을 '심독'이 채워주어야 합니다.

학교에서 심독을 위한 독서 교육을 하려면 어떻게 해야 할까요? 각 교과의 활동이 단편적으로 이루어지지 않고 서로 융합될 필요가 있습니다. 하나의 책을 여러 교과에서 살펴보고 다양한 각도에서 바라보는 깊이 있는 활동이 요구됩니다.

4차 산업혁명 시대에는 융합적 사고 역량이 중요하다는 것을 다들 알고 있습니다. 아이들에게 개별화된 과목을 가르치면서 알아서 융합하기를 바란다면 저절로 융합이 될까요? 몇몇 뛰어난 아이들은 서로를 연결시키겠지만 대부분은 그렇지 않습니다. 하지만 장을 잘 깔아준다면 누구든 융합적 사고를 할 수 있다고 생각합니다.

# 책읽기가 밥처럼 일상이 되다

하나의 주제에 대해 여러 측면에서 꼼꼼하게 보면, 깊이 있는 사고력은 자연스레 길러지겠지요. 그래서 학교 현장에서의 '심독(深讀)' 방법을 생각하다가 '책밥 프로젝트'라는 책융합 프로젝트를 기획하게 되었습니다. 프로젝트 명칭은 책 읽는 것이 일상이 되어 늘 먹는 밥처럼 되도록 하기 위해 '책밥'이라고 하였습니다. 밥이 허기진 배를 채워주듯 책은 허기진 생각을 채워줍니다.

이 프로젝트가 성공하려면 여러 교과 선생님들의 합의와 열의가 필요합니다. 처음에는 참 막막했지만 방향이 잡히고 계획을 머릿속으로 구상하다 보니 너무나 가슴이 뛰었습니다. 제 마음 속에 이런 열정이 있었나 싶을 정도였습니다.

책밥 TF팀이 꾸려지고 다행히 함께 해보자는 여러 선생님들이 계셔서 시작을 할 수 있었습니다. 물론 수업진도 때문에 가능할지 의문을 가지거나 정말 효과가 있을지, 교사의 또 다른 짐이 되는 건 아닌지 우려의 목소리도 있었습니다. 무엇이든 시작은 걱정스럽고 조심스럽습니다. 하지만 교과 교육만으로는 부족한 깊이를 독서가 채워줄 수 있다는 점에 많은 선생님들께서 공감을 하셨습니다.

그래서 300명이 넘는 1학년 전체 학생을 대상으로 국어, 과학탐구실험, 영어, 한국사, 수학 교과에서 12분의 선생님들이 합심하여 이 프로젝트를 진행하게 되었습니다.

먼저 여러 교과를 아우를 수 있는 주제를 잡고 책을 선정해야 합니다. 주제 선정과 활동은 교육과정 성취기준과도 연결이 되어야겠지요. 함께 하기로 한 1학년 교과의 단원과 교육과정을 살펴보았습니다. 그동안 제 수업하기 바빠서 다른 교과에서는 무엇을 배우는지 관심도 없었지요. 이 기회에 단원을 훑어보면서 예전 학창 시절이 생각나기도 했습니다. 살펴보니 너무나 반갑게도 '환경'이라는 공통된 주제를 찾을 수 있었습니다.

과학탐구실험 교과에서는 환경과 관련하여 '태양광 발전을 이용한 장치 고안하기, 적정 기술을 적용한 장치 고안하기, 신소재 개발 사례 조사하기, 지속 가능한 친환경 에너지 도시 설계하기' 등의 단원이 있었습니다. 공통사회 교과는 함께 하지는 않았지만 단원 중 '미래와 지속가능한 삶'이 있어서 충분히 환경 관련 활동을 할 수 있을 것 같았습니다.

국어 교과는 책을 읽고 서평쓰기나 토론 수업으로 진행하면 되므로 특별히 주제를 한정하지 않아도 되었습니다. 영어 교과도 학생들이 여러 교과에서 활동한 후 자신의 생각을 영어에세이로 쓰는 활동을 한다면 주제 선정에 큰 부담이 없었습니다.

주제가 정해지면 각 교과 활동을 고민해야 합니다. 공통사회나 과학 교과에서는 시야의 폭을 좀 넓혀 학교나 지역사회의 에너지 혁신 제안서 작성하기를 할 수 있습니다. '환경 사랑 프로젝트'가 되는 것이지요. 자신의 진로와 관련하여 직업 공간의 에너지 사용 양상과 문제점, 해결 방안 등을 조사 발표하는 것도 한 방법입니다. 간호사가 꿈이라면 인근 병원을 찾아 조사해보고 나름대로 분석해 볼 수도 있습니다. 이런 활동은 심화하여 관련 기관에 제안서를 제출하고 답변을 받을 수도 있습니다.

한국사 교과에서는 관심 있는 시대와 공간을 선택하여 시대별 공간(환경) 지도 만들기를 할 수도 있습니다. 교과별 활동은 평소 교과 활동이나 수행평가 영역을 주제와 연결시키면 되므로 충분히 다양한 방법들이 나올 것이라고 생각합니다.

이런 활동들이 쌓인다면 개인별로 보고서 양이 상당할 것입니다. 그럴 경우 미술 시간에 각자 책 표지 디자인을 하고 1인 1책쓰기를 한다면 좋겠지요. 분량이 일반 책 수준이 되지 않더라도 자신의 융합적 활동이 한 권의 책으로 엮어진다면 의미 있는 일이 될 것입니다.

## 책 선정과 구입은 어떻게 하나요

책은《지구를 살리는 기발한 물건 10》으로 정하고 학교 예산으로 두 반 분량인 60권을 구입하였습니다.

주제가 '환경'으로 정해진 후 우선 관련된 책을 찾아보고 선생님들의 추천도 받았습니다. 학생들의 독서 수준이 모두 제각각이긴 하지만 고등학교 1학년들이 읽기에 적당하고 환경과 관련된 다양한 내용이 담긴 책을 고르려고 했습니다. 그러던 중《지구를 살리는 기발한 물건 10》이라는 책이 10부분으로 나누어져 있어 다양한 내용을 담고 있을 뿐 아니라 각 부분이 연결되는 것이 아니어서 수업에 활용하기가 용이할 것 같았습니다. 그래서 선생님들의 합의를 거쳐 이 책으로 프로젝트를 진행하게 되었습니다.

책은 '한 학기 한 권 읽기' 수업을 위해 얼마 전 학생들이 각자 책을 한 권씩 다 구입한 상황이어서 다시 구입하도록 하기는 좀 곤란했습니다. 그래서 학교 예산으로 두 반 분량인 60권을 구입하고 함께 하시는 교과 선생님들의 책도 구입을 하였습니다. 책을 구입하고 프로젝트가 진행되도록 신한기 선생님께서 많이 애쓰셨습니다.

수업시간에는 그 60권을 활용해서 수업을 하고 주말에 가져가서 읽고 싶어 하는 학생들은 빌려주었습니다. 책 분실을 막기 위해 책에는 번호를 붙여 자신의 출석번호와 같은 책을 읽도록 하였습니다.

## 단계별 활동은 어떻게 이루어지나요

각 교과에서는 수행평가와 연계하여 진행한다면 학생들의 참여가 더 적극적이겠지요. 교과별로 수행평가를 보통 2~3개 정도 하므로 그중 한 항목을 책융합 프로젝트와 연계해서 하면 큰 부담이 되지 않습니다. 수행평가가 아니더라도 이 주제와 관련하여 희망자를 받아서 교내 대회를 열어도 됩니다.

독서를 기반으로 한 프로젝트이므로 국어 교과에서 시작을 하였습니다. 1단계로 국어 교과에서 독서일지를 작성하며 책을 읽었습니다. 그리고 질문 만들기를 통해 모둠질문을 선정하고 이를 바탕으로 학급 질문을 선정하였습니다. 11학급의 질문을 모아서 최종적으로 의미 있는 질문 7개를 선정하여 질문의 답을 고민해 보게 한 후 구술 평가를 실시하였습니다.

2단계로 과학탐구실험 교과에서는 적정 기술, 태양 전지와 관련하여 조사, 실험을 하고 이를 수행평가로 반영하였습니다. 적정 기술과 관련해서는 기존 적정 기술의 단점을 보완하기 위해 어떤 점을 수정하면 좋을지 모둠별 토론을 통해 개선점을 생각해 보고 장치를 고안하여 도화지에 표현하도록 하였습니다. 태양 전지와 관련해서는 전기에너지로 이용하는 실생활의 모습을 살펴보고 태양전지를 효율적으로 사용할 수 있는 방법을 생각해보도록 하였습니다. 학생들은 직접 태양 전지 실험을 해보면서 전류계와 전압계로 전류, 전압, 전력을 구해보았습니다.

3단계로 한국사 교과에서는 역사 속에서 환경과 관련된 물건을 각자 찾아보고 그 물건의 역사를 조사하여 다양한 형식의 보고서를 작성하는 활동을 하였으며 수행평가로 반영하였습니다.

4단계로 영어 교과에서 환경을 주제로 팀별로 TED대회를 실시하였습니다. 1, 2학년을 대상으로 2명~4명 정도 팀을 구성하여 영어 연설문을 작성하고 PPT 파일은 구글 드라이브로 미리 제출하도록 하였으며 팀별 발표를 하였습니다.

이렇게 마무리가 되는 줄 알았는데 학년말에 수학 교과에서 같이 참여해 주셨습니다. 5단계로 수학 교과에서는 플라스틱 사용량을 줄이기 위해 최대 최소를 활용해서 풀어보는 활동을 하였습니다. 지구온난화, 환경오염, 에너지고갈 문제를 해결하기 위해 미적분의 역할을 탐구해 볼 수도 있습니다.

이렇게 5단계를 거치면서 아이들은 '환경'이라는 주제를 다각도로 들여다보고 알게 된 것이 많아진 반면 의문점도 많아졌습니다. 그래서 6단계로 12월에는 책의 저자를 쌍방향으로 만나 질의응답도 하고 책으로 못다 한 이야기도 나누었습니다. 저자는 환경운동가로 활동하고 있어서 이 만남은 아이들이 배운 지식을 더욱 삶과 연관지어 생각해 볼 수 있는 기회가 되었습니다.

7단계는 최종 마무리 단계로 개인별 심화학습 발표를 하도록 했습니다. 프로젝트 진행과정에서 생긴 궁금증과 주제와 관련하여 더 탐구해 보고 싶은 과제를 희망자에 한하여 각자 심화 학습하여 발표하도록 했습니다.

자칫 풀어질 수 있는 학년말에 쌍방향 원격으로 심화 발표를 하면서 발표를 준비한 아이도, 듣는 아이들도 모두 의미있는 시간을 보냈습니다.

이곳에는 제가 수업한 국어 교과 위주로 자세하게 적었습니다.

| 단계 | 교과 | 활동 | 개인 | 모둠 | 수행평가 반영 |
|---|---|---|---|---|---|
| 1 | 국어 | 독서일지 | ○ | | ○ |
| | | 질문 만들기, 구술 | ○ | ○ | ○ |
| 2 | 과학 탐구 실험 | 적정 기술 개선 장치 고안 | ○ | ○ | ○ |
| | | 태양전지 실험 | ○ | ○ | ○ |
| 3 | 한국사 | 환경 살리는 물건의 역사 보고서 | ○ | | ○ |
| 4 | 영어 | 환경 TED대회 | | ○ | |
| 5 | 수학 | 최대, 최소로 플라스틱 사용량 줄이기 | ○ | | |
| 6 | | 쌍방향 저자와의 만남 | ○ | | |
| 7 | 국어 | 쌍방향 개인별 심화학습 발표 | ○ | | |

# 1단계 국어 교과 :
## 질문과 구술로 깊이를 더하다


수업은 어떻게 진행 되나요

제목 보고 예측하기 → 독서일지 작성하며 읽기 → 구술 질문 선정하기 → 구술 평가

예측하며 읽기로 시작했습니다. 책을 읽기 전 책 제목을 보고 내용을 예측해보면 책을 좀 더 능동적으로 보게 됩니다. 우선 학생들에게 자신이 생각하기에 지구를 살리는 기발한 물건이 무엇일지 한 가지를 생각해 보게 하고 그 이유도 생각해 보라고 했습니다. 그것을 육각형 모양의 자석 헥사 보드에 보드마카로 적고 칠판에 붙이도록 하여 서로의 생각을 공유하였지요. 책은 나눌 때 의미가 커지니까요. 또한 자석보드는 같거나 비슷한 것끼리 묶고 정리하기에 더없이 유용합니다.

선생님은 '지구를 살리는 물건'하면 무엇이 떠오르나요? 사실 저는 인간이 만든 물건 중에 지구를 살리는 것이 있을까 의문이 들었습니다. 매일 쌓이는 쓰레기를 보면서 인간은 결국 쓰레기를 만드는 존재 같았지요. 물건을 적게 만들고 적게 쓰는 것이 지구를 살린다고 생각합니다. 아이들 중에도 그렇게 생각하는 아이가 있어서 한참을 망설이더군요. 그래서 지구를 살리는 물건이 떠오르지 않는다면 환경을 좀 더 생각한 물

건을 찾아보자고 했습니다. 그랬더니 다양하게 나오더군요.

아이들의 생각은 크게 세 가지로 나눌 수 있었습니다. 우선 태양열 에너지, 풍력 발전기처럼 에너지 관련된 것과 전기 자동차, 수소 자동차, 자전거처럼 운송 수단과 관련된 것이 있었습니다. 그리고 사소하지만 스테인리스 빨대, 에코백, 리필심, 장바구니, 손수건 같은 물건이 있었습니다. 그동안 있는지조차 몰랐던 종이 빨래나 테이프 없이 포장 가능한 택배 상자, 플라스틱 재활용 커튼도 있어서 놀랐습니다.

'제목 보고 예측하기'가 끝난 후에는 독서일지를 작성하며 책을 읽도록 했습니다. 다음 수업 시작은 지난 시간 읽은 부분에서 학생들이 기록한 질문 중 일부를 이야기해 줍니다. 이 책은 10개의 소제목으로 나누어져 있어서 한 시간에 한 부분씩 읽고 기록하기에 적당합니다. 다섯 부분은 수업시간에 하고 나머지 다섯 부분은 PDF파일로 제공하고 과제로 제시하였습니다. 종이책을 보는 것을 좋아하는 아이들에게는 주말 동안 책을 빌려주었습니다.

독서일지 작성 후에는 구술 평가를 위한 구술 질문을 선정하고 각자 질문의 답을 고민하도록 한 후 구술 평가를 실시하였습니다. 왜냐하면 책을 읽었다면 자신의 말로 표현할 수 있어야 하기 때문입니다. 말이나 글로 표현할 수 없는 것은 모르는 것과 같습니다.

## 독서일지는 어떻게 작성하나요

독서는 작가와 독자 사이의 은밀한 대화입니다. 책 내용을 그대로 받아들이기만 한다면 진정한 독서가 아닙니다. 책을 읽으며 자신의 생각을 끄집어 낼 수 있어야 합니다. 그래서 '기록하며 읽기'가 중요합니다. 이는 다산 정약용이 가장 중요시하고 좋아한 독서법으로 '초서(抄書) 독서법'이라고도 합니다.

> 독서에는 세 가지가 있는데, 입으로 읽고 눈으로 읽고 손으로 읽는 독서다. 그중 가장 중요한 것이 손으로 읽는 독서 '초서'이다.  - 정약용

손을 사용해서 기록하며 읽으면 기억도 잘 되고 뇌도 더 활성화됩니다. 책 내용에 비춰 스스로 질문을 던지고 자신의 삶과 연결지어 자신의 견해를 정리해 보아야 합니다.

아이들이 체계적으로 기록하여 읽을 수 있도록 독서일지 학습지 내용은 다섯 가지 항목으로 나누었습니다. 우선 '오늘의 해시태그[#]'에는 오늘 읽은 부분의 내용을 드러낼 수 있는 단어를 다섯 개 선정합니다. 'FACT 발굴'에는 오늘 읽은 부분을 통해 자신이 새롭게 알게 된 사실 세 가지와 그 핵심어를 정리합니다. '내 마음의 한 구절'에는 중요한 구절을 적고 그렇게 생각한 이유를 적습니다.

'내 안에 들어온 책'에는 자신이 하게 된 생각, 느낌, 다짐, 계획 등을 설명합니다. 책을 읽기 전과 읽은 후는 달라져야 합니다. 책 한 권을 다 읽었는데 마음과 행동의 변화나 성장이 없다면 책을 읽었다고 할 수 있을까요? '책을 향한 대화 WHY'에는 책을 읽으면서 하게 된 질문 세 가지를 제시합니다. 마지막에 '한 줄 총평'을 넣는 것도 좋습니다. 오늘 읽고 생각한 것을 짧은 한 문장으로 표현하는 것입니다.

매 시간 책의 한 파트를 읽고 작성을 합니다. 읽고 작성하는데 처음에

| 오늘의 만남 | 1 | 2 | 3 | 4 | 5 | 6 | 7 | 8 | 9 | 10 |
|---|---|---|---|---|---|---|---|---|---|---|
| 오늘의 해시태그 [#] | [작성 안내] 오늘 읽은 부분의 내용을 드러낼 수 있는 단어 5개를 선정하시오. | | | | | | | | | |
| | # | | # | | # | | # | | # | |

| FACT 발굴 | [작성 안내] 오늘 읽은 부분을 통해 자신이 새롭게 알게 된 사실 3가지와 그 핵심어를 정리하시오. |
|---|---|
| | **1** |
| | **2** |
| | **3** |

| 내 마음의 한 구절 | [작성 안내] 오늘 읽은 부분에서 중요한 구절 4-5줄을 적고 중요하다고 생각한 이유를 3줄 이상 설명하시오. |
|---|---|
| | 쪽 줄~ 쪽 줄 |
| | 중요한 이유 |

| 내 안에 들어온 책 | [작성 안내] 오늘 읽은 부분을 통해 자신이 하게 된 생각, 느낌, 다짐, 계획 등을 4줄 이상 설명하시오. |
|---|---|

| 책을 향한 대화 WHY! | [작성 안내] 책을 읽으면서 하게 된 질문['왜냐하면'으로 답변할 수 있는 질문] 3가지를 제시하시오. |
|---|---|
| | **1** |
| | **2** |
| | **3** |

는 40분 내외의 시간이 걸렸는데, 책읽기에 속도가 좀 붙고 나서는 한 시간에 두 파트를 하는 학생들도 꽤 생겨났습니다.

어떻게 작성해야 하는지 막막해 하는 아이들에게는 다른 친구들의 독서일지를 보여줍니다. 같은 부분을 읽어도 기록 내용은 전혀 다릅니다. 다양한 독서 일지 예를 보고 나면 아이들은 금방 감을 잡고 자신의 생각을 적어내곤 했습니다.

특히 질문하기를 힘들어하는 경우가 많습니다. 그동안 질문에 답하는 삶을 살아왔기 때문이겠지요. 질문이 어려울 때는 육하원칙을 생각해 보라고 합니다. 주제와 관련하여 육하원칙 요소인 '누가, 언제, 어디서, 무엇을, 어떻게, 왜'를 기준으로 질문을 만들어 보게 합니다. 그러면 금세 질문이 꼬리에 꼬리를 물고 나온답니다. 이처럼 독서일지를 작성할 때도 그냥 하라고 던져두는 것이 아니라 교사가 챙겨주고 일러주는 만큼 아이들이 성장해 가는 걸 느낄 수 있었습니다.

## 책은 어떻게 읽나요

책의 한 쪽 정도는 같이 읽고 시작하기도 했습니다. 아이들의 집중을 도와주기 위해서입니다. 또한 마음가짐이 중요하다는 것을 강조하며 책 속에 빨리 빠져들도록 유도하였습니다. 공부와 마찬가지로 끈기가 부족한 아이들은 몇 쪽까지 읽을지 목표를 미리 정하고 읽으라고 이야기합니다. 그래도 힘들어 하는 아이는 책 내용과 관련된 질문을 던져 주고, 읽으면서 질문의 답을 찾아보게 하였습니다.

책은 깨끗하게 보지 않아도 된다고 이야기합니다. 낙서를 하며 함부로 책을 다루라는 것이 아닙니다. 중요하다고 생각하는 부분은 줄도 치고 별표도 하고, 잘 모르겠는 부분은 체크 표시도 하라고 합니다. 책 읽으며 잠시 졸리다가도 누군가가 표시한 부분이 눈에 들어오면 정신이 번쩍 들기도 하고 자신의 생각과 비추어보며 읽게 되지요. 간혹 중심 내용이 아니라 성적 호기심이 생기는 부분에 형광펜으로 표시를 하여 당황스럽게 하는 경우도 있지요.

## 평가와 연계 되나요

활동 중 독서일지 작성과 구술은 수행평가에 반영하였습니다. 독서일지는 책을 읽으며 총 10장의 학습지를 작성하여 제출합니다. 독서일지는 매시간 충실하게 작성하고 책의 내용과 관련하여 자신의 생각과 질문을 분명하게 밝히고 있는지를 평가하였습니다.

구술 평가는 내용과 형식 면을 평가합니다. 내용면에서는 질문에 맞게 자신의 생각을 분명하게 제시하고 내용의 판단 근거가 적절한지가 중요합니다. 형식면은 자신의 언어로 전달력 있고 유창하게 말하는지가 평가기준입니다.

## 구술 평가를 위한 질문 선정은 어떻게 하나요

구술 평가 준비 첫 단계로 우선 구술 평가 때 사용할 질문 만들기를 하였습니다. 질문은 '개인 질문 – 모둠 질문 – 학급 질문 – 학년 질문'으로 모으고 좁히는 과정을 거쳐 최종 8개의 질문을 선정합니다. 교사가 질문을 제시할 수도 있습니다. 하지만 질문을 하는 것 자체가 중요하고 질문을 만들면서 주제에 대한 깊은 고민이 이루어지기 때문에 학생들이 선정하도록 했습니다.

우선 책 한 권을 다 읽은 입장에서 각자 질문 세 가지를 생각합니다. 학생들이 이미 자신의 독서일지 한 장에 질문 세 가지씩을 하여 총 10장의 독서일지로 30개의 질문을 한 상태입니다. 그 질문 중 선정하여도 되고 책을 다 읽은 입장에서 새롭게 든 질문을 해도 됩니다. 독서일지를 작성할 때는 질문에 제한을 두지 않고 파트별로 궁금한 것은 어떤 것을 기록해도 좋다고 이야기했습니다. 하지만 이번에 하는 질문은 좀 더 의미 있는 질문을 할 수 있도록 유도합니다. 막연하게 의미 있는 질문을 하라고 하면 아이들은 막막해합니다. 그래서 의미 있는 질문이란 무엇인지 다음과 같이 몇 가지로 정리해서 알려주었습니다.


- 답에 대해 곰곰이 생각하게 하는 질문
  [질문에 대해 바로 답할 수 있는 질문은 No]
- 다양한 생각이 나올 수 있는 질문
  [너무 뻔한 답을 생각하게 하는 질문도 No]
- 자신의 삶이나 우리 사회의 모습을 되돌아보게 만드는 질문
- 질문에 대해 고민하거나 다른 사람과 공유한 전·후에 자신의 생각
  이 달라질 수 있는 질문

- 세상을 바라보는 관점, 생각을 넓힐 수 있는 통합적 질문

  [아주 지엽적인 질문은 No]

질문 선정 방법(학급당 28명(한 모둠 4명), 총 11학급인 학교의 경우)

| 질문 종류 | 선정 개수 | 선정 방법 |
|---|---|---|
| 개인 질문 | 독서일지 30개 질문과 추가 질문 중 3개 선정 | '의미 있는 질문이란' 항목 활용 |
| 모둠 질문 | 12개 중 2개 선정 | 과녁판, 포스트잇 활용하여 모둠 토의 |
| 학급 질문 | 모둠 질문 14개 중 2개 선정 | 칠판, 육각보드 활용 |
| 학년 질문 | 22개 학급 질문 중 8개 선정 | 교사가 선정 |

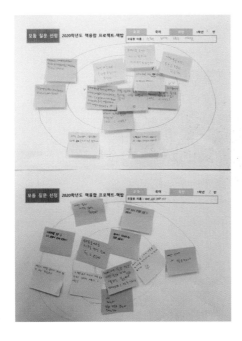

각자 세 가지 질문을 하고 나면 이를 바탕으로 모둠 질문을 선정합니다. 이때에는 과녁판을 이용합니다. 4명이 모둠을 이룬 후 모둠 별로 B4 용지에 동그라미 세 개를 그려 과녁판을 만들도록 합니다. 제일 바깥 원에 각자의 질문을 적은 포스트잇 3장씩을 붙이면 총 12개의 포스트잇이 붙습니다. 이것을 보며 생

각을 공유하고 이 중 좋은 질문 6개를 선정하여 포스트잇을 떼서 두 번째 원에 붙입니다. 대화로 선정해도 되고 하나, 둘, 셋 하면 좋다고 생각하는 질문을 동시에 가리켜 선정해도 됩니다. 다시 6개의 질문 중 최종 2개의 질문을 선정하여 제일 중앙원에 붙이고 별표를 합니다.

이렇게 모둠 질문이 선정되면 학급 질문을 선정할 차례입니다. 학급 질문선정은 칠판과 육각자석보드를 활용합니다. 모둠에서 선정된 질문 두 가지를 각각 육각자석보드에 적어서 칠판에 붙입니다. 칠판에도 마찬가지 과녁판을 그려둡니다. 모둠 질문 선정과 마찬가지로 질문을 좁혀 가며 최종 학급 질문 두 개를 선정합니다. 학생들 각자 의미 있는 질문이라고 생각하는 질문에 스티커를 붙이거나 별표를 하여 선정할 수도 있습니다. 저는 각자 2개를 뽑아서 표시하라고 했습니다.

학급 질문이 정해지면 반별 질문을 다 모아서 그중 8개를 교사가 선정합니다.

| | |
|---|---|
| 의미<br>있는<br>질문<br>이란? | **1** 답에 대해 곰곰이 생각하게 하는 질문<br>[질문에 대해 바로 답할 수 있는 질문은 **No**] |
| | **2** 다양한 생각이 나올 수 있는 질문<br>[너무 뻔한 답을 생각하게 하는 질문도 **No**] |
| | **3** 자신의 삶이나 우리 사회의 모습을 되돌아보게 만드는 질문 |
| | **4** 질문에 대해 고민하거나 다른 사람과 공유한 전·후,<br>자신의 생각이 달라질 수 있는 질문 |
| | **5** 세상을 바라보는 관점, 생각을 넓힐 수 있는 통합적 질문<br>[아주 지엽적인 질문은 **No**] |
| 나의<br>질문 | [작성 안내] 지금까지 한 자신의 질문을 참고하여 책과 관련된 의미 있는 질문<br>3가지를 적으시오. |
| | **1** |
| | **2** |
| | **3** |
| 모둠<br>선정<br>질문 | [작성 안내] 모둠에서 선정한 의미있는 질문 2가지를 적으시오. |
| | **1** |
| | **2** |

| | | |
|---|---|---|
| 학급<br>선정<br>질문 | 질문 1 : | |
| | 질문에 대한<br>나의 생각 | |
| | | |
| | | |
| | | |
| | | |
| | 질문 2 : | |
| | 질문에 대한<br>나의 생각 | |
| | | |
| | | |
| | | |

학년 최종 질문으로 8개를 선정하려고 했으나 답하기 애매한 것들을 빼고 고민 끝에 7개로 선정하였습니다.

최종 선정된 7개의 질문은 다음과 같습니다.

1. 책에 나온 10가지 중 자신이 가장 의미 있다고 생각하는 물건과 그 이유는?
2. 자신이 옐로스톤 탐험대원이라면 사익이 아닌 공익을 선택할 수 있을까? 그 이유는?
3. 이 책을 읽고 지구를 살리기 위해 우리가 실천할 수 있는 방법 중 가장 절실한 것은?
4. 과학기술로 환경문제를 해결할 수 있을지, 더 심화시킬지 예를 들어 설명하면?
5. 자신이 지구를 살리는 물건을 만든다면 어떤 물건을 만들 것이며, 그 이유는?
6. 자신이 이 책을 쓴다면 어떻게 수정할 것인가? 그 이유는?
7. 지구를 죽이는 2가지 물건과 그 이유는?

## 구술 평가 준비는 어떻게 하나요

구술 평가에 쓰일 질문은 미리 공개하였습니다. 학생들이 미리 자신의 생각을 정리하도록 하기 위해서입니다. 이때는 질문 만다라트를 활용하도록 합니다.

만다라트(mandal-art)는 '목표를 달성한다'는 'Manda + la'와 기술 'Art'를 결합한 단어입니다. 깨달음의 경지를 상징하는 불교의 만다라트를 연상하게 합니다. '연꽃기법'이라고도 하는데 연꽃을 피우듯 생각을

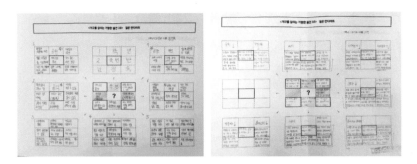

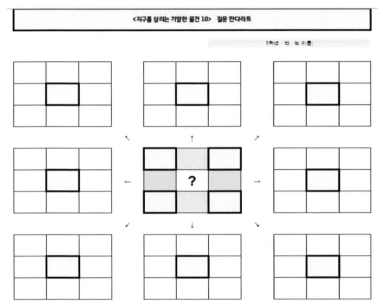

**〈지구를 살리는 기발한 물건 10〉 질문 만다라트**

1학년 반 번 이름:

펄쳐나가면 됩니다. 조그마한 빈 칸을 보면 누구든 채우고 싶은 생각이 들지요. 자신의 생각을 논리적으로 표현할 수 있으면서 한 장으로 생각을 정리할 수 있어 유용합니다. 중앙 9칸의 가운데에 '?'를 두고 주변에 8개의 질문을 적습니다. 각각의 질문을 다시 중앙에 두고 질문에 대한 자신의 생각을 8칸에 다시 적습니다. 질문에 따라 8칸이 필요 없다면 칸을 적절하게 조정하여 활용할 수 있습니다.

구술 평가 준비는 프렙(PREP) 기법을 활용하도록 합니다.

글쓰기와 말하기 모두 프렙 기법을 활용하면 자신의 생각을 명확하게 전달할 수 있습니다. 프렙 기법은 다음과 같은 순서로 표현하는 방법입니다.


P(Point): 핵심 내용을 주장한다.

R(Reason): 주장을 뒷받침하는 근거로 이유를 설명한다.

E(Example): 근거를 증명하기 위해 예를 제시한다.

P(Point): 핵심 내용을 강조한다.


아이들에게 질문을 하면 답을 잘하지 못하는 경우가 많습니다. 그 이유는 주장만 있지 근거와 사례를 적절하게 들지 못하기 때문입니다. 이 방법으로 연습을 하면 근거를 조금 대기 시작합니다. 하지만 적절한 사례를 찾는 것은 힘들어합니다. 이런 방법으로 글을 쓰고 말하는 연습을 하지 않았기 때문입니다. 평소에 주장의 근거로 적절한 사례를 생각하는 습관이 있었다면 금방 떠올랐을 텐데 말입니다. 이 방법을 꾸준히 연습한다면 누구나 말을 잘하고 글을 잘 쓸 수 있습니다.

우리는 누군가를 설득하고 자신의 생각을 논리적으로 표현할 일이 많습니다. 이 때 상황 설명을 먼저 하는 것이 유리할까요? 아니면 주장을 먼저 하는 것이 유리할까요? 주장을 먼저 이야기하는 것이 좋습니다. 간단한 이야기의 경우 무엇을 먼저 하든 별 상관없습니다. 그렇지 않은 경우에는 상대방의 상황 설명이 길어지면 도대체 무슨 얘기를 하려는지 감을 잡기가 어렵습니다. 그러다 내가 추리한 결론과 다른 갑작스런 결론에 당황하게 됩니다. 상대가 결론을 먼저 얘기하면 그 다음 근거나 이유를 설명하는 동안 나름대로 그것이 합당한지 안한지만 따지면 됩니다.

그래서 프렙 기법의 첫 번째는 P(Point), 즉 결론부터 먼저 하라는 겁니다. '힘있는 글쓰기'로 알려진 프렙 기법의 두 번째로 R(Reason)은 '왜냐하면'으로 시작하는 말입니다. 이유와 방법을 제시하며 논리적으로 설명하는 부분입니다. E(Example)는 '예를 들면'으로 시작할 수 있는 말로 구체적인 사례를 들어주면 됩니다. 주장에 따라서 수준을 좀 높인다면 각종 자료나 전문가 의견, 사실 등을 제시할 수 있습니다. 마지막으로 주장을 한번 더 이야기하면서 강조합니다. 강조할 필요가 없을 때는 생략할 수도 있습니다.

---

### 사례

올 봄에 타지역 고등학교 선생님들이 본교를 방문하시면서 과일을 세 박스 사 오셨습니다. 한 박스는 안이 보이는 참외인데 너무나 싱싱하고 맛있어 보였습니다. 나머지 두 박스는 뚜껑이 밀봉된 한라봉이었습니다. 그런데 선생님들께서 학교를 둘러보시는 동안 한라봉을 열어 보니 두 박스 모두 곰팡이 냄새가 확 올라오면서 반 이상이 상해 있었습니다. 이 일로 교무실에서 의견이 분분했습니다. 선생님이라면 이 상황을 알리는 것이 맞을까요? 그냥 모른 척하는 것이 나을까요?

---

이것을 프렙 기법으로 이야기한다면 이렇게 할 수 있습니다.

P : 저는 선생님들께 죄송하시만 과일 상태를 말씀 드려야 한다고 생각합니다. 한 두 개 상했다면 넘어갈 수 있지만, 두 박스를 다 버려야 하는 상황이어서 상황을 정중하게 잘 말씀드리는 것이 옳다

고 생각합니다.

R : 왜냐하면 말씀을 드려야 파는 사람이든 사는 사람이든 다음에 같
은 일을 반복하지 않기 때문입니다.

E : 예전에 제가 여행을 갔다가 고구마를 한 박스 사 온 적이 있습니
다. 당연히 판매자를 믿고 샀는데 집에 와서 보니 상한 것이 많았
습니다. 반품을 하기에는 거리가 멀어서 결국 포기했습니다. 그 이
후로 저는 박스로 사는 식품이나 쉽게 상할 수 있는 물건은 반드
시 확인하고 물건을 삽니다.

P : 선물하신 선생님들의 성의를 생각하면 말씀드리는 것이 참 죄송합니
다. 하지만 실수는 누구나 할 수 있는 것이고, 같은 실수를 반복하지
않도록 과일의 상태를 조용히 말씀드리는 것이 맞다고 생각합니다.

학생들은 '설득하는 글쓰기 프로젝트' 수업을 하면서 이미 프렙 기법
을 배운 상태였습니다. 글쓰기에 사용한 방법을 그대로 말하기에도 적
용하면 됩니다.

평가는 각자 준비하도록 하고 바로 평가하면 참 쉽습니다. 아이들의
수준 차이가 금방 나기 때문입니다. 하지만 우리는 평가를 위해 교육을
하는 것이 아닙니다. 우리는 학생들이 방법은 다 알겠지 하면서 쉽게 과
제를 주고 평가를 하는 경우가 많습니다. 서평쓰기를 할 때도 서평이 무
엇인지도 모르고 한 번도 서평을 본 적 없는 아이들도 있습니다. 이럴 때
는 다양한 서평을 보여주며 어떤 글이 좋은 글인지 알려주어야 합니다.
구술에서는 자신의 생각을 논리적으로 표현할 수 있는 능력을 길러주

는 것이 목표입니다. 반드시 실전 같은 연습을 한 차례 이상 하면서 교정을 해 주는 것이 필요합니다. 그 주장을 위해서는 어떤 근거가 더 필요한지, 사례는 적절했는지, 생각을 분명하게 표현했는지 조언을 해줍니다. 내용만이 아니라 발표 태도나 목소리의 크기, 속도 등도 좀 더 고칠 점을 일러 줍니다. 이 과정을 거치면 아이들의 성장이 한눈에 쑥 들어옵니다. 그 성장을 지켜볼 때 제일 행복합니다. 교육의 보람을 느끼지요.

아이들은 친구들의 발표를 보면서도 많이 배웁니다. 같은 질문에 재치 있게 대답하는 친구들을 보며 감탄을 하기도 합니다. 마치 자신이 발표한 것처럼 그런 친구가 자기 반에 있는 걸 뿌듯해하기도 합니다. 뜻은 같은데 표현에 따라 설득력이 달라진다는 것도 느낍니다.

교사는 학생들에게 연습의 중요성을 계속 강조해야 합니다. 연습이 대가를 만드니까요. 자신의 구술을 영상으로 찍어서 교정도 해 보라고 합니다. 이처럼 충분한 연습 후에 평가에 임할 수 있도록 독려하는 것이 필요합니다.

## 구술 평가는 어떻게 실시하나요

최종 질문은 크게 출력하여 칠판에 붙여두고 타이머를 활용해 평가를 실시하였습니다. 전체 학생들이 질문을 한눈에 볼 수 있도록 한 것입니다 그런데 발표하는 아이들이 문제를 보기 위해 힐끔힐끔 칠판을 쳐다봅니다. 발표자가 구술에 집중할 수 있도록 교탁 위에도 구술 질문이 적힌 종이를 올려주어야 합니다.

구술 평가 순서는 5명씩 무작위로 뽑습니다. 이때 숫자가 적힌 나무젓가락을 활용했습니다. 5명의 평가가 끝난 후 제가 다시 5명을 뽑았는데 아이들은 환호와 탄식의 소리를 내기도 하며 긴장하면서 즐기기도 했습니다.

아이들은 자신이 대답할 질문을 직접 주머니에서 뽑습니다. 선택할 질문 번호를 위해 탁구공 같은 것에 질문 수만큼 번호를 붙이고 적당한 크기의 주머니에 넣어둡니다. 아이들은 열심히 준비한 질문이 뽑히지 않아 아쉬워하기도 하고, 막상 앞에 나오면 생각했던 말이 잘 나오지 않아 당황하기도 했습니다. 그럴 때는 이야기를 들어주는 청중의 역할이 중요하다는 것을 알려줍니다. 고개를 끄덕여주고 호응을 해주면 말하는 사람도 금방 마음이 편안해지기 때문입니다. 발표 도중 생각이 나지 않아 머뭇거리는 친구들에게 "할 수 있어, 아직 시간 있어."라며 응원해주는 모습은 보기만 해도 참 흐뭇했습니다.

구술 평가 시간은 1분에서 1분 30초를 줍니다. 아이들이 직접 말하기를 해보면 1분이라는 시간이 참으로 많은 이야기를 할 수 있는 시간이라는 것을 알게 되기도 합니다. 평가는 '상, 중, 하'를 기본으로 합니다. 평가가 애매한 경우는 '상중, 중하'라는 중간 단계에 표시를 합니다. 평가가 모두 끝난 후 중간 단계를 고려하여 등급별 인원수를 조절하면서 다시 결정합니다. 생각보다 평가가 수월합니다. 그 시간에 평가가 끝난다는 게 가장 큰 장점이고, 수준 차이가 대체로 선명하게 드러납니다.

발표를 한 학생은 구술 평가 학습지에 자신이 선택한 질문과 대답을 요약하여 작성합니다. 그리고 학생들은 친구들의 발표를 들으면서 칭찬해 주고 싶은 친구 세 명을 이유와 함께 적습니다. 아이들이 적은 친구들은 대체로 비슷하게 나옵니다. 누구나 이야기를 들어보면 누가 타당한 근거를 들어 설득력 있게 잘 이야기하는지 알 수 있기 때문입니다. 구술 평가 준비하면서 느낀 점이나 책밥 프로젝트를 하면서 환경과 관련하여 깨달은 점이나 자신의 생각도 적도록 합니다.

　이 활동을 통해 앞으로는 답이 정해지지 않은 질문에도 자신의 생각을 다른 사람에게 잘 말해 줄 수 있을 것 같다는 학생이 있었습니다. 우리는 평소 정답 찾는 연습을 주로 합니다. 그러다 이렇게 친구들의 다양한 생각을 듣다보면 자신의 생각에도 자신감을 갖게 됩니다. 자신의 생각이 분명하지 않아 고민되는 부분도 많았지만 생각을 정리하는 과정이 흥미로웠다는 학생도 있었습니다. 생각은 깊이 할수록 정리도 되고 선명해집니다. 전달력 있게 발표하는 것이 참 어렵긴 하지만 준비만 철저히 한다면 자신이 생각한 바를 충분히 잘 전달할 수 있습니다. 이런 활동으로 같은 질문에 답이 그렇게 다양할 수 있다는 점에 놀라기도 합니다.
　마지막으로 국어 시간 책밥 프로젝트를 통해 학생들은 책 자체에 흥미를 갖기도 했습니다. 책이 어렵기만 한 것이 아니라 곱씹어 보며 생각을 키울 수 있는 매개체라는 것을 인식하게 됩니다. 기록하면서 체계적으로 책을 읽다 보니 활동 후에 기억에도 많이 남아 있다고 했습니다.

| | |
|---|---|
| 자신이<br>선택한<br>질문은? | |
| 자신의<br>대답<br>요약 | [작성 안내] 자신이 받은 질문에 대한 자신의 답변을 간략하게 요약하여 적으시오. |
| 구술<br>평가<br>소감 | [작성 안내] 구술 평가를 준비하고, 답변을 하면서 느낀 소감을 적으시오. |
| 칭찬해<br>주고<br>싶은<br>친구 | [작성 안내] 친구들의 답변을 보면서 칭찬해 주고 싶은 친구 세 명을 선정하고<br>그 이유를 적으시오.<br><br>**1**<br><br>**2**<br><br>**3** |
| 책을 통해<br>깨달은 점,<br>자신의<br>생각 | [작성 안내] 이 책을 통해 깨달은 점이나 환경에 대한 자신의 생각, 이 책으로<br>달라진 점 등을 적으시오. |
| 책밥<br>프로젝트<br>소감 | [작성 안내] 기록하며 읽고, 질문을 만들고, 구술 평가를 실시한 이번 프로젝트<br>전반적인 소감을 적으시오. |

## 나에게 구술 평가는

- 준비하면서 혼자 타이머로 여러 번 연습을 해서 그런지 기다릴 때
는 딱히 긴장되거나 부담되지 않았는데, 막상 발표를 하려고 하니
엄청 긴장이 되었다. 또 발표를 위해 폰 케이스, 비닐봉지 등 소품을
준비해 오려고 했는데 준비하지 못한 점이 아쉬웠다. (김지원 학생)

- 답변을 준비하면서 구체적으로 일회용품이 왜 문제가 되는지 우리
사회는 어떤 노력을 하고 있는지를 구체적으로 알게 되면서 진짜
일회용품 사용을 줄여야겠다는 생각이 들었다. 또한 나의 꿈인 프
로그래머와 연계해 환경에 도움이 되는 앱이나 프로그램을 만들어
보고 싶었다. (김경민 학생)

- 글로 쓸 때와 구술 평가를 할 때가 너무 다른 것 같았다. 글로 쓸 때
는 천천히 생각을 정리하며 했는데 구술로 하니 긴장되기도 하고
생각보다 말이 정리가 안 되어 아쉬웠다. 다음에 한다면 연습을 많
이 해야겠다. 답변을 하면서 남을 설득하는 것이 생각보다 힘들다
는 것도 느꼈다. 친구들의 이야기를 들으면서 생각을 공유할 수 있
는 좋은 시간이었다. (백승현 학생)

- 처음 만다라트 종이를 받고 내용을 적을 때 막막했다. 일주일을 생
각해도 나오지 않아서 많은 장애에 부딪혔다. 하지만 쉬운 문제부
터 만다라트를 채워보니 내 사고 과정을 알게 되어서 좋았다. 평소
친구들 앞에서 말하는 것에 자신이 없었는데 짧은 시간이지만 말하
기에도 많은 도움이 되었다. 기회가 된다면 다른 질문에도 답해 보

고 싶다. (안아란 학생)

## 나에게 국어 시간 책밥 프로젝트는

- 평소라면 이런 환경 관련 책을 읽어 볼 기회가 없었을 것 같은데 이
번 프로젝트를 통해 환경과 내가 사는 지구에 대해 조금 더 관심을
가지는 계기가 되어 좋았다. 패시브 하우스나 재사용 가게처럼 몰랐
던 것을 알게 되었고 플라스틱의 심각성도 다시 깨닫게 되었다. 그
동안 책을 읽어도 눈으로 읽기만 했는데 이 프로젝트를 통해 생각
을 나누고 질문하고 나의 생각도 정리할 수 있어서 도움이 되었다.
예전에는 환경과 관련하여 '내가 안 하더라도 누군가 하겠지.'라고
생각했지만, 이 책을 통해 내가 먼저 이런 다양한 환경용품을 적극
활용하도록 해야겠다고 생각했다. (문수연 학생)

# 2단계 과학탐구실험 교과 :
# 적정 기술을 파헤치고 태양전지 실험을 하다

과학탐구실험 교과에서는 이 책과 관련하여 '적정 기술을 적용한 장치 고안하기'와 '태양광 전지의 연결 방법에 따른 전력량 비교하기' 실험을 하였습니다. 적정 기술을 적용한 장치 고안하기는 세 명이 한 모둠을 이루어 기존의 적정 기술을 개선한 장치를 고안하여 발표하는 활동입니다. 태양광 전지의 연결 방법에 따른 전력량 비교하기는 모둠별 실험 후 개인별로 태양광 전지를 연결해서 전력 계산하는 과정을 평가하였습니다.

## 적정 기술을 적용한 장치 고안하기

적정 기술(Appropriate technology)이란 개발도상국의 토착기술보다는 우수하지만 첨단기술에 비해서는 비용이 적게 들어가기 때문에 중간 기술이라는 의미를 가집니다. 개발도상국에 적용되는 적정 기술의 사례는 주로 물, 전기 에너지, 건강 등과 관련된 것이 많고, 분류해 보면 다음과 같습니다.

| 분야 | 이름 | 내용 |
|------|------|------|
| 교육 | Help desk | 박스포장 골판지로 만든 책가방이 책상으로 변함 |
| 발전 | Soccket ball | 축구공을 15분 가지고 놀면 3시간 사용 전기 생산, 진동 감지 센서와 하이브리드형 발전 디바이스가 운동에너지를 전기에너지로 전환 |

| | | |
|---|---|---|
| 발전 | GiraDora | 세탁물과 세제를 통에 넣고 페달을 밟아주면 세탁통이 회전하여 세탁 |
| | Pot in pot Cooler | 큰 도기 안에 작은 도기를 넣고 그 사이를 젖은 흙으로 메움, 기화열 흡수로 9배 더 오래 보관 |
| | Liter of light | 1.5L 페트병에 물, 표백제를 넣고 지붕에 끼워주면 낮동안 55W 전등 효과, 태양광 판넬을 부착하면 밤에도 사용 가능 |
| 상수도 | 플레이펌프 | 아이들이 바퀴를 돌리면 지하수를 끌어 올리고, 탱크에 저장, 수도꼭지로 물이 나옴 |
| | 라이프스트로 | 필터로 박테리아를 거르고, 요오드 살균, 이온교환 수지로 박테리아, 바이러스 제거, 활성탄으로 중금속, 세균 제거 |
| | 와카워터 | 극심한 일교차로 그물에 물이 액화되어 항아리에 고임 |
| | Q-드럼 | 바퀴처럼 생긴 모형의 중앙에 난 구멍에 줄을 넣어 수레처럼 끌고 다닐 수 있음 |
| | Drinkable book | 책의 내용은 물 오염 정보, 책 사용법이고, 책 장은 은나노입자로 코팅되어 콜레라, 대장균, 장티푸스 등 수질 관련 세균을 죽이는 정수 필터로 사용 |
| | Eliodomestico | 태양열로 물을 증류하여 식수로 만드는 가마솥으로 8시간에 5L 가능 |
| | Drybath | 손세정제와 같이 바르고 닦으면 물 없이 샤워 효과 |
| | Hydropack | 삼투압에 의해 오염된 물이 비닐팩 내부로 들어오면 내부의 특수 용액이 세균과 오염물질을 제거, 10시간에 200mL |
| 의료 | 페이퍼퓨지 | 실팽이로 만든 종이원심분리기로 말라리아균을 분리 |
| | Peepoo | 생분해성 비닐로 만들어진 1회용 변기 |
| | Permanet | 살충효과가 있는 모기장 |

| | | |
|---|---|---|
| 의료 | 폴드스코프 | 생명을 살리는 천 원짜리 현미경으로 말라리아 원충, 겸상적혈구 관찰 가능 |
| | 폐자동차 부품으로 만든 인큐베이터 | 자동차 전조등으로 열을 내고, 대류 열순환을 위해 계기판 사용, 문이 열린 것을 알려주는 도어차임벨, 오토바이 배터리, 자동차 시거잭으로 전기 공급 |
| | 피크 레티나 | 실명을 막는 적정 기술로 스마트폰 카메라, 플레시 기능으로 색맹 테스트, 근시, 백내장 검사 가능 |
| | Ad-Specs | 스스로 시력 교정이 가능한 액체 안경으로 실리콘 오일을 주입해 렌즈 두께 조절 |
| | Sound spray | 캔을 흔들면 발전기에서 전기가 생성되어 축전기에 저장, 모기가 싫어하는 초음파 발생 |

※ 출처: 한국발명진흥처 적정 기술 이야기

　1차시는 원격 수업으로 적정 기술의 뜻과 적용 예, 적정 기술이 가져야 할 조건 등을 설명하였습니다. 그 후 각자 적정 기술을 하나의 단어로 표현하고, 그렇게 생각한 이유를 적어보도록 하였습니다. 그리고 적정 기술이 적용된 세 가지 분야 중에서 새롭게 적정 기술 제품을 고안하고 싶은 분야를 선택하고, 선택한 분야와 관련된 기존의 적정 기술 제품을 조사하도록 하였습니다.

　2, 3차시는 모둠별 활동으로 기존의 적정 기술을 개선한 장치를 고안하여 시각적으로 나타내는 활동을 하였습니다. 4차시에는 모둠별로 고안한 장치를 발표하는 활동을 하였습니다.

　일련의 과정을 단계별로 실시하여 수행 평가로 반영하였습니다.

　적정 기술을 한 단어로 표현하기 → 적정 기술의 조건 찾기 → 적정 기

술 제품 고안 및 적정 기술 제품 조사 → 적정 기술 장치 고안 → 발표 및 상호 평가

이 활동에서 학생들은 주로 상수도 시설의 개선 장치를 많이 제안하였고, 의료 시설과 발전 시설 개선 장치도 제안하였습니다. 학생들은 모둠별 활동을 하면서 혼자 했다면 생각하지 못했을 의견들이 나와서 많이 도움이 되었고, 이미 만들어진 적정 기술이라서 완벽할 것 같았지만 생각보다 보완할 점이 많아서 놀라웠다고 하였습니다.

## 태양광 전지의 연결 방법에 따른 전력량 비교하기

태양광 전지는 태양 에너지를 전기 에너지로 전환하는 반도체 장치입니다. 태양 전지 셀은 약 0.5V 정도의 전압을 생성합니다. 전자 제품을

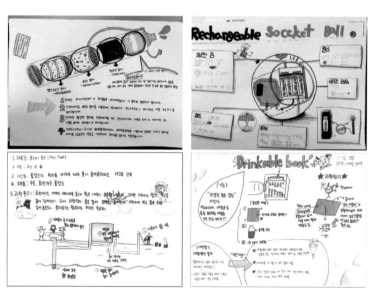

〈적정 기술 개선 장치 만들기 고안 사례〉

사용하기 위해서는 더 높은 전압이 필요하므로 용도에 따라 태양 전지 셀을 여러 개 연결한 패널을 사용합니다.

이 단원에서는 태양 전지 셀의 직렬과 병렬 연결 방법에 따라 전압, 전류가 어떻게 달라지는지, 그리고 전력 생산량이 얼마인지를 실험으로 확인하였습니다. 실험 수업에서 전기스탠드의 빛의 세기를 1과 2로 정하였고, 전지의 직렬과 병렬 연결에서 전압과 전류를 측정할 때에는 저항을 사용하지 않고, 전류와 전압을 각각 따로 측정하였습니다. 빛의 고도를 바꿀 때에는 각도기를 사용하지 않고 30cm 자를 이용하여 45°로 맞추게 하였습니다. 마지막으로 전류와 전압을 함께 측정할 때에는 10옴 저항을 이용하여 회로의 연결 방법을 지도하였습니다.

실험 결과 태양 전지는 빛의 세기가 커질 때와 고도를 높일 때, 전압은 크게 변하지 않지만 전류가 증가하는 것을 확인하였습니다. 또 전지를 직렬 연결할 때는 전류가 일정하고 전압이 증가한 반면, 병렬 연결할 때는 전압이 일정하고 전류가 증가하여 두 경우 모두 전압과 전류를 곱한 값인 전력이 모두 증가한다는 것을 확인하였습니다. 따라서 사용 용도에 따라 전지의 직렬과 병렬 연결을 조합하여 사용할 수 있음을 알 수 있었습니다.

〈태양광 발전을 이용한 장치 고안하기 수업〉

수업은 모둠별로 활동을 하도록 하였고, 수행 평가는 실험 보고서의 내용 중에서 몇 가지를 골라서 10분에 해결할 수 있게 하여 개인별로 평가를 하였습니다. 적정 기술 개선 장치 고안하기 평가는 모둠별 활동이고 개인별로 편차가 크지 않은 반면, 태양 전지 연결하기 평가는 물리적인 개념과 이해가 요구되어서 개인별로 편차가 크게 나타났습니다.


## 나에게 과학탐구실험 시간 책밥 프로젝트는

- 과학탐구실험에서 적정 기술에 대해 배우고, 적정 기술 중 하나를 선택해 원리, 개선점 등을 생각해 본 후《지구를 살리는 기발한 물건 10》을 다시 읽으니 책이 술술 잘 읽혔다. 배경지식을 가지고 책을 읽으니 책 읽는 느낌이 아니라 웹툰을 읽는 것만 같은 느낌이 들었다. 과목들끼리 공통된 내용을 배우니 부담도 적게 들었고, 얕게 공부하는 것 같지 않고 정말 공부하고 있는 것 같았다. (김예린 학생)

- 책에서 적정 기술에 대해서 읽고 나서 과학탐구실험시간에 실패한 적정 기술을 보완하는 수행평가를 했을 때 힘들면서 재미있었다. 실패한 적정 기술을 친구들과 어떻게 하면 유용하게 쓸 수 있을까를 정말 열심히 생각했는데 머리를 쥐어짜도 마땅히 생각이 나지 않았다. 고민 끝에 그건 적정 기술의 조건을 다 포함하려 했기 때문이라는 생각이 들었다. 그래서 비용을 조금 올리더라도 쉽게 사용할 수 있는 방법을 생각했고, 결국 잘 완성하였다. (성윤지 학생)

- 책에 나온 태양광 전지는 평소에도 많이 듣고 알고 있어서 색다른

게 없다고 생각했다. 그런데 직접 실험을 하여 결과를 눈으로 보고 태양광의 장점과 효율을 높이는 방법 등을 공부하면서 그저 외우며 공부하는 것과는 다르게 재미가 있었다. 의문점도 한눈에 이해가 되었다. 책밥 프로젝트가 실험과 연계되면서 과학에 흥미가 생기고 원리도 잘 이해할 수 있었다. (양지웅 학생)

### 정은식 쌤

—

책밥 프로젝트 관련하여 과학탐구실험 교과에서는 모둠별 활동과 실험을 통해 적정 기술과 태양 전지 부분을 좀 더 깊이 들여다보았습니다. 적정 기술을 적용한 장치 고안하기에서는 학생들이 적정 기술에 담긴 과학 원리를 찾아보고 문제점을 보완하게 하는 활동을 하였습니다. 이를 통해 학생들이 과학과 사회에 대한 관심과 흥미를 불러일으킬 수 있었습니다.

태양광 전지 연결 방법에 따른 전력 생산량 비교하기에서는 책에서 읽은 내용을 과학에서 직접 실험을 했습니다. 비록 평가를 어려워하는 학생도 있기는 하였으나 학생들의 이해를 높일 수 있었다고 생각됩니다. 수업을 준비하면서 실험과 평가가 제대로 되도록 하기 위해 저항과 다이오드를 새로 구입하여 여러 방법으로 실험해 본 결과 나름 최선의 방법을 얻었다고 생각합니다.

# 3단계 한국사 교과:
# 역사 속 환경을 살리는 물건을 찾다

한국사 교과에서는 환경을 살리는 물건에 관한 역사 보고서 작성을 하였습니다. 역사 속에서 환경과 관련된 물건을 찾아보고, 그 물건의 역사적 사건과 역사적 내용을 보고서로 작성하는 활동입니다. 보고서 형식은 상소문, 편지, 제품 안내서, 물건의 역사 소개 등 다양한 형식이 가능하도록 했습니다. 학생들은 A4 2~5쪽으로 작성하였으며, 이는 수행평가로 활용하였습니다.

한국사 시간 책밥 프로젝트 보고서 사례입니다.

역사 속 환경을 살리는 물건으로 '자전거'를 선정한 김선정 학생의 보고서 일부를 소개합니다. 과거부터 현재로 이어지는 4대에 걸친 가족의 일기 형식으로 작성하였는데 그중 하나입니다.

1898년 12월 3일 날씨 맑음

제목: 드디어 발견하다

장날이라 아침 일찍 장에 도착하니 벽보도 없는데 장터 가운데에 한 무리의 사람들이 모여 있었다. 이상한 바퀴 같은 것이 달린 물건이 서 있었다. "하와이에서 도입한 것입니다."라고 말하더니 갑자기 윤치호라는 사람이 그것을 타고 앞으로 나아가기 시작했다. 저것이 아마 2년 전에

본 그것인가 싶었다. 사람들도 나도 흥분을 감추지 못했고 드디어 우리가 빠르게 이동할 수 있겠다는 희망을 얻었다. 굴곡이 많은 길마저도 종횡무진으로 달릴 수 있는 이러한 기계를 우리는 '자행거, 축지차'라고 불렀다. 사람들은 그것이 이제 우리에게도 조만간 보급되리라는 희망과 함께 서로의 바람을 말했다. "난 저 축지차를 타고 경성(서울) 구경을 하고 싶어.", "난 동네를 매일 몇 바퀴씩 돌 거야." 사람들은 무척이나 설렜다.

나도 설레긴 했지만 갑작스레 아버지 생각이 나서 어쩔 줄 몰랐다. 아버지가 살아계실 때 이 물건이 있었다면 아버지께서 아픈 다리를 끌고 장을 오가는 고통을 조금이라도 줄일 수 있었을 터이다. 아버지께서 돌아가시기 전부터 항상 원하셨던 그 물건이 이제야 나온 것 같아서 그 물건의 발명이 마냥 행복하지는 않다. 시장에서 집으로 와 어머니께 사실을 알렸다. 어머니께서도 역시 아버지 생각이 나셨는지 눈물을 참을 수 없으셨나보다. 내일은 아버지 산소에나 다녀와야겠다.


### 나에게 한국사 시간 책밭 프로젝트는

- 우리나라에 자전거가 들어온 시기를 조사해 보니 상주 지역의 자전거 역사가 나왔다. 그래서 상주를 배경으로 일기 형식으로 쓰려고 했다. 역사는 과거의 일에서 현재로 전해오는 이야기라고 생각해서 할아버지부터 손주에게 전달되는 일기 형식으로 정했다. 처음에는 막막하였는데, 막상 시대를 정하고 날짜를 정하고 써내려 가다 보니 글을 적는 게 어렵지 않았다.

이번 프로젝트를 통해 자전거의 역사를 조사하고, 그 가치를 통해 깨달은 점이 많아 뿌듯했다. 특히 일기로 쓰다 보니 그 시대의 내가

되어 그 상황에 감정이입을 하니 자전거의 가치가 더욱 소중하게 느껴졌다. (김선정 학생)


역사 속 환경과 관련된 것으로 '호랑이'로 선정하고 '한국 호랑이는 왜 멸종 되었는가'라는 주제로 상소문을 작성한 김나현 학생의 보고서 일부를 소개합니다.

전하, 조선이라는 나라의 한 백성으로서 머리를 조아리며 주상전하께 상소 올립니다.

들려오는 소문에 의하면 호랑이가 사람을 공격해 목숨을 잃거나 다친 백성들이 늘어나고 있을 뿐만 아니라 경상도에서는 석 달 동안 수백 명이 호랑이에게 물려 죽었다고 하옵니다. 또한 말이 호랑이에게 해를 입어 파발이 끊기기도 하고 목장이 통째로 사라져 재산까지 피해를 입었다고 하옵니다. 이에 따라 조선 왕실에서는 호랑이를 잡고자 착호갑사를 양성해 운영하고 있는 것 아니겠습니까. 하나 호랑이 포획과 관련된 모든 명을 거두어 주시옵소서, 전하. 제가 감히 전하의 명을 거두어 달라고 간절히 청하는 까닭 두 가지가 있사옵니다.

어느 때부터 호랑이의 뼈가 건강에 좋다는 속설이 떠돌아다니기 시작하였사옵니다. 궁 안까지는 퍼지지 않았을지도 모릅니다. 하나 호랑이는 진실인지도 모르는 이 속설 때문에 밀렵의 표적이 되었사옵니다. 하물며 누런색 바탕에 검은색 줄무늬가 뚜렷하고 멋지다는 이유로 호랑이의 가죽을 얻기 위해 포획하는 사람도 있었사옵니다. 그러니 호랑이는 가만히 있다가 봉변을 당한 가엾고 불쌍한 동물이옵니다. 또한 조선 내에서 호환을 당한 백성들의 수가 나날이 늘어나고 있다고는 하나 이 모든 것이 호랑이의 탓이지는 않다고 생각하옵니다. 엎드려 생각하옵건대, 저는 유독 조선에서 호환을 당하는 일이 잦은 이유가 농경지의 확대 때문이라는 결론에 이르렀사옵니다, 전하. 당시 조선은 굶주리고 있었고 식량을 생산하기 위해서는 필히 숲을 일구어 농지를 개간했어야 하옵니다. 하나 호랑이 한 마리의 서식지는 넓사옵니다. 이 때문에 백성들은 자신도 모르게 호랑이의 서식지를 침범하게 되었고 자신의 서식지를 침범 당한 호랑이가 위협을 느껴 백성들을 공격한 것이옵니다. 제 집을 지키기 위해서라면 누가 공격을 마다하겠습니까. 이 점이 간청하는 첫째 이유이옵니다.

(중략)

현재 조선에서는 사냥하고 포획해야 하는 동물이지만 먼 미래에는 보호받아야 할 동물일지도 모르옵니다. 이 간언을 윤허하여 호랑이 포획에 관한 모든 명을 부디 거두어 주시옵소서, 전하.

조선 왕실에서는 호환을 막기 위한 또 다른 지혜로운 방법을 찾을 수 있을 것이옵니다. 앞서 말한 두 가지 이유는 아무것도 모르는 한낱 백성일 뿐인 저의 소신이옵니다. 하나 후회하는 일이 되지 않기를 바라는 백성의 마음을 밝게 살펴주시길 엎드려 바라옵니다. 떨리고 두려운 마음을 감당하지 못한 채 죽음을 무릅쓰고 아뢰옵니다.

## 나에게 한국사 시간 책밥 프로젝트는

- 글 형식을 상소문으로 정했다. 상소문은 왕에게 상소하는 문서이기 때문에 한 번도 써본 적이 없어 어떻게 글을 시작하고, 말투는 어떻게 해야하는지 생각할 것이 많았다. 그러다가 실제 상소문의 형식을 참고해 글을 써내려 갈 수 있었다. 이번 학기에 책밥 관련한 활동들을 많이 했는데, 전혀 연관이 없을 것 같은 역사와 환경을 연계해서 한다고 하여 처음에는 막막했다. 하지만 주제를 정하고 인터넷 자료를 참고하면서 틀을 잡고 글을 차근차근 써내려가다 보니 잘 완성할 수 있었다.

  이 활동으로 책을 좀 더 깊이 읽었다는 생각이 들었고 책 내용을 더 오래 기억할 수 있었다. 앞으로는 독서 활동을 한 후 우리 삶에 책 내용을 대입해 봐야겠다는 생각이 들었고, 책밥 프로젝트를 한 번 더 하게 된다면《지구를 살리는 기발한 물건 10》중 재사용 가게에 대한 내용을 다룬 부분에서 IMF 외환위기에 관한 이야기가 있었는데 그 내용을 주제로 글을 써보고 싶다. (김나현 학생)

김명애 쌤

-

이번 프로젝트를 통하여 아이들은 한국사를 다른 시각에서 바라보게 되었습니다. 역사가 단순한 암기라든가 과거 이야기가 아니라 학생들이 주변의 사물이나 인류가 처한 상황을 역사와 연결하여 역사적 의미를 좀 더 현실감과 현장감을 가지고 대할 수 있었습니다. 예를 들면, 패시브하우스의 중요성을 통해 우리 한옥의 중요성과 기능을 깨닫고, 공원의 기능을 통해 3.1운동의 발생지였던 탑골공원에 주목하였습니다. 자전거와 종이의 발명과 발달 과정을 통해 환경의 중요성뿐 아니라 삼국 시대부터 이어온 우리 한지의 발달에도 관심을 가지게 되었습니다. 이처럼 현대 인류의 관심사를 과거와 연결시켜 과거의 의미를 한층 더 이해하고 현재와 연결시키려는 노력이 이루어졌습니다.

그 과정에서 현재의 물건과 관련된 과거의 역사나 물건을 찾기 위해 각종 자료를 뒤지고 2쪽 이상의 보고서를 작성하기 위해 논리적으로 서술하며 전개하는 노력도 엿보였습니다. 이러한 글쓰기 작업이 독서에서 출발하여 각 교과로 연결되어 통합적인 협력수업이 이루어졌다는 점에서 매우 바람직한 프로젝트였다고 생각합니다.

### 정재훈 쌤

-

최근 교육과정의 트렌드는 '융합'입니다. 그동안 교육과정의 '융합'은 현실보다는 이론에 가깝다고 생각했습니다. 하지만 책밥 프로젝트를 통해 그러한 생각은 조금 달라졌습니다. 우리의 일상 생활에서 혹은 언론매체에서 항상 들어만 왔던 '환경'이라는 주제로 학생들은 각 과목별로 '융합'을 경험했습니다. 그게 비록 작은 활동들이라 할지라도 다양한 수업의 활동이 하나의 주제로 합쳐지고, 그것을 확대해 나가는 경험은 분명 신선한 것이었을 겁니다. 이러한 경험들을 좀 더 확대해 나가 4차 산업 혁명 시대에 걸맞는 창의적, 융합적 사고력을 기를 수 있는 실질적인 교육과정이 앞으로 필요하다고 생각합니다.

신한기 쌤

–

《지구를 살리는 기발한 물건 10》과 한국사를 어떻게 연결시키는 것이 좋을지, 어떻게 해야 학생들이 쉽게 접근할 수 있을지를 많이 고민했습니다. 과제를 제시하면서 단순히 책에 언급된 공원의 역사, 물건의 역사 등 기본적인 주제를 바탕으로 한 결과물이 나오지 않을까 우려도 했습니다. 하지만 재사용 가게와 IMF 외환위기를 연결한 글, 자전거와 3·1 운동(역사적 사건)을 연결한 글 등 기발하게 작성된 내용이 많았습니다.

이번 책밥 프로젝트 연계 활동의 학생 소감문을 살펴보면, 대부분의 학생들이 주제 선정의 어려움을 토로하였습니다. 아마 이런 융합 수업이 처음이라 주제 선정에 가장 많은 시간을 보낸 것으로 보입니다. 막막했던 고민의 시간을 보낸 후 글을 시작하니 어느새 완성되었다는 학생 소감을 읽어 보며 시작이 얼마나 중요한지도 생각하게 되었습니다. 역사와 관련된 글을 작성하기 위해 많은 학생들의 고민 흔적을 보니 기특하게도 여겨집니다.

책 한 권으로 여러 교과에서 연계하는 다양한 활동으로 학생들은 한 책을 여러 번 반복해서 읽고, 주제에 맞게 보고서를 작성하기 위해 여러 번 고민하는 과정을 거치며 스스로 성장의 기쁨을 누렸을 것으로 봅니다. 자기주도적인 학습 능력, 탐구 방법, 융합적인 사고 등을 키운 것이 이번 프로젝트의 큰 성과가 아닐까 생각합니다.

# 4단계 영어 교과 :
# 환경 TED대회를 열다


영어 교과에서는 이 책과 관련하여 TED 대회를 개최했습니다. 1, 2학년을 대상으로 2명~4명 정도 팀을 구성하여 영어 연설문을 제작, 발표하는 활동을 하였는데, '환경'이라는 큰 주제 아래 다음의 네 가지 주제를 제시하였습니다.

- 지속가능한 발전(Sustainable Development)
- 적정 기술(Appropriate Technology)
- 생물 다양성(Biodiversity)
- 전기 차(Electric Cars)

위 주제 중 하나를 선정하거나《지구를 살리는 기발한 물건 10》과 관련하여 자유롭게 주제를 선택하여 팀별로 탐구 및 연구 활동을 한 후 PPT 파일을 작성하도록 하였습니다. 작성한 PPT 파일은 구글 드라이브로 미리 제출하도록 하였으며 전체 참여 학생의 20% 이내로 시상을 하였습니다.

심사 기준은 다음과 같습니다.
- Content (50%)
 : 발표 내용의 응집성, 주제에 대한 정확한 이해, 정확한 정보 전달 등

- Verbal Skills (20%)

: 명료성, 발음의 정확성, 전달력, 강세 및 인토네이션 등

- Non-Verbal Skills (20%)

: 시선 처리, 적절한 얼굴 표정 및 몸짓, 자세 등

- Mechanics/ Visual Aids (10%)

: 문법 사용, 슬라이드 스펠링, 내용 집중에 도움이 되는 시각 자료 등

이 활동을 통해 '환경'이라는 주제와 관련하여 책을 통해 알게 된 태양열, 전기 차, 적정 기술 등의 장단점을 깊이 조사해 보면서 학생들은 관련 분야에 더 관심을 갖게 되었습니다. 화석연료를 사용해 온 인류가 직면한 문제점에 대해서도 심층적으로 파악하고 생물 다양성의 중요성을 깨달았다는 학생도 있었습니다.

그리고 이러한 내용을 영어로 영작하는 것은 쉬운 일이 아니지만 도전에 의미를 두고 많은 학생들이 참여하였습니다. 번역기의 힘을 빌리기도 하고 대본 작성에 힘들어하는 학생들은 친구에게 물어보거나 선생님께 여쭈어 보면서 준비하였습니다. 그러한 과정에서 영어 작문 실력도 향상되었을 것입니다. 학교 수업시간에 공부하고 익혀왔던 문법, 영어 표현들을 실제로 자신의 발표에 적용하여 보면서 단지 시험을 위해서가 아니라 배웠던 영어를 능동적으로 실생활에 활용하는 좋은 기회가 되었습니다.

마지막으로 학생들은 자신이 준비한 자료와 대본을 많은 사람들 앞에서 영어로 설명하면서 자신의 부족함도 느끼고 한편으로는 영어에 대한 자신감도 생겼습니다. 다른 팀원들의 발표를 보며 자신들의 발표가 무엇이 부족한지도 알고 전달력 있는 발표를 위한 여러 방법들도 배우게

되었습니다. 특히 연습과 대본을 충분히 외워서 전달하는 것이 얼마나 중요한지도 알게 됩니다. 평소에 TED 프로그램을 즐겨 들어서 영상 속 여러 강연자들처럼 자신도 청중들 앞에서 영어로 생각을 발표할 수 있다는 기회 자체가 소중하게 다가왔다는 학생도 있었습니다.

또한 팀으로 대회를 하다 보니 함께 호흡을 맞추는 것이 얼마나 중요한지도 느끼게 됩니다.

### 나에게 TED대회는

- 평소 영어에 관심이 많아 영어 작문과 발표에 흥미가 있었던 나로서는 정말 좋은 기회라고 생각해 의지가 넘치는 상태로 참여하게 되었다. 과학탐구실험 시간에 배웠던 적정 기술과 국어 시간에 읽었던 책 내용을 접목시켜 주제를 적정 기술로 잡아 ppt를 제작하는 건 별로 어려운 일이 아니었다. 하지만 내가 전하려는 메시지를 대본으로 작성해 내 말로 전달하는 건 정말 어려운 일이라고 다시금 깨달았다.

내가 담고 싶었던 메시지는 '삶의 빛, 적정 기술'이었지만 발표하면서 대본에 의지한 면이 있어서 아쉬웠다. 그렇지만 대본을 작성하면서 내가 작성한 한글 대본을 영어로 변환하며 올바르고 잘못된 표현을 찾아 고치는 게 즐거웠다. 페트병 전구와 팟인팟 쿨러 등을 예시로 들며 적정 기술의 장점과 고려해야 할 점 등을 주제로 발표했다. 전달력을 위해 발음과 목소리 크기에 집중해서 침착하게 발표를 했다. 내년에도 이 대회가 다시 개최된다면 기꺼이 참가할 것이고, 그때는 내 메시지를 좀 더 내 말로 표현할 수 있을 정도로 더 성장해 있으면 좋겠다. (신수연 학생)

## 최현애 쌤

-

가장 큰 수확은 영어로 발표한다는 것 자체에 많은 부담을 안고 있던 학생들이 국어, 과학탐구실험 시간에 다루었던 책 내용과 연관된 주제로 영어로 작문하여 발표하는 프로젝트인 TED 대회를 경험해 보며 자신감을 얻게 되었다는 것입니다. 영어 교과 시간을 따로 할애하여 주제 관련 독서를 하거나 정보를 접하기가 수월하지는 않습니다. 그런데 책밥 프로젝트로 미리 읽어서 내용을 알고 있는 것을 주제로 삼아 더 조사하고 영어로 말하는 대회를 실시하게 되니 학생들 입장에서도 프레젠테이션 자료를 만드는 과정에서 발표 소재나 정보를 얻기가 용이했을 것 같습니다.

또한 자신이 발표하는 내용에 대한 충분한 이해를 바탕으로 몇몇 팀은 매우 자연스러운 태도와 발문으로 유창한 발표 솜씨를 보여 앞으로의 성장 발전하는 모습이 선하게 그려지기도 했습니다. 대회가 조금 더 발전하여 학생들 스스로 대회를 기획, 진행하며 영어로 모든 행사가 진행되어 자기 주도적인 역량을 키워나가는 모습을 기대해 봅니다.

유호원 쌤

-

우리 학교 학생들의 영어 실력을 고려해 보았을 때, 영어 프레젠테이션은 좀 힘겹긴 합니다. 하지만 영어 실력이 조금 부족하더라도 학생들이 다른 교과 시간에 배운 내용을 바탕으로 융합해서 발표를 하는 모습이 인상적이었습니다. 영어는 결국 의사소통을 위한 매개체이고, 그 안의 핵심 내용이 중요한데, 책밥 프로젝트를 통해서 학생들이 이러한 부분을 깨닫고 영어로 말하는 데 조금이나마 자신감을 얻게 된 것 같아 흐뭇했습니다.

# 5단계 수학 교과 :
## 최대, 최소로 플라스틱 사용량을 줄이다

수학 교과에서는 여러 가지 환경 문제 중 플라스틱 사용량 증가로 인해 발생하는 문제를 해결하기 위해 '플라스틱 퇴출 대작전! 최대, 최소를 활용한 플라스틱 사용량 줄이기' 프로젝트를 실시하였습니다.

고등학교 1학년 수학 Ⅱ. 방정식과 부등식 단원에서는 아래와 같은 성취기준이 제시되어 있습니다.

> 〔10수학01-11〕
> 이차함수의 최대, 최소를 이해하고, 이를 활용하여 문제를 해결할 수 있다.

위 성취기준과 관련하여 1학기 수학 수업에서 '이차함수의 최대, 최소를 이해하고, 이를 활용하여 문제를 해결할 수 있다.'라는 학습목표로 수업을 진행하였습니다. 2학기 '집합과 명제' 단원에서는 '절대부등식'이라는 개념을 배웁니다. 그중 산술평균과 기하평균의 관계를 나타내는 부등식은 실생활의 문제를 해결하는데 활용이 되기도 합니다.

> $a > 0, b > 0$일 때,
> $\dfrac{a+b}{2} \geq \sqrt{ab}$ (단, 등호는 $\sqrt{a} = \sqrt{b}$, 즉 $a = b$일 때 성립)

'학생들이 1학기와 2학기에 배운 이차함수와 절대부등식을 이용하여 최대, 최소를 구하고 실생활의 문제를 해결한다면 얼마나 좋을까? 그 문제가 환경문제라면 어떨까?'라는 생각에서 프로젝트를 기획하였습니다. '책밥 프로젝트 5단계 플라스틱 퇴출 대작전!'으로 그 생각을 실현할 수 있었습니다.

코로나19로 지자체마다 플라스틱이 산더미처럼 쌓이고 있습니다. 이는 정부만이 아니라 모두가 고민해야 할 문제입니다. 플라스틱 문제를 수학적으로 접근하기 위해 우선 학생들이 플라스틱의 심각성을 인식하는 것이 중요했습니다. 그래서 《지구를 살리는 기발한 물건 10》의 1장을 다시 읽어 보며, 플라스틱을 퇴출하기 위한 방법을 미리 생각해 보게 했습니다.

학생들이 생각하는 플라스틱 퇴출 방법을 발표하도록 하여 생각을 공유했습니다. 수업을 여러 차시에 걸쳐 진행할 경우, 학생들이 찾아온 내용에 대하여 토론하고 해결방법에 문제점은 없는지 더 살펴보는 것도 의미가 있을 것입니다.

학생들이 찾은 방법은 주로 '대체물질 개발', '재활용', '사용량 줄이기' 등이었습니다. 대체물질 개발은 현재 활발하게 이루어져 썩는 플라스틱이 개발되고 있으며, 500ml 생수병에 적용되어 시판도 되고 있습니다. 재활용 분야에서도 분리수거 시 투병 패트병을 따로 분리하기 시작하였고, 옷으로 재생산하고 있는 업체들도 여러 군데 생겨났습니다. 세 번째 사용량 줄이기는 학생들이 적극 실천해야 하는 방법입니다.

학생들은 이런 방법을 조사하면서 수학과 과학을 열심히 공부하여 대체물질을 개발하는 연구원이 될 꿈을 가질 수도 있겠지요. 그중 수학이 특별히 어떤 역할을 하는지를 알기 위해서는 고등학교 2학년 때 배울 미적분 내용을 알아야 하지만 고등학교 1학년 수준에서도 충분히 생각

| 책밥 프로젝트<br>[5단계 수학] | 단원 | II. 방정식과 부등식<br>IV. 집합과 명제 | 주제 | 최대, 최소를 활용한<br>플라스틱의 사용량 줄이기 |
|---|---|---|---|---|

## 지구를 살리는 기발한 물건 10

### 플라스틱 퇴출 대작전

플라스틱의 가장 큰 문제는 여러 가지 환경문제의 원인이 되고 있다는 것입니다. 육지에 남아 있는 플라스틱 쓰레기는 땅속이나 물속을 오염시키고, 태우면 다이옥신 같은 유해물질을 내뿜어요. 플라스틱이 분해되는 기간은 100년에서 500년이라고 하는데, 과학자들은 플라스틱을 사용한 지 겨우 100년 정도라서 정확한 분해 기간을 알 수 없다고 해요.

[함부로 버린 플라스틱 쓰레기는 새와 물고기의 목숨을 위협하고 있다.]

▶ **만약! 내가 플라스틱 바구니를 다이소에 납품하는 공장의 사장이라면, 플라스틱 사용량을 줄일 수 있을까?**

**생각해 보아요.**

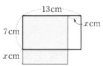

[교과서 p. 67 참고]

내가 운영하는 공장에서는 위 그림과 같이 가로의 길이 13 cm, 세로의 길이 7 cm인 직사각형 모양의 플라스틱 바구니를 생산하고 있다.

가로의 길이는 $x$ cm만큼 줄이고 세로의 길이는 $x$ cm만큼 늘여서, 즉, 플라스틱 사용량은 그대로 하면서 넓이가 가장 큰 직사각형 바구니를 만들려고 한다.

이때 새로운 직사각형 바구니의 넓이의 최댓값을 구하시오. (단, $x > 0$)

---

[해결방법 1] 이차함수의 최대, 최소 이용

[해결방법 2] 산술평균, 기하평균 부등식 이용

<책융합 프로젝트> 활동소감

▶ **플라스틱 사용량을 줄이면서, 넓이가 큰 바구니를 만든 당신!**
**당신이 바로 지구를 지키는 히어로!!**

플라스틱 쓰레기! 내가 책임진다!

해보게 할 수 있습니다. 바로 이차함수와 절대부등식을 이용하여 최댓값, 최솟값을 구해 보는 것입니다.

학생들이 이차함수와 절대부등식을 배웠으니, 이를 이용하여 주어진 문제를 해결해 보게 했습니다. 스스로 바구니를 생산하는 공장 사장이 되어 친환경 기업을 운영하는 경험을 해보게 하는 것은 학생의 미래뿐 아니라 지구와 인류의 미래를 위해 소중한 시간이 될 것입니다.

학생들이 해결한 내용을 공유하며, 2학년 수학Ⅱ 교과에서 미적분을 배운 후 또 다른 방법으로 플라스틱을 퇴출해 보자는 이야기로 수업을 마무리하였습니다.

수포자는 왜 생길까요? 아이들은 어릴 때 이야기를 좋아하듯 다 수학을 좋아합니다. 하지만 수학이 텍스트에 갇히는 순간 수학은 그저 지식이 되어 버립니다. 현실과 동떨어진 지식은 아이들에게 답답하게 느껴집니다. 수학의 즐거움을 다시 느끼게 하는 방법은 다시 현실 삶으로 끄집어 내는 것입니다. 이 프로젝트처럼 플라스틱 사용량을 줄이려면 최대, 최소가 이용된다는 걸 배우고 나면 수학이 달리 보입니다.

**나에게 수학 시간 책밥 프로젝트는**

- 책융합 프로젝트를 하면서 환경과 수학의 연관성을 깨닫게 되었다. 환경과 수학은 밀접한 관련이 없다고 생각했는데 이렇게도 이용하는 것을 보니 수학의 가능성이 정말 무궁무진하게 느껴졌다. 또한 일상생활 속에 녹아들어 있는 수학이 얼마나 많은지도 깨닫게 됐다. 우리를 편리하게 해주는 엘리베이터, 마트의 할인율 등 수학에 눈을 뜨고 내 생활을 둘러보니 어느 하나도 수학이 빠져 있는 곳이 없었

다. 우리가 이때까지 배워왔던 수학적 개념들을 환경과 우리 생활에 융합해 보니 너무 신기했고 수학이 친근하게 느껴졌다. 책밥 프로젝트는 나에게 넓은 시야를 가지게 해주었으며 어떤 문제를 해결할 때 그 무엇보다 논리적이라고 할 수 있는 학문인 수학을 통해 논리적으로 해결하고 고민해 볼 수 있는 능력을 키워주었다. (김지후 학생)

- 환경은 수학과 전혀 연관성이 없을 것 같았는데, 이렇게 연관시켜서 직접 수학 시간에 배운 내용으로 계산을 해보니 융합적으로 사고하는 능력이 향상된 것 같았다. 앞으로 책을 읽을 때 특정 내용을 바탕으로 다른 과목과 연관시켜보는 활동을 스스로 또 해보고 싶다. (장채은 학생)

- 책밥 프로젝트를 진행하면서 환경문제가 심각하다는 걸 알고 있었지만 잘 와닿지는 않았다. 그런데 이번 수업을 계기로 그것이 직접적인 우리의 일이라는 것을 알 수 있었으며 환경을 지키기 위해 생각보다 많은 사람들이 다양한 방법으로 노력한다는 사실도 알 수 있었다. 그래서 나도 이러한 사람들처럼 환경을 위해 활동하고 싶다는 생각이 들었다. (양지웅 학생)

김춘식 쌤
-

수학을 공부하는 이유는 여러 가지가 있지만, '실생활 속 문제를 합리적으로 해결하기 위함'이 그 이유 중 하나라고 학생들에게 늘 이야기하였습니다. 하지만 진도 나가기에 급급하여 개념을 일방적으로 전달하고, 수학의 유용성을 가르쳐 줄 기회가 없었습니다.

책밥 프로젝트를 학기말에 진행하면서 학생들에게 수학의 유용성을 알려줄 수 있어서 너무 뿌듯했습니다. 특히 동물을 사랑하여 수의사가 꿈이었던 학생이 플라스틱이 동물들의 생명에 위협을 가하고 있다는 것을 알게 된 후 이번 프로젝트에 열심히 참여하던 모습을 보면서 행복했습니다. 수학은 우리 주변에 늘 가까이 있지만, 학생들에게 삶과 연결지어 제시되었을 때만이 의미가 있다는 것을 깨달았습니다. 앞으로도 수학적 개념과 문제들을 학생의 시각에서 바라보고 해결할 수 있도록 과제를 제시하여, 수학의 진정한 힘을 느끼고 배울 수 있도록 준비하겠습니다.

### 김소영 쌤

-

이번 책밥 프로젝트를 진행하면서 학생들에게 수학의 유용성을 조금이나마 인식시킬 수 있었던 것 같아 뿌듯했습니다. 또한 다른 교과 시간에 배운 내용을 수학 시간에 언급하면서 활동을 시키니 학생들이 어느 때보다도 더 즐겁게 수업에 참여하고 몰입하는 것이 보여서 흐뭇했습니다. 교사의 관심과 열정만큼 학생들은 계속 성장하는 것 같습니다. 앞으로 기회가 된다면 각 학생들의 진로에 맞게 좀더 다양한 융합수업 프로젝트 주제를 개발하여 적용해 보고 싶다는 바람을 가져봅니다.

### 최혜신 쌤

-

'수학이라는 과목을 책과 관련지어 수업한다는 것이 가능할까?'라는 생각으로 시작했지만 여러 선생님들의 고민으로 좋은 활동지가 완성되었습니다. 문제를 조금만 변형하여 제시해도 충분히 아이들에게 수학이 생활과 밀접하고 유용한 학문이라는 것을 느끼게 해줄 수 있다는 것을 깨달았습니다.

# 6단계 : '책밥 프로젝트'의 저자,
## 쌍방향으로 만나다

책밥 프로젝트의 마무리로 《지구를 살리는 기발한 물건 10》의 저자인 박경화 작가를 모시고 특별한 시간을 보냈습니다. 코로나19로 저자를 직접 모시기 어려워 비대면으로 진행하였습니다. 일부 학생은 진로실에서 대부분의 학생들은 교실에서 TV로 시청하며 실시간 채팅으로 참가하였습니다. 구글 미트를 활용한 쌍방향으로 질문도 하며 이야기를 나누었습니다.

1부는 플라스틱 문제, 2부는 기후 위기를 극복하려는 대안, 3부는 못다한 이야기로 구성하였습니다. 저자와의 만남을 준비하면서 학생들에게 미리 받아둔 질문만이 아니라 강의 도중 채팅창에 올라온 즉석 질의를 바탕으로 생각을 공유했습니다.

풍성한 이야기가 오고가면서 이 만남이 학생들에게 사고의 폭을 한번 더 넓혀주었습니다. 또한 그동안 프로젝트를 진행하면서 학생들이 궁금한 점이 많았는데 많은 부분이 해소될 수 있었습니다.

책에 나오지 않은 '물건 다이어트'와 '미니멀리즘'에 대한 이야기도 있었습니다. 한 가지 물건을 여러 용도로 사용하면 물건의 수를 줄여 결과적으로 쓰레기도 줄일 수 있다는 이야기에 많은 학생들이 공감을 했습니다. 또한 미래 직업과 관련하여 환경을 생각하는 녹색 직업에 흥미를 갖는 학생들이 많았습니다. 태양 전지의 다양한 사례와 사소하지만 지구를 생각하는 작은 실천 사례들을 보면서 지식이 지식에만 머물러서는 안 된다는 생각도 갖게 했습니다.

박경화 작가는 "비슬고 학생들과 함께한 2시간의 강의가 뜻깊었습니다. 대구와 서울 먼 거리를 영상으로 연결하니 신기하기도 하고 재미있었습니다. 학생들이 미리 질문을 준비하고, 진행을 맡은 두 학생이 강연의 내용을 정리해 주어서 좋았습니다. 또 비슬고에서 처음으로 시도한 '책밥 프로젝트'가 참 흥미롭습니다. 제 책은 환경 관련 책인데 국어, 과학탐구실험, 한국사, 영어 시간에 다양한 프로젝트 수업을 진행했다는 것이 참 놀랍습니다. 새로운 가능성을 열어주셔서 더욱 관심이 생기네요. 좋은 기회를 주셔서 감사드립니다."라고 하셨습니다.

작가님으로부터 환경 관련하여 추가적으로 좋은 책도 추천 받았습니다. 《그건 쓰레기가 아니라고요》, 《핀란드 사람들은 왜 중고가게에 갈까》, 《쓰레기책, 왜 지구의 절반은 쓰레기로 뒤덮이는가》, 《이러다 지구에 플라스틱만 남겠어》, 《우린 일회용이 아니니까》, 《우리는 플라스틱 없이 살기로 했다》, 《쓰레기 거절하기》 등 환경책은 코너를 따로 마련하

여 전시할 예정입니다.

## 나에게 저자와의 만남은

- 이런 중요하고 뜻깊은 자리에서 사회를 맡아보는 게 처음이라서 개인적으로 정말 많이 떨렸고, 실수를 할까 걱정을 많이 했다. 짧은 시간이었지만 선배님과 함께 대본 작성도 해보고, 시작 전에 작가님과 간단하게 이야기도 나눠서 본격적으로 진행할 때는 생각보다 편안하게 할 수 있었다. 국어 시간에 작가님의 책을 읽었는데, 내가 읽은 책을 직접 쓰신 분과 만나는 것이라 더 특별하게 다가왔다. 또한 '소통'을 하려면 책 내용을 알고 있는 게 정말 중요하다라는 생각도 하게 되었다.

작가님이 쓰신 다른 책 중 하나는 중학교 때 교과서에서 읽은 기억이 생생한데, 그 글도 작가님이 쓴 거라고 하셔서 정말 깜짝 놀랐다. '이런 우연이 있다니'라는 생각을 하면서 작가님의 특강을 더 귀담아 듣게 되었다.

특강 전날에 친구들이 질문을 써 줬는데, 생각했던 것보다 의미 있는 질문도 많았다. 무엇보다 친구들이 이렇게 강의를 위해서 질문을 하나하나 써 줬다는 사실도 기뻤다. 친구들이 직접 썼다는 걸 아니까 작가님께 질문을 할 때도 친구들의 궁금증이 잘 드러나게끔 질문하는 데에도 많은 노력을 했다. (온라인으로 사회를 진행한 신수연 학생)

- 항상 공항을 가거나 행사를 갈 때면 '왜 컵도 없이 물이 나오는 음수대만 있을까? 위생적으로 안 좋지 않을까?' 하는 궁금증이 있었다. 그런데 오늘 강연을 듣고 그것이 다 빨대와 플라스틱, 일회용품, 종이컵을 줄이기 위한 대안이라는 것을 알게 되었다.

작가님께서 그린잡에 대해 설명하실 때 그 직업을 가진 분들을 몇 분 소개해 주셨는데, 그 분들 모두 취미나 흥미를 가지고 열심히 하여 전문가가 되었다는 공통점이 있었다. 나도 주변 사람들의 고민을 듣고 상담해주는 것을 좋아하는데 앞으로 열심히 하여 전문가가 될 수 있도록 노력해야겠다는 다짐을 했다. 또한 질의응답을 하면서 미세 플라스틱과 썩는 생수병, 태양 전지의 환경파괴, 차 없는 도시 등에 대한 작가님의 생각을 알게 되고 나의 생각과 비교해 볼 수 있어서 뜻깊은 시간이었다.

죽어가는 거북이와 수많은 쓰레기 사진을 보며 이때까지의 나의 행동을 반성하고 개선할 것을 다짐했다. 오늘 강연을 통해서 우리 뿐만 아니라 다른 많은 사람들에게 이런 유익한 기회가 있어야 한다고 생각했고, 오늘 만남으로 깨닫고 반성한 것이 많아서 교육의 중요성도 느끼게 되었다. (김예진 학생)

# 7단계 :
# 책밥 개인별 심화학습, 쌍방향으로 발표하다

이렇게 저자와의 만남으로 6단계까지의 책밥 프로젝트가 마무리되었습니다. 이 일련의 과정을 거치면서 아마 아이들은 또 다른 궁금증과 탐구하고 싶은 욕구가 생겼을 것입니다. 그래서 이 프로젝트와 관련하여 개인별로 심화 학습하여 발표하고 싶은 학생은 발표를 하도록 했습니다.

아이들의 열정이 대단하여 12월 마지막을 이 심화학습 발표로 장식했습니다. 기말고사가 끝난 후라 아이들은 좀 더 탐구할 여유가 있어서 열심히 준비하여 발표를 했습니다. 수업이 전면 쌍방향 원격수업으로 바뀐 터라 쌍방향으로 발표를 하고 친구들은 채팅창을 통해 응원도 하며 생각을 공유하였습니다.

현수진 학생은 역할이 뒤집힌 물건을 소개했습니다. 에코백, 텀블러 등은 환경을 살리기 위해 만든 물건입니다. 그러나 오히려 많이 사용하지 않고 쉽게 버려져 환경을 파괴하는 물건이 되기도 합니다. 특히 '페이크퍼'라고 진짜 동물의 털을 사용하지 않는 인조모는 환경과 동물을 지킨다고 각광을 받지만, 결과적으로는 환경을 해치게 되었다고 이야기했습니다.

지구를 살리는 '자전거'와 관련하여 영국의 친환경 제도를 소개한 학생도 있었습니다. 특히 자동차가 꼭 필요한 직종에서 환경을 위해 어떤 대안이 필요한지 제시하기도 하였습니다.

자신의 진로와 관련지어 발표한 아이들도 있었습니다. 박미나 학생은 의료, 바이오 계열 쪽에 관심이 많았습니다. 《지구를 살리는 기발한 물건 10》에서 '살린다'에 주목하여 '인간을 살리는 인슐린'이라는 제목으로 인슐린의 역사와 효과를 발표 하였습니다. 작가의 다른 책을 소개하고 다양한 환경책도 알려주면서 도시에서 생태적으로 사는 방법을 발표한 학생도 있습니다.

미술 디자인에 관심이 있는 권효정 학생은 지구 환경을 살리기 위해 재활용 어플을 만들고 싶다며 환경 어플을 직접 디자인하여 발표를 하였습니다. 재활용이 중요하지만 재활용 과정에서 어디에 분리수거 해야 하는지 모르거나 잘못된 분리수거로 재활용 쓰레기가 일반 쓰레기로 가는 문제를 해결하기 위해 만들었다고 합니다. 쓰레기를 어디 버려야 할지 헷갈릴 때나 모를 때, 핸드폰 카메라로 찍으면 어플에서 그 물건의 성분과 함께 재활용 방법을 상세하게 알려 줍니다. 재활용앱이라는 것을 한눈에 알 수 있도록 'recycle'이라고 어플 이름도 붙였습니다.

  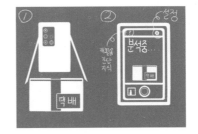

**이름:recycle**
재활용앱인 만큼, 이 앱이 재활용에
사용된다는 것을 쉽게 표현하기 위해
이름을 'recycle' 이라고 지었다.

### 나에게 책밥 프로젝트는

- 나는 책밥 프로젝트로 이전에 별 관심이 없었던 환경에 큰 관심과 흥미를 가지게 되었다. 환경 관련 디자인, 정확한 분리수거, 친환경

적인 제품 등에도 관심을 가지게 되었으며 고등학교 최소 3년 안에 분리수거 앱 개발의 구체적인 기획 앱을 함께 제작할 팀원 모으기, 내가 직접 디자인한 에코백 만들기 등의 계획이 생겼다. 또 책밥 프로젝트 이후 평소 소설만 읽던 내가 미술 작품과 화가들에 대한 책, 저작권법을 알려주는 책 등 여러 장르의 책을 읽기 시작하였다. 그러므로 이번 프로젝트가 굉장히 의미 있었다고 생각하며, 이후에도 이와 비슷한 프로젝트를 하고 싶다. (권효정 학생)

## 책밥 프로젝트, 학생부 세특에 담다

책밥 프로젝트를 진행한 국어, 과학탐구실험, 한국사, 영어, 수학 교과에서 활동한 내용을 학생부 세특에 적어주었습니다. 또한 저자초청 특강과 관련하여 창의적체험활동 자율특기사항에 입력을 해주었습니다.

국어 교과에서 작성한 세특 예시입니다.
- 책밥(책융합) 프로젝트 1단계로《지구를 살리는 기발한 물건 10》을 10장의 독서일지를 작성하며 읽음. 지구를 살리기 위해 페트병을 소리 없이 구겨주는 로봇을 만들고 싶다는 내용으로 참신하게 구술 발표를 했으며, 이 수업을 계기로 지구를 살리는 11번째는 자신의 실천이라고 생각함.

과학탐구실험 교과에서 작성한 세특 예시입니다.
- 책밥(책융합) 프로젝트 2단계로 적정 기술이 개발도상국의 죽어가는 사람을 살리고 직업을 제공하기 때문에 '희망'이라고 표현함. 적

정 기술의 성공 사례를 통해 적정 기술이 가져야 할 조건을 찾고 의료 분야 제품을 고안하기 위해 폴드스코프, 피크레티나 등의 과학 원리와 특징을 조사함. 팀별 활동에서 하이드로 팩과 Q 드럼의 장점을 합쳐 하이드로 Q 드럼을 고안하여 설계하고 발표함. 태양광 발전을 이용한 장치 고안하기에서 태양의 고도, 태양광 전지 연결 방법에 따른 전류와 전압을 측정하여 전력을 계산할 수 있음. 태양광 발전의 효율을 높이는 방법을 설명할 수 있으며, 저항을 이용하여 회로를 완성할 수 있음.

한국사 교과에서 작성한 세특 예시입니다.
- 책밥(책융합) 프로젝트 3단계로 '한국의 호랑이는 왜 멸종되었는가'라는 주제로 신하의 입장에서 왕에게 간언하는 상소문을 작성함. 호랑이의 포획으로 점점 사라지는 당시 상황을 생생하게 묘사하며, 2가지 이유를 들어 호랑이 포획을 중지하라는 글을 논리적으로 작성함. 이를 통해 역사적 상상력을 기르고 생각하는 힘을 키움.

영어 교과에서 작성한 세특 예시입니다.
- 책밥(책융합) 프로젝트 4단계로 환경에 관한 프레젠테이션 자료를 영어로 제작하여 발표하는 활동에서 'Reuse Store'를 주제로 지구를 살리는 일이 반드시 어려운 기술을 활용해야 하는 거창한 일이 아님을 알림. 또한 주변의 작은 일로 환경을 지킬 수 있다는 메시지와 재사용 가게의 특징과 장점을 조리 있게 발표하였으며, 팀원과 함께 자료를 짜임새 있게 제작함.

수학 교과에서 작성한 세특 예시입니다.

- 책밥(책융합) 프로젝트 5단계로 플라스틱 바구니를 납품하는 공장 사장 입장이 되어 '최대, 최소를 활용한 플라스틱 사용량 줄이기'를 쌍방향 원격수업으로 탐구함. 이차함수의 최댓값을 구하는 방법과 산술-기하 평균 부등식을 이용해서 최댓값을 구하는 방법으로 문제를 해결하였으며, 수학이 환경 문제 해결에 쓰인다는 것을 알게 됨.

창의적체험활동 자율특기사항 입력 예시입니다.

- 책밥프로젝트의 일환으로《지구를 살리는 기발한 물건 10》의 저자 초청 특강(2020.12.09.)을 실시간 쌍방향으로 진행함. 젓가락, 그릇 등 흔히 사용하는 물건의 의미를 되짚어보고, 물건의 탄생 배경과 역사, 친환경의 의미에 대해 살펴봄.

## 융합적 독서로 앎과 삶이 일치하는 아이들로 성장하다

책밥 프로젝트는 융합적 독서 프로그램입니다. 책을 꼼꼼하게 읽고 기본지식을 익힌 다음 과학, 수학 과목을 통해 주제와 관련된 원리를 이해하고 탐구하였습니다. 이를 역사적 흐름 속에서 살펴보고 우리말과 영어로 자신의 생각을 표현하는 활동까지 하였습니다. 그러면서 아이들은 교사가 책을 더 읽어 보라고 하지 않아도 부분 부분을 여러 번 읽었습니다. 탐구하고 조사하는 과정에서 저절로 깊이 읽기가 이루어진 것입니다. 그런 과정에서 한 번 읽기와 여러 번 읽기의 차이도 자연스레 알게 되었으리라 짐작합니다. 이런 활동을 통해 융합적 사고를 기르는 것이 이 프로젝트의 시작 목표였습니다.

그런데 이 과정을 마무리하다 보니 또 다른 성과를 발견하였습니다. 바로 가장 큰 성과는 융합적 독서를 통한 '앎'과 '삶'의 일치라고 생각합니다. 적정 기술이나 태양 전지 등 환경과 관련된 것들이 그저 텍스트에 머물게 해서는 안 됩니다. 삶과 연결되지 않는 지식은 죽은 지식이지요. 책은 하나의 매개일 뿐이고 이를 통해 자신의 삶을 들여다볼 수 있어야 합니다.

책밥의 여러 단계를 거치면서 아이들은 '환경'이 텍스트에 갇힌 것이 아니라 우리 삶과 직결된다는 것을 느꼈습니다. 그래서 환경 관련 뉴스가 나오면 더 눈여겨 보고 작은 실천이라도 동참하려고 노력했는데, 그 모습이 기특했습니다. '배달 음식 나무 젓가락 거절하기' 캠페인이나 동물 피해를 줄이기 위한 마스크 잘라서 버리기 등 좋은 방법이 있으면 서로 나누기도 했습니다. 머리를 넘어서서 몸으로 실천하는 독서가 이루어진 것입니다.

# #03
## 시, 더 이상
## 평가의 대상이 아니다

선생님께 시는 무엇인가요?《잃어버린 시간을 찾아서》의 저자 프루스트는 '진정한 여행은 다른 낯선 땅을 방문하는 것이 아니라 새로운 눈을 갖는 것이다.'라고 이야기합니다. 물론 여행도 그러하겠지만 저는 새로운 눈을 갖게 하는 것이 바로 '시'라고 생각합니다. 시를 통해 낯선 생각과 마주치게 됩니다. 똑같은 '연탄'을 보고도 그 속에 담긴 뜨거운 사랑을 바라볼 수 있는 시인의 눈이 놀랍기만 합니다.

우리는 살면서, 존재하지만 놓치는 것이 참 많습니다. 시는 그것을 일깨워주기도 합니다. 결국 우주만물을 자세히 들여다보게 하고 자신을 들여다보게 하는 것이 시입니다. 섬세한 감각과 세심함으로 응시하게 합니다. 현상적 모습만이 아니라 본질적이고 본성적인 참된 모습에 집중하도록 해주지요.

최영미 시인의 '선운사에서'라는 시를 알고 나면 동백꽃을 다시 보게 됩니다. 송이째 툭 떨어지는 모습에 이별을 맞이한 듯 가슴이 철렁하기도 합니다. 시구절처럼 우리의 이별도 순간이었으면 좋겠다는 생각에 마음 한 편이 찌릿하기도 하지요.

가끔 시 한 구절이 입가에 맴돌고 한참을 그곳에 머물곤 합니다. 그러면 더없이 마음이 편안해지죠. 삶에서 얻는 즐거움이야 사람마다 다르겠지만, 시도 삶을 풍요롭게 합니다. 우리는 사랑을 느끼고 슬픔을 느끼지만 때론 섬세하지 못하여 그것이 구체적으로 어떤 것인지 놓치고 보내곤 합니다. 시는 그것을 잡아줍니다. 그리고 놓치는 부분에 머물게 하지요.

# 시로 여는 수업

아이들에게 시를 좋아하느냐고 물어보면 머뭇거리는 아이들이 많습니다. 시를 좋아하지 않는 이유 중 하나는 좋은 시를 못 만나서라고 생각합니다. 좋아하는 사람이 생기면 계속 보고 싶듯이 좋은 시를 만나면 시를 즐기게 됩니다. 연애를 하고 싶다면 어떻게 하면 좋을까요? 일단 이성을 만날 기회가 많아야겠지요. 늘 집과 직장만 오간다면 연애는 쉽지 않습니다. 마찬가지로 좋은 시를 만나려면 일단 시를 만나봐야 합니다.

아이들에게도 시를 가까이 접하게 하고 싶은데 학교에서는 늘 평가와 연계될 수밖에 없습니다. 그러니 아이들은 시를 분석의 대상으로 여기며 어렵게만 느낍니다. 쉽고 좋은 시도 많습니다. 그런데 고등학교에서는 문제를 내고 변별도를 높이려다 보니 함축적 의미가 있고 한 번 읽어서는 그 의미를 바로 알기 어려운 시를 가르칠 수밖에 없습니다. 가르칠 시를 선정하는 데 변별력이 중요한 기준이라 생각하면 슬픕니다.

'인도의 시성'이라고 불리는 타고르는 "시는 설명하는 것이 아니라 마음에 느끼는 것을 언어로 표현한 것이다. 시는 꽃향기 같아서 이해하려고 하지 말고 향기를 맡으려고 해야 한다."라고 합니다. 시를 쪼개고 분석하고 설명하는 것이 아니라 아이들이 온전히 느끼고 받아들일 수 있도록 하는 게 모든 국어교사의 바람이 아닐까 싶습니다.

시의 향기를 맡으며 삶과 연계된 시 수업을 할 수 없을까 고민하다가

올해는 매 수업 시작을 시 낭송으로 시작하였습니다. "시 한 편 들려줄게."하고는 잠시 침묵의 시간을 갖고 시를 낭송해 주었습니다. 처음에는 아이들도 낯설어하다가 지금은 시를 기다린답니다. 처음에는 저도 큰 기대를 하고 시작한 건 아닙니다. 제가 좋아하는 시를 아이들에게 들려주고 싶었습니다. 그런데 예상외로 좋아하는 아이들을 보며 하루 이틀 이어지다 보니 계속 하게 되었습니다. 저는 교실이 아닌 특별실에서 수업을 하는데 이동하느라 분주했던 아이들의 몸과 마음도 시 덕분에 잠시 동안의 침묵으로 편안하게 자리를 잡았습니다. "얘들아, 조용히 하자. 교과서 펴 볼까."가 아니라 "오늘 들려줄 시는…"이라고 하면 더 빨리 조용해집니다. 소란스러움을 큰 소리로 대응하는 것이 아니라 시를 통해 자연스럽게 집중하도록 하는 것입니다.

시는 특별히 길고 외우기 어려운 것이 아니면 가능한 외워서 들려줍니다. 종이를 보고하는 것과 암송해서 들려주는 것이 확연하게 차이가 납니다. 암송하면 저도 낭송하는 시에 더 몰입할 수 있고 아이들은 선생님이 외워서 들려준다는 것 때문인지 더 집중해서 시를 듣습니다. 그 많은 시를 어떻게 외우는지, 혹시 비법이라도 있는지 궁금해하면서 덩달아 시도 궁금해 하며 관심을 가지지요.

때론 외운 것이 생각나지 않아 낭송하다가 "아 그 다음이 뭐지" 할 때도 있습니다. 간혹 아이들이 너무 집중을 잘할 때 머릿속이 하얘져서 당황스럽기도 합니다. 대충 시 내용은 알겠는데 시어의 순서나 조사가 있었는지 없었는지가 헷갈리지요. 시는 조사 하나가 시 맛을 살리기도 죽이기도 하는데 말입니다. 하지만 그것 또한 교사의 인간적인 모습을 보여주는 것이라 생각합니다. 물론 다음에는 더 준비를 해가야겠다고 반성을 하지요.

매시간 수업을 마칠 때면 아이들은 그날 수업과 관련하여 느끼고 깨달은 점, 질문 등을 적는 '배움 기록지'를 작성합니다. 아이들은 그곳에 때로는 다음에 듣고 싶은 시를 추천해 주기도 합니다. 한 번은 '고래를 위하여'라는 시를 중학교 때 배웠는데 다음에 들려달라는 아이가 있었습니다. 그래서 퇴근길에 중학생 딸아이에게

"'고래를 위하여' 시가 중학교 교과서에 나온다던데 그 시 어때?"
라고 물었습니다.

"엄마, 시가 교과서에 나오는 순간 시는 더 이상 시가 아니에요. 처음에는 시를 읽고 제 감상이 있었는데 선생님의 감상을 듣고 나중에 그걸로 쪽지 시험까지 치니까 제 감상도 선생님이 알려주신 감상도 다 사라졌어요."

아, 아이들에게 시는 그런 것이었습니다. 이 말을 듣고 저는 시 낭송을 더 열심히 해줍니다. 시가 평가 대상이 아니라 아이들의 일상이 되도록 하고 싶었거든요.

선생님이 매시간 준비하기 힘들다면 아이들에게 부탁해도 됩니다. 시를 좋아하는 아이들이 반에 꼭 한둘은 있고, 그게 아니더라도 뭐든 적극적으로 하려고 하는 '하고잡이'들은 어디든 있기 마련이기 때문입니다. 오히려 친구들이 들려주는 시에 아이들은 더 귀를 쫑긋할지도 모르겠네요.

시를 들려줄 때는 호흡조절이 참 중요합니다. 1초의 멈춤이 아이들의 마음을 들었다 놨다하지요. 정말 중요한 시행에서는 조금 더 쉽니다. 그러면 한 반 아이들 모두 숨 죽이며 집중을 하는데 그때 다음 시행을 들려주면 가끔 전율이 느껴질 때도 있었습니다.

## 시를 어떻게 외우나요

국어교사라면 늘 시 수업을 하기 때문에 시와 가까워질 수밖에 없습니다. 여러 번 수업한 시는 자신도 모르게 외우게 되는 것도 있습니다. 저는 운전할 때나 맨발 걷기를 하면서 주로 외웁니다. 제가 출퇴근하는 길은 주변 자연풍광이 좋아서인지 시 상황에 더 몰입하기 좋습니다. 또한 평소 비는 시간에 맨발로 운동장 걷는 것을 즐겨 하는데 시 한 편을 들고 가 걷다 보면 잠시 시속에 빠져들기도 하며 시가 의외로 쉽게 외워지더군요. 외우는 데 따로 방법이 있다기보다는 시적 상황을 떠올리며 소리 내서 낭송해 보면 좀 쉽게 외워졌습니다. 그러다 감상에 흠뻑 빠질 때는 시인에게 한없이 감사의 마음도 갖게 됩니다. 노래가 자신의 상황과 맞닿을 때 더 절절하게 느껴지는 것처럼 시도 마찬가지입니다. 외우다 보면 조사 하나가 시에 얼마나 큰 영향을 미치는지도 알게 된답니다.

저도 이렇게 이야기하지만 수업과 업무로 바쁜 중에는 시 한 편 외운다는 게 쉽지 않을 때가 많습니다. 그런데 무엇이든 한 번 안 하게 되면 지속하는 힘을 순식간에 사라지더군요. 그럴 때를 대비하여 평소 잘 외우고 있는 시 몇 편은 아껴두는 것도 좋습니다. 그것도 어렵다면 보고 들려주거나 미리 '학생 찬스'를 얘기해두고 쓰는 것도 한 방법이겠지요.

## 어떤 시를 들려주나요

들려주는 시는 눈으로 읽는 것과는 달리 한 번만 들려주기 때문에 가능하면 한 번 듣고도 그 의미를 헤아리기가 좀 쉬운 것으로 선정했습니다. 아이들이 쉽게 공감할 수 있는 시면 더 좋겠지요. 좀 길거나 어려운 시는 잠깐 설명을 해 주거나 처음부터 좀 길다고 이야기하면 아이들이

들을 준비를 한답니다.

* 이 책에 언급된 시 외에 아이들과 함께 나누면 좋은 시


'섬' 정현종

'그리움' 이용악

'그리움' 유치환

'초행' 고두현

'엄마' 정채봉

'바람이 오면' 도종환

'너를 기다리는 동안' 황지우

'선운사에서' 최영미

'낮은 곳으로' 이정하

'가는 길', '산유화' 김소월

'눈사람 자살 사건' 최승호

'즐거운 편지' 황동규

'그리움', '아끼지 마세요' 나태주

'사랑하라, 한 번도 상처받지 않은 것처럼' 알프레도 디 수자

# 이야기가 있는 시 속으로

### 시는 어떻게 들려주나요

이야기가 담긴 시는 아이들을 시 속에 더 빨려들게 합니다. 시를 들려주는 전후에 그 날의 수업 주제나 지금의 우리 모습과 연결하여 간단하게 이야기를 해 줍니다. 저의 개인사를 이야기하기도 하는데 아이들은 그것에 더 흥미를 느낄 때도 있습니다.

기형도의 '엄마 걱정'을 들려줄 때는 저의 막내아들 이야기를 했습니다. 코로나19로 한 달 넘게 학교를 못 가고 1학기에도 많이 갈 때가 한 주에 두 번이었지요. 시골에 살다 보니 동네에 아이가 하나도 없고 마당이 있긴 하지만 혼자 하는 놀이가 뭐가 재미있겠습니까. 이야기 좋아하는 아이는 수시로 저에게 전화를 했습니다. 그런데 한 번은 두 시간 수업을 연이어 하고 교무실에 왔더니 부재중 전화가 30통이 와 있더군요. 침대에서 내려오다가 팔을 다쳤는데 아프기도 하지만 너무 서러웠던 것입니다. 함께 있어주지 못하는 마음이 참 미안했는데 그때 기형도의 '엄마 걱정'이라는 시가 문득 떠올랐습니다.

이 시 속 아이는 혼자 찬밥처럼 빈 방에 남겨 훌쩍거리며 시장에 열무 팔러 간 엄마를 기다립니다. 아들의 이야기를 하며 이 시를 들려주면 아이들은 자신의 모습을 금방 시에 비추어본답니다. 시가 결국은 삶을 이야기하는 것이고 삶이 시기 때문에 간단하게 이야기를 곁들인다면 아이들은 시 상황을 더 쉽게 떠올리게 되지요.

　2학기에는 평상이 여러 개 놓여 있는 '멍때리기실'에서 수업을 했습니다. 첫 시간 평상 위 탁자 마다 조그만 꽃을 준비했습니다. 그리고는 김춘수의 '꽃'을 들려주었습니다. 첫 만남, 첫 시간에 들려주기에 더없이 좋은 시지요. 서로에게 의미 있는 수업이 되고 의미 있는 존재가 되기를 바라는 마음을 담아서 들려주었습니다. 이 시를 들려주고 나면 사랑스런 아이들의 이름을 더 많이 불러 주어야겠다는 생각도 든답니다.

　'노근이 엄마'라는 시를 들려준 것은 청소 업무를 맡고 계시는 모 수학 선생님 덕분입니다. 어느 날 전화가 와서 화장실 관련한 이러이러한 내용의 시를 본 적이 있는데, 누구의 시인지 알고 있냐고 하시더군요. 전 그 때 이 시를 처음 알았습니다. 저는 아이들에게 시를 들려주었고, 그 선생님은 이 시를 화장실 문에 붙여두셨지요. 우리가 주변에서 쉽게 만나는 누군가가 내가 아는 누군가의 엄마이고 아빠라고 생각하면 그들을 대하는 마음가짐이 달라집니다. 이 시 덕분에 우리학교 화장실은 앞으로 더 깨끗할 것이라 생각합니다.

　　　노근이 엄마

　　　　　　　　　　　　　　　　　　　　　정호승


　　　내 가장 친한 친구

노근이 엄마가

지하철역 남자 화장실

청소 일을 하신다는 것을 알고부터

나는 화장실에 갈 때마다

오줌을 깨끗하게 눈다

단 한 방울의 오줌도

변기 밖으로 흘리지 않는다

그럴 때마다 노근이 엄마가

원래 변기는 더러운 게 아니다

사람이 변기를 더럽게 하는 거다

사람의 더러운 오줌을

모조리 다 받아주는

변기가 오히려 착하다

니는 변기처럼 그런 착한 사람이 되거라

하고 말씀하시는 것 같다


그러고 보니 정호승의 또 다른 시를 들려준 적이 있습니다. 그때는 딸 아이와 아빠의 대화를 들려준 후 시를 읊어주었습니다.

"아빠, 외로운데 남자친구 사귈까?"

라는 질문에 여러분이 아빠라면 어떤 대답을 하실 건가요? 모 선생님은 이 질문에 "아빠가 미안해. 더 잘해줄게."라고 하셔서 잠시 즐거웠습니다.

한 아빠가 이렇게 대답을 했다고 합니다.

"남자친구 생기면 안 외로워? 외로움은 혼자여서 생기는 게 아니라 홀로 서지 못해서 생기는 거야. 그리고 외로워서 누군가를 만나면 자유롭고 싶어져서 이별하게 돼."

현실 속에 이런 아빠가 있을까 싶지만, 그 아빠의 멋진 말에 고개가 끄덕여집니다. 무언가를 위해서 사랑하는 것이 아니라 사랑에 빠지기 때문에 사귀는 것이지요. 아빠의 말처럼 홀로 설 수 있다면 외로움을 덜 느끼겠지요.

하지만 그것이 어려운 게 또 사람 아닐까요? 그래서 정호승 시인은 외로우니까 사람이라고 우리를 위로해 줍니다. 이 이야기와 함께 정호승 시인의 '수선화에게'를 들려주면 아이들은 외로움에 대해 나름의 생각에 잠기게 됩니다. 외롭지 않은 이는 없으니까요. 이 시 덕분에 저물녘에 내려오는 산그림자를 보면 위로해 주고 싶더군요.

외로움을 얘기하니 오스텅스 블루의 '사막'이라는 시도 생각납니다. 선생님께서는 사막에서 너무나 외롭다면 어떻게 하실 건가요? 시 속의 그는 때로는 뒷걸음질로 걸었다고 합니다. 자기 앞에 찍힌 발자국을 보려고요.


수선화에게

정호승


울지 마라
외로우니까 사람이다
살아간다는 것은 외로움을 견디는 일이다

공연히 오지 않는 전화를 기다리지 마라
눈이 오면 눈길을 걸어가고
비가 오면 빗길을 걸어가라
갈대숲에서 가슴검은도요새도 너를 보고 있다
가끔은 하느님도 외로워서 눈물을 흘리신다
새들이 나뭇가지에 앉아 있는 것도 외로움 때문이고
네가 물가에 앉아 있는 것도 외로움 때문이다
산그림자도 외로워서 하루에 한 번씩 마을로 내려온다
종소리도 외로워서 울려퍼진다

주말 아침에 밥을 안치고 찬거리를 준비할 겸 텃밭에 상추를 뜯으러 나섰습니다. 아직 이른 아침이어서 이슬이 촉촉하게 맺혀 있더군요. 가는 길에 크기가 제법 큰 달팽이 두 마리가 짝짓기를 하고 있었습니다. 사랑을 나누는 모습을 흐뭇하게 바라보고는 열심히 상추를 뜯었습니다. 며칠 만에 몰라보게 자라는 채소를 보고 감탄하며 한 소쿠리를 뜯고 일어서서 나설 때였습니다. 갑자기 발에서 '퍼벅' 하는 소리가 들렸습니다. 깜짝 놀라 보니 방금 전 사랑을 나누던 달팽이였습니다. 얼마나 죄스러운지 몸둘 바를 몰랐습니다.

그 후 저는 달팽이에 대한 사죄의 마음으로 비가 온 뒤에 바로 해가 난 날은 운동장을 한 바퀴 돕니다. 돌면서 바닥을 눈여겨 보지요. 비온다고 나왔다가 포장된 바닥 위에서 길을 잃고 헤매는 달팽이를 찾게 되면 몸이 마르기 전 풀섶에 놓아줍니다. 그 일이 있는 후 백석의 '수라'라는 시를 보면 달팽이가 생각난답니다. 아이들에게 이 이야기와 함께 시를 들려주면 미물이지만 이 지구에 함께 살아가는 생명들을 좀 더 따뜻하게 바라보는 것 같습니다.


수라(修羅)

백석


　거미새끼 하나 방바닥에 나린 것을 나는 아모 생각 없이
문밖으로 쓸어버린다
　차디찬 밤이다

　어니젠가 새끼거미 쓸려나간 곳에 큰거미가 왔다
　나는 가슴이 짜릿한다
　나는 또 큰거미를 쓸어 문밖으로 버리며
　찬 밖이라도 새끼 있는 데로 가라고 하며 서러워한다

　이렇게 해서 아린 가슴이 싹기도 전이다
　어데서 좁쌀알만한 알에서 가제 깨인 듯한 발이 채 서지
도 못한 무척 적은 새끼거미가 이번엔 큰거미 없어진 곳으
로 와서 아물거린다
　나는 가슴이 메이는 듯하다
　내 손에 오르기라도 하라고 나는 손을 내어미나 분명히

울고불고 할 이 작은 것은 나를 무서우이 달어나버리며 나를 서럽게 한다
  나는 이 작은 것을 고히 보드러운 종이에 받어 또 문밖으로 버리며
  이것의 엄마와 누나나 형이 가까이 이것의 걱정을 하며 있다가 쉬이 만나기나 했으면 좋으련만 하고 슬퍼한다

  한 번은 '도깨비' 드라마에 나온 김인육 시인의 '사랑의 물리학' 시 영상을 잠시 보여주었습니다. 아이들은 멋진 주인공 모습에 빠져 시를 놓치기도 하므로 영상이 끝난 후 한 번 더 시를 음미할 수 있도록 낭송해 주었습니다. 시와 거리가 멀 것 같은 물리학도 시의 소재가 될 수 있다고 이야기하면서요.

  한 아이가 이 시인이 문과일지 이과일지 궁금해하더군요. 질량의 부피, 뉴턴의 사과, 진자 운동 등이 나오는 것을 보니 당연히 이과라는 아이들도 있고, 이 정도 물리학 지식은 문과도 가능하다면서 문학적 재능이 중요하니 문과라고 이야기하는 아이들도 있었습니다. 시인이 국어교사라는 말에 아이들은 또 한 번 놀라지요.

  이 시를 소개하고 그럼 수학을 시로 표현한 것이 없을까 했더니 한 학생이 "제가 수학 공부를 하면서 무엇을 찾아보다가 인터넷에서 학생(이지호)이 쓴 수학시를 발견했어요."라고 하더군요.

함수

애초에 우린 기울기가 달랐나보다.
서로의 인생에 한 점밖에 남기지 못한 것을 보니


아이들은 물론 저도 감탄을 했습니다. 두 줄짜리 시가 갑자기 가슴을
후려치더군요. 우리는 지구상에 각자의 선을 그리며 삶을 살아갑니다.
어느 시점 어느 곳에서 그 선은 누군가와 수없이 교차를 하지요. 연인
이 된다는 것, 부부가 된다는 것은 두 사람의 선이 좀 특별하게 만난 것
입니다. 만나긴 했는데 저 시처럼 한 점만 남기지 않으려면 새로운 선을
만들어 가야겠지요. 자신의 선을 고집하지 않고 함께 만들어가는 선 말
입니다. 시는 이렇게 삶을 되돌아보게 하고 우리가 나아갈 방향을 스스
로 찾아가게도 합니다.


사랑의 물리학

김인육

질량의 크기는 부피와 비례하지 않는다

제비꽃같이 조그마한 그 계집애가

꽃잎같이 하늘거리는 그 계집애가
지구보다 더 큰 질량으로 나를 끌어당긴다.
순간, 나는
뉴턴의 사과처럼
사정없이 그녀에게로 굴러 떨어졌다
쿵 소리를 내며, 쿵쿵 소리를 내며

심장이
하늘에서 땅까지
아찔한 진자운동을 계속하였다
첫사랑이었다.


"오늘이 무슨 날인지 아나요?"

"무슨 날인데요?"

"오늘은 선생님이 가장 좋아하는 날입니다. 바로 여러분 만나는 날이니까요. 여러분과 함께 할 때가 제일 행복해요."

코로나19로 원격수업과 등교수업을 번갈아 가면서 할 때입니다. 아이들이 학교에 오지 않으니, 목 아프게 말하지 않아도 되고 계단 오르내리지 않아도 되고 몸이 많이 수월하지요. 근데 이상하게 퇴근 시간이 되면 더 피곤한 건 왜일까요? 그때 알았습니다. 가르친다는 것은 에너지를 주는 것이 아니라 에너지를 서로 주고받는다는 것을요. 아이들이 없으니 재미도 없고 기운도 없더군요. 좀 낯간지럽긴 하지만 그 마음을 등

교수업 때 아이들에게 표현하면서 류시화 시인의 '그대가 곁에 있어도 나는 그대가 그립다'라는 시를 들려주었습니다. 나중에 연애할 때 한번 써먹어보라는 말과 함께요. 특히 이 시는 마지막 부분에 쉼을 잘 활용해서 들려주면 감동이 배가 됩니다.

그대가 곁에 있어도 나는 그대가 그립다

류시화

물 속에는
물만 있는 것이 아니다
하늘에는
그 하늘만 있는 것이 아니다
그리고 내 안에는
나만이 있는 것이 아니다

내 안에 있는 이여
내 안에서 나를 흔드는 이여
물처럼 하늘처럼 내 깊은 곳 흘러서
은밀한 내 꿈과 만나는 이여
그대가 곁에 있어도
나는 그대가 그립다

'단단히'의 경상도 방언으로 '단디'라는 말이 있습니다. '꼼꼼하게, 착실하게, 실수 없이 잘 해라'는 의미로 '단디 해라'라고 말하지요. 경상도 사람이라면 이 말을 종종 듣게 됩니다. 아이들은 학교 오는 것도 공부도 친구관계도 단디 해야 되지요. 하지만 말처럼 쉽지가 않습니다.

그래도 나름 열심히 한다고 하는데 어느 순간 완전히 무장 해제되는 순간이 있습니다. 바로 사랑에 빠지는 순간이 아닐까합니다. 단디 하려고 하지만 일상은 제자리를 찾지 못하고 그저 안 될 뿐이지요. 자신의 모든 에너지가 상대에게 쏠리기 때문일 것입니다. 그 마음이 심인고 한상권 교감 선생님의 시 '단디'에 잘 담겨 있습니다. 제가 아는 분이라고 하면 시를 듣는 아이들 눈빛이 또 달라진답니다.

이 시의 압권은 마지막 구절입니다. 그래서 매년 봄이 되면 마당에 심어둔 작약이 손바닥만한 꽃을 얼른 피우기를 손꼽아 기다립니다. 시는 이렇게 제 마음을 대변해 주기도 하면서 세상을 더 눈여겨 보게 하더군요.


단디

한상권


책도 단디 읽고
밥도 단디 먹는 거다
사랑도 단디 하고
외로우면
외로움도 단디 하는 거다

너를 만나기 전

작약도 그랬다


어느 가을날에는 멍때리기실의 불을 끄고 컴컴하게 한 다음, 아이들이 좋아하는 윤동주의 '별 헤는 밤'을 들려주었습니다. 아이들은 노래 덕분에 이 시를 대부분 잘 알고 있었지만 시 전문을 다 보거나 들은 기억은 없는 아이들이 대부분이었습니다. 그 시를 들은 날은 아마 집에 가는 길에 가을로 가득 찬 하늘을 한 번쯤 올려다보았으리라 생각합니다.

이처럼 스토리가 담긴 시는 아이들과 저를 따뜻하게 이어주는 끈이 되었습니다. 매시간 짧은 5분이지만 시가 더 이상 평가의 대상이 아니라 서로의 마음을 어루만져주니 고마울 따름입니다. 특히 시 들려주기가 일회성으로 끝나지 않고 매시간 이어진다는 것이 중요한 것 같습니다. 지속하는 힘은 깊이를 더하기 때문이지요.


### 나에게 '시로 여는 수업'은

- 우리 반 친구들은 유독 선생님의 시 낭송 시간에 조용하다. 시낭송에 빠져들어서 그런가? 다른 친구들처럼 나도 시를 들을 때만큼은 그 시의 색에 스며드는 느낌이 들어 너무 좋다. 특히 '눈사람 자살 사건'이라는 시가 좋았다. 이 시를 보고 자살을 그만두기로 결정한 사람이 있다는 것을 알고 그저 글이지만 사람의 마음을 울리는 것

에는 한계가 없다는 것을 알게 되었다.

- 수업시간에 늘 선생님께서 시를 한 편씩 들려주신다. 그 시는 시험 범위에 나오는 시도 아니고 지금 꼭 읽어야 하는 시도 아니다. 그래서 긴장을 풀고 시를 들으니 시가 말하고 싶어 하는 분위기를 잘 파악할 수 있게 되었다. 또한 선생님께서는 시를 낭독하시기 전후에 시에 대한 설명도 덧붙여주시는데 그 설명을 들으면 이해가 안 됐던 시의 구절에도 고개가 끄덕여진다. 그렇게 수업하기 전 마음 속에 시를 한 편 품고 시작하니 차분한 마음으로 국어 수업에 참여할 수 있었다. (최진영 학생)

- 난 수업 전 시 낭송을 매우 좋아하는 학생이다. 수업 전 시 낭송은 작가가 되고 싶은 나의 문학 감성을 일깨워 주었다. 그래서 국어 수업을 단순히 시험을 위한 공부가 아닌 작가를 이해하고 문학적으로 다가가는 문학 활동의 일환으로 생각하게 되었다. 국어 수업이 지루하지 않고 남의 생각을 배우는 것이 아닌 내 생각이 무엇인지 고민한다는 느낌이 자주 들었다. 이는 나만 좋아하는 활동이 아닌 것 같다. 평소 국어가 싫다고 말하는 친구들도 시 낭송 시간에는 모두 조용히 시에 집중하였고 시가 끝난 이후에도 시에 대한 자신의 감상을 자유롭게 표현하며 시와 문학에 대한 견해를 넓히는 듯하였다. 이렇게 좋은 활동을 많은 학생들이 접했으면 하는 바람이다. (김나연 학생)

시를 즐기게 하는 또 다른 방법이 있나요

아이들은 자신이 알고 있는 사람이 쓴 시라고 하면 더 친근하게 여깁니다. 원격수업을 하면서 시 네 편을 제시하고 마음에 드는 시를 골라보라고 했습니다. 그리고는 선생님이 썼을 것 같은 시를 골라 보고 이유도 적어보라고 했습니다. 세 편은 선배들이 쓴 시이고, 한 편은 제가 쓴 시였습니다. 아래는 그중 세 편입니다.


그, 계절


10월, 그 계절이 왔다
그가 아닌 그의 기억만 가지고

나의 계절은 찬바람에도
그때 그, 계절에 머물러 있다.

내 앞에 너는 없어도

시월아, 세월아
부디 다음번에도
그를 데리고 오너라

내 그, 계절을 잊지 않도록.

마음의 가시


손에 박힌 게
가시인지 딱지인지
아리송하다.

떼는 순간 상처가 커지면
딱지이고,
곧 죽을 것 같다가도
빼는 순간 아무렇지 않으면
가시다.

그러나
마음의 가시는
맘대로 뽑히지 않으니

삭고 삭아서
딱지가 될 때까지
앓을 수밖에

여백


니가 있을 땐 몰랐지

니가 없으니

내 맘이 점점 비워지는구나


너로 인해 채워졌던 내 마음

이젠 한 낱 종이 쪼가리밖에 안되는구나


이 커져가는 여백을 어찌하면 좋을까

니가 있던 단풍나무 길에서

니가 있던 한강에서


너를 불러본다.


어느 시가 마음에 드시나요. '그, 계절'은 정채은 학생이, '여백'은 차현동 학생이 쓴 시이고 '마음의 가시'가 제가 쓴 시입니다. 시만 봐서는 추리하기가 쉽지 않아 아이들은 나름의 이유를 대면서 추측을 하였고, 자신이 생각한 것이 맞는지 궁금해했습니다. 자신의 생각을 요약하여 구글 글래스룸에 댓글도 달아보라고 했습니다. 입학식도 못 해본 아이들이지만 원격으로 300명이 넘는 친구들의 생각을 서로 공유했습니다.

선생님이 감상적일 것 같다든지 자연을 좋아할 것 같다든지 한 번도 본 적 없는 저의 성향을 추리하며 아이들은 감상평을 올렸습니다. 선생님 삶의 사랑과 이별, 아픔을 추리해 보기도 했지요. 전문 시인의 작품이 아니어서 좀 미흡하더라도 자기 주변의 누군가가 쓴 시는 이처럼 아이들에게 시를 더 가깝게 느끼도록 해주었습니다.

때로는 자신이 좋아하는 시를 하나 찾고, 그 이유를 댓글로 적어보라고도 했습니다. 그중 몇 편은 다음 시간에 소개해 주었습니다. 친구들이 추천한 시라고 하면 더 솔깃해 합니다. 시를 좀 다뤄본 후에는 '시는 ☐이다'처럼 은유적으로 표현해 보도록 했습니다. 평소에는 서로의 생각이 각 반에서만 공유가 되는데, 원격을 하니 학년 전체의 생각을 공유할 수 있다는 장점도 있었습니다.

이처럼 평가의 대상으로 시를 만나는 것이 아니라 일상에서 자주 시를 접하다 보면 시가 우리 삶을 표현하는 또 다른 방식이라는 것을 알고 즐길 것입니다. 그러다 보면 가끔 시인의 눈으로 세상이 보일 때도 있겠지요.

3장
...

선생님들,
책과 시에
물들다

# #01
# 비밀 독서단,
# 지령서를 받다

## 비밀스런 독서가 시작되다

비밀리에 무언가를 한다는 것은 긴장되고 설레고 흥미로운 일입니다. 우리 학교에는 그런 비밀스런 모임이 있습니다. 비밀스럽게 모임 신청을 하면, 비밀스럽게 책을 받고, 비밀스럽게 혼자 읽고, 그 감상을 써서 비밀스럽게 전달하면, 다음 책을 다시 비밀스럽게 받을 수 있지요. 물론 감상을 내지 않으면 자동 제명되어 다음 책을 받지 못합니다. 누가 진행하는지만 알지 우리 학교에서 몇 분의 선생님이, 어느 선생님이 하시는지는 모릅니다.

그것이 더 재미가 있습니다. 누구인지 모르지만 같은 곳에서 생활하는 누군가가 지금 같은 책을 보고 있을 거라는 생각 말입니다. 바로 '비밀 독서단'이라는 교사 독서 모임입니다.

예전에는 오프라인에서 선생님들 독서 모임을 했습니다. 같은 학교에 있지만 다들 수업에, 업무에 너무 정신없이 하루를 보내다 보니 한 달에 한 번 시간을 맞추는 것도 쉽지 않았습니다. 책 읽는 건 좋아하지만 대면해서 토론하는 것을 부담스러워하는 선생님들도 계셨습니다. 좀 더 많은 선생님들이 편안하게 독서를 할 수 있는 방법이 필요했지요.

그러다 작년에 연구부장님이 주도하여 '비밀 독서단'이 조직되었습니다. 다음 책이 무엇일지 궁금해하며 기다리는 재미도 쏠쏠하답니다. 단원이 되면 특권으로 일단 책을 공짜로 받을 수 있습니다. 단원들은 그야말로 비밀리에 배달된 책을 읽고 나서 별명으로 감상 글을 적어서 기한 내에 제출합니다. 단원들의 감상 글이 모두 모이면 다시 돌려받습니다. 그 글을 읽으며 오프라인이 아니지만 서로의 생각을 나누게 됩니다. 짧게라도 감상 글을 적어 낸 분들만 다음 책을 받을 수 있습니다.

책 속에는 책갈피 대신 야광색의 무시무시하면서도 재미있는 비밀 지령서가 같이 끼어 있습니다. 연말에는 감상 글을 모아 만든 책자도 받았습니다. 매년 서른 분 안팎의 선생님들께서 참여하셨습니다. 2년에 걸친 비밀 독서단 책에 대한 저의 생각과 선생님들의 감상 글 중 일부를 담아 봅니다.

비밀 단원 신청 → 책 비밀리에 받기 → 감상 글 제출 → 수집한 감상 글 전체 돌려받기 → 감상 글 읽으며 공유 → 다음 비밀 책 받기 → … → 1년간 활동을 담은 책자 받기

그동안 함께한 비밀 독서단 책

《지치지 않는 힘》이민규, 끌리는책

《좋은지 나쁜지 누가 아는가》류시화, 더숲

《스케치북 들고 떠나는 시간 여행》엄시연, 팜파스

《우리 마음속에는 저마다 숲이 있다》황경택, 샘터

《유품 정리인은 보았다》요시다 타이치, 김석중, 황금부엉이

《삶을 위한 수업》마르쿠스 베른센, 오마이북

《내가 좋아하는 것을 나도 모를 때》전승환, 다산초당

《외로워도 외롭지 않다》정호승, 비채

# 비밀 지령서와 비밀글 엿보기

2019 첫 번째 비밀책 《지치지 않는 힘》 이민규, 끌리는책

그 비밀스런 책 첫 번째는 《지치지 않는 힘》이라는 책이었습니다. 대한민국의 미래와 역사를 위한 몸부림으로 이 활동을 한다는 것을 자각하라는 1차 지령서 메시지에 우선 당황스러우면서도 웃음이 나옵니다. 하지만 그 덕분에 독서에 좀 더 큰 의미를 부여하고 사명감을 갖고 읽게 됩니다.

감상 글을 보낸 후 메시지를 통해 선생님들이 쓰신 서른여 편의 글을 받아 보았습니다. 별명으로 필자가 짐작이 가는 분도 몇 분 있지만, 전혀 누군지 감을 잡을 수 없는 글들이 많았습니다. 다양한 글 색깔 속에 교사라는 것을 숨기지 못하는 글들이 꽤 있었지만, 때론 남편과 아내로서의 고민과 한 인간으로서의 고민이 담겨 있었습니다. 와닿는 구절도 제각각이었는데 그중 미소와 관련된 이야기가 가장 많았습니다. 기대에 부응하며 열심히 달려오신 선생님의 모습도 보였지요. 작가의 말이 꼰대처럼 느껴진다거나 자신은 꼰대가 아닐지 되돌아보는 글도 있었습니다. 꼬물꼬물 지치지 않고 나아가는 힘, 그건 자신 안에 있다고 하신 선생님 말씀도 기억에 남습니다.

‘스페이스’ 쌤의 감상 글
-

하루 일교차가 매우 크고 가끔 태풍이 휘몰아쳐 정신없이 비가 내리

는 이 순간과 내 삶은 비슷한 면이 있다. 현재 내 삶은 동료 교사와 학생들과의 주고받는 말 한마디로 따뜻함과 차가움을 매번 반복하고 있다. 하루 수업을 휘몰아치고 퇴근시간이 되면 처가 식구와 내 처와 자식들이 있는 곳으로 간다. 물론 직장에서나 집에서나 모두 내게는 소중한 순간이다. 이 순간 내가 잊고 지냈던 사람들이 떠오른다. 우리 엄마 아빠와 큰누나, 작은 누나… 대구라는 도시로 와서 1년에 몇 번 볼 수 없는 이 사람들이 난 언제나 옆에 있을 사람들로 생각했다. 안이한 이런 생각에 충격을 주는 한 줄이 있었다.

"60세인 부모님이 80세까지 사신다고 가정했을 때 한 달에 한 번 저녁식사를 한다면 240회가 남았다."

그러니까 '현재 우리 부모님은 각각 연세가 모 65세, 부 71세이시고 더군다나 남자의 평균 수명은 여자보다 짧다고들 하니까 정말 얼마 기회가 없겠구나.'라는 생각이 든다. 그러니 가을비와 함께 청승맞게 눈물이 난다.

"마음이 100이고 표현이 0이면 = 관계는 0이다."

비단 부모님께 마음을 표현하지 않는 사람이 나뿐이겠는가. 칭찬받을 때나 좋은 말을 들었을 때 긍정의 힘이 듣는 사람으로 하여금 활력을 불러일으킨다. 지금 나의 아들은 가끔씩 "사랑해."라는 말을 한다. 네 살짜리의 별 생각 없는 말일지 모르겠지만 듣는 아빠의 입장에서는 세상에서 누릴 수 있는 최고의 기쁨이다. 하지만 현재 서른네 살인 아들은 일흔인 노부모에게 사랑한다는 말을 하지 않는다. 아니 마음은 100이지만 표현이 0이다. 어렸을 적에도 그랬지만 지금도 부탁만 하는 아들이다. 우리 손자들 좀 맡아달라고…

앞으로 한 달에 한 번 저녁식사도 불가할 뿐더러 대략 해봐야 손에 꼽을 정도의 횟수만 남은 듯하다. 또한 이번 추석은 예기치 못한 사정으로 제대로 가족의 정을 함께 나눌 수 없었다. 이번 주는 시간을 내서 부모님 댁에 방문해서 그동안 못다 한 표현과 소중한 저녁 식사를 함께해야겠다.

2019 두 번째 비밀책《좋은지 나쁜지 누가 아는가》류시화, 더숲

## 교사 비밀 독서단 2차 지령서

먼저 1차 지령을 성실히 완수한 단원에게 국가와 민족의 이름으로 감사함을 전합니다. 이에 국가는 단원들에게 2차 지령을 내립니다. 2차 지령 또한 외부 세력에 절대 발각되지 않도록 비밀스럽게 수행해 주기 바랍니다.

우리의 활동은 패권주의에 맞서 대한민국을 중심으로 한 동아시아의 자주 발전을 위한 전략적 몸부림임을 항상 자각해 주십시오.

[이 지령서는 자체 폐기할 것]

기다리던 두 번째 비밀스런 책이 도착했습니다. 출근하여 노트북을 펼치는 순간 하얀색 표지의 류시화 산문집이 놓여 있었습니다. 작년 제 삶을 건드리고 간 책 중의 하나가 바로 류시화의《새는 날아가면서 뒤돌아보지 않는다》입니다. 그래서 이번 책은 더 반가웠습니다. 그 책과 마찬가지로 이야기 하나하나가 저를 비집고 들어와서 마치 한겨울 장독 속 홍시를 꺼내먹듯 조금씩 아껴가며 읽고 싶은 책이었지요.

예전 책이 생각나서 반갑다는 선생님도 계시고 이름만 많이 들었는데 이런 비밀 모임으로 작가의 좋은 글을 읽게 되어 좋았다고 하신 선

생님도 계셨습니다.

이 책은 특히 제목의 의미에 관심을 가지시는 선생님들이 많으셨습니다. 우리 인생의 전체 그림을 안다면 좋겠지만, 그것은 한참 지나고 나서야 알게 되겠지요. 그래서 지금 주어진 일에 흠뻑 젖어서 하는 것이 최선인 것 같습니다. 톨스토이의 《사람은 무엇으로 사는가》라는 책에도 사람에게 무엇이 주어지지 않았는지 나옵니다. 바로 '자신에게 필요한 것을 아는 힘'입니다. 앞일을 미처 알지 못하기에 삶이 더 설레는 거 아닐까요.

## '꼭꼭 숨어라' 쌤의 감상 글
-

처음 단장님께 이 책을 받았을 때, 책보다는 작가가 낯이 익어 책을 읽기 전부터 반가운 마음이 들었다. 류시화라는 사람은 문외한인 나도 알고 있을 만큼 유명한 시인이다. 그렇다. 나에게 그는 학창시절 《그대가 곁에 있어도 나는 그대가 그립다》라는 시집으로 아름다운 시를 들려주었던 시인이다. 그대는 참 많은 이를 의미하는 것일 텐데 나에게는 애틋한 연인으로 와닿아 감수성 풍부하던 학창시절 그 문구만으로도 그 시인을 참 좋아했다. 그런데 뜻밖에도 이 책은 시집이 아니라 명상서 혹은 심리치유서 같은 느낌이었다.

살다 보면 운수 좋은 날도 있고 정말 더럽게 운수 없는 날도 있다. 끝이 날까 두려울 만큼 행복한 날도 있고, 끝이 날 것 같지 않을 만큼 불행한 날도 있다. 그런데 그것이 좋은지 나쁜지 누가 아는가. 그 날들의 끝에 무엇이 기다리고 있을지는 신만이 알까. 지금 당장의 고난 앞에서 이 고난이 훗날 축복의 파도가 될 것이라 믿기는 정말 힘들다.

예전에 나는 단짝친구 4명과 함께 대학을 졸업하고 임용을 준비했다. 어느 날 갑자기 온몸 이곳저곳에 마비가 오면서 나는 뒤처졌고 친구들은 모두 교사의 길로 들어섰다. 그때 내게 닥쳐온 불행과 친구들에게서 뒤처졌다는 절망이 어떻게 훗날 주어질 축복을 위한 것이라고 생각할 수 있겠는가. 그러나 돌이켜보면 그때의 시간 덕분에 나는 참 많은 것을 얻었다. 다양한 경험들을 쌓았고, 지금 내게 주어진 일과 지금 내 곁에 있는 소중한 사람들을 얻었다.

그리고 이 학교에서 《지치지 않는 힘》, 《좋은지 나쁜지 누가 아는가》와 같은 마음의 양분이 되는 좋은 책들을 읽고 있는 지금 이 순간도 그 시간들이 내게 준 훗날의 축복이다. 우연히 참여하게 된 교사 비밀 독서단 활동을 통해서 좋은 마음의 양분을 참 많이도 얻었다. 그래서 지금 마음의 양분이 필요한 내 옆의 소중한 사람에게 이 책을 보내주었다. 부디 나처럼 그 사람에게도 좋은 마음의 양분이 되기를 바란다. 나같이 불완전한 사람도 완벽한 장미를 선물해 줄 수 있다는 말을 믿으며…

2019 세 번째 비밀책 《스케치북 들고 떠나는 시간 여행》 엄시연, 팜파스

## 교사 비밀 독서단 3차 지령서

먼저 2차 지령을 성실히 완수한 단원에게 대한민국 대통령을 비롯한 동아시아 국가 정상들을 대표해서 고마움을 전합니다. 이에 덧붙여 단원들에게 3차 지령을 내립니다. 3차 지령 또한 외부 세력에 절대 발각되지 않도록 비밀스럽게 수행해 주기 바랍니다. 우리의 활동은 우주인의 지구 침략을 물리치고, 아름다운 별 지구를 수호하기 위한 전 세계의 열망임을 항상 자각해 주십시오.
[이 지령서는 자체 폐기할 것]

며칠 전 차에 하얗게 서리가 내렸습니다. 서늘한 겨울 공기를 느끼며 차창이 투명해지기를 기다렸습니다. 시간은 어김없이 흘러 가을이 지나고 겨울이 다가와 있고, 여고생이던 전 40대 중반이 되었습니다.

올 가을 홈커밍데이를 하며 고등학교를 25년 만에 찾아갔습니다. 따스한 봄날 선생님과 상담을 나누었던 과학실, 수학선생님의 연애사에 푹 빠져들었던 교실 그 자리, 처음으로 야자를 빼먹고 가슴 졸이며 친구들과 이야기 나누었던 교정을 떠올리며 학교로 들어섰습니다. 하지만 달라진 학교 입구부터 찾기가 어려워 지나쳐 버리고 한 바퀴를 돌아서야 들어갈 수 있었습니다. 설레는 마음으로 운동장에 차를 세우고 앞을 보니 낯선 새 건물 앞에 한 무리의 아줌마들이 있었습니다. 시간의 흐름 속에 사람도 건물도 이렇게 변하고 흘러가는구나 싶었습니다. 교실 외에는 예전 모습을 찾을 수 있는 건물이 거의 보이지 않았습니다. 우리는 낡아가고 있었고, 건물은 낡아가다가 헐리고 새로 들어서고 있었습니다.

시간의 흐름 속에서 공간이 갖는 의미는 무엇일까요? 이 책은 따스한 그림과 함께 과거의 그리운 순간을 붙들고 있는 장소를 찾아 그 시절을 되살려내고 있습니다. 사진이라면 슬쩍 보고 말았을 테지만 책 속의 따스한 수채 그림은 군데군데 보는 이의 시선을 사로잡습니다. 공간 속에 살다간 이들의 이야기를 흥미롭게 풀어내는 것을 보니 사마천의 《사기》처럼 과거의 인물인 전혜린과 이상을 살려내는 듯했습니다. 마치 소설이나 영화 속 한 장면처럼 그곳으로 빨려 들어갔습니다. 100년이란 긴 세월을 같은 모습으로 유지하고 있는 양복점이나 태극당에는 느림의 아름다움이 스며있었습니다. 삶의 치열함 속에서 때론 어리석게 과거를 고집한다는 비난을 받으면서도 그곳을 다시 찾는 사람에게 실망을 안겨주지 않기 위해 수익이 적더라고 그것을 지키려는 사람들. 그 속에 변화를 추구할 것인지 현재를 유지할 것인지 그들의 고민이 고스란히 느껴졌습니다.

어김없이 흐르는 시간을 거슬러 시간을 붙들어 매고 현재와 과거를 유지하기는 쉽지 않습니다. 그 어려움을 알기에 고스란히 과거를 간직하고 추억을 되살려주는 공간은 참 고맙습니다. 저도, 제가 있는 이 공간도 조금씩 낡아 사라지겠지요. 사라질 것을 알기에 제가 있는 이 자리 이 공간, 지금 저의 모습이 더 소중하게 다가오는 날입니다.

### '꼭꼭 숨어라' 쌤의 감상 글

-

언젠가 독서하는 방법에 관한 책을 읽은 적이 있다. 저자와 목차를 먼저 보면서 책을 쓴 목적과 하고자 하는 이야기의 핵심 내용을 대충 파악한 후 흥미로운 부분만을 읽어봐도 되고, 책의 일부분만 읽어도 되며 꼭 전부를 읽어야 한다는 관념을 버리면 더 많은 책을 읽을 수 있다는 내용이었다. 그 당시는 첫 장부터 순서대로 읽어야 한다는 고정 관념이 있어서인지 이 방법을 잘 적용하지 않았다.

이번에 읽은 책은 이 방법대로 어느 순간 읽고 있어서 제일 단시간에 읽을 수 있었다. 내가 기억하는 옛날의 추억들을 찾아 읽다 보니, 어느새 책을 편 그 페이지부터 바로 책 내용에 집중할 수 있어서 참 쉽게 읽은 것 같다.

이 책은 내가 기억하고 있는 옛날을 떠올리게 한다. 초등학교 때 학교 마치고 오면 엄마가 하나씩 사주던 유리병에 든 베지밀, 그 달콤한 맛~~ 용돈만 생기면(10원인가 금액은 잘 생각이 안 나지만) 항상 달고나 만드는 노점상에 붙어 앉아서 하얀 설탕 가루를 담은 국자에 소다 넣어

철판 위에 털썩 부어서 만들던, 잘 떼어 내면 하나 더 준다는 그 마법의 말에 정신이 팔려 친구랑 바늘로 점점이 찍어서 떼어 내던 기억들. 또 하교 후에는 항상 학교에 남아서 친구들이랑 치마를 펄럭이며 고무줄 놀이를 했던 기억들… 엄청난 양의 자갈로 방안 가득 깔아서 하던 공기놀이. 그 장소와 함께 했던 친구들에 대한 기억들이 가장 많이 기억났다.

우리가 기억하는 곳은 그냥 놓인 공간이 아닌, 누구와 함께 했던 공간이다. 같이 부딪치며 생활했던 그 공간들, 그 사람들. 그래서인지 40년이 지나도 초등학교 동창을 만나면 처음에는 낯설던 사람들이 어느새 어릴 적 얼굴을 하며 나에게 조금씩 다가온다. 그럴 땐 참 희한하다. 그 많은 세월들을 모두 다른 장소에서 다른 인생을 살며 몰라볼 정도로 변한 건 당연할 건데, 어찌 그 얼굴이 나에게 보일까? 떨어졌던 세월들을 훌쩍 넘어서 다시 그 세월로 돌아가게 되다니, 시간이 지나도 변치 않은 그 얼굴들에 감사한다.

나는 중학교 졸업 후부터 엄마와 떨어져 유학을 하게 되었는데, 항상 그리워했던 것이 엄마의 김치와 된장국, 엄마가 구워주던 생선이었다. 방학 때 집에 가게 되면 원 없이 먹었는데도 항상 그립다는 것에는 그것들이 있다. 엄마가 안 계신 지금 가장 후회되는 것이 엄마의 김치 담는 법을 배우지 못했다는 것이다. 떨어져 있던 시간에도 엄마의 김치를 먹어서인지 그 소중함을 몰랐다. 엄마 김치 외에는 음식점이나 다른 사람의 김치를 못 먹었다. 왜인지는 몰라도 정말 다른 김치는 안 먹었다. 그런데도 왜 엄마의 김치 담는 법을 배울 생각을 못했을까? 성인이 되어서도 김장철이면 김치 절여서 양념 묻히는 것만 우리들 몫이었지 양념은 한 번도 해본 적이 없다는 것이다. 며칠이 지나도 냄새가 가시지 않던 액젓 달인 냄새가 지금도 김장철만 되면 내 코를 벌렁거리게 한다.

그 냄새를 찾아~

아~ 먹고 싶다. 하얀 쌀밥에 엄마의 빨간 김장 김치와 구수한 된장국, 노랗게 구워진 가자미 속살을…

2020 첫 번째 비밀책 《우리 마음속에는 저마다 숲이 있다》 황경택, 샘터

## 2020년 비밀 독서단 1차 지령서

먼저 2020년 비밀 독서단에 지원한 단원들의 용기에 경의를 표하는 바입니다. 또한 코로나 19로 인한 전 세계적 위기 상황을 독서를 통해 이겨내고자 하는 여러 단원들의 가상한 노력에 WHO를 대신하여 감사함을 전합니다.

이제 단원들은 자기에게 전달된 책을 이 세상 아무도 모르게 비밀스럽게 읽고, 읽은 소감을 짧게 작성하여 제출해야 하는 비밀 독서단의 책임을 완수하기 바랍니다.

우리의 활동은 바이러스의 지구 침략을 물리치고, 아름다운 별 지구를 수호하기 위한 전 세계의 열망임을 항상 자각하고, 부디 과업을 완수하여 중간에 포기하지 않고 두 눈 부릅뜨고 제발 끝까지 살아남아 주시기 바랍니다.

[이 지령서는 5분 후부터 글자가 안 보일 것입니다.]

연초록이 펼치는 향연 속에 갖가지 꽃들이 피어나는 봄. 올해 비밀 독서단 첫 번째 책은 매끈한 촉감의 초록숲 표지 책이었습니다. 정말 우리 마음속에 저마다의 숲이 있다면, 누군가의 봄 숲으로 들어가 보고 싶다는 생각이 문득 들었습니다. 연둣빛 세상으로 속속들이 들어가 한참을

거닐고 싶었습니다. 그곳은 송홧가루 날리고 아까시 나무 향이 향기로운 길일까요? 키 큰 소나무가 우거져 바람 한 점 없이 고요한 오솔길일까요? 그리고 저의 숲길은 또한 어떤 모습일까요? 제목에 매료되어 질문이 꼬리를 물고 이어지다 보니 책을 펼치는 데 시간이 꽤 걸렸습니다.

자연은 언제나 제 삶의 스승인데, 이 책도 자연에서 삶의 지혜를 얻는 이야기라 더 반가웠습니다. 저자가 숲해설가라서 더 구체적이고 전문적이며 섬세했고 직접 그린 그림 덕분에 더 생생하기도 합니다. 덕분에 능소화와 아까시 나무에 대한 오해도 풀렸고, 매미의 소리가 종류마다 다르다는 것도 알았습니다. 자연과 관련하여 우리의 이야기를 하는 부분은 종종 학생들에게 하는 이야기여서 공감되는 부분도 있었지만, 뻔한 훈화같이 느껴져서 연이은 훈화에 지루했을 아이들 마음도 한편으로는 이해가 되었습니다.

책을 다 읽고 마당의 목련을 들여다보았습니다. 올해 새로 난 초록빛 가지가 작년 가지와 선명하게 구분이 되었고, 꽃 진 자리에는 열매도 떡하니 있었습니다. 전 초록빛 속에 홀로 하얗게 존재를 드러내던 꽃만 볼 줄 알았는데 목련도 어김없이 열매가 있었습니다. 같은 곳을 보고 있어도 알고 있는 것, 느끼는 것이 다르다는 것을 다시 한번 느낍니다. 감각을 좀 더 깨워 잘 들여다보아야겠습니다.

5월에 접어든 지금, 봉우리를 살짝 벌리며 피어날 준비를 하고 있는 작약과 수국이 기다려집니다. 분명 저를 위한 준비가 아닐 터이고 저를 기다리는 것도 아닐 테지만 덕분에 호강을 합니다. 백리향이나 패랭이는 서로 어울려서 아름답고, 튤립은 한 송이만으로 멋을 드러내고 있습니다. 건강한 숲을 위해 키가 작은 떨기나무들도 있어야 한다고 했는데 제 마음의 숲도 그러한지 들여다보게 됩니다. 마음의 숲을 가꾸고, 누군가에게 그 숲을 내어주고, 누군가의 숲을 거닐며 그 속에 살고 싶습니다. 마음이 숲이라 생각하니 더없이 편안해집니다. 앞으로 펼쳐질 숲길도 기다려집니다.

### '코코' 쌤의 감상 글

어렸을 적, 아마 초등학교 때쯤 일요일 아침이면 늘 아버지께서 늦잠 자는 나와 동생을 깨우시곤 했다. "어서 일어나서 뒷산에 가보자." 토요일까지 학교를 갔던 시절, 일요일 아침이 유일하게 늦잠을 잘 수 있었던 날이었는데 엄한 아버지 때문에 졸린 눈을 비비며 일어날 수밖에 없었다. 터벅터벅 힘 빠진 모습으로 올라간 뒷산. 힘도 들고 싫어하는 벌레들도 많고 그 당시엔 정말 가기 싫었다. 머릿속에는 '아버지께서 운동하러 가는데 혼자 가면 심심하니까 우리를 데려가는 거잖아.'란 생각으로 가득 차 있었다.

하지만 나름 정상이라고 할 수 있는 곳에서 동네를 내려다보고, 가끔 "야호" 하고 소리도 질러보았다. 내려갈 때쯤이면 어느새 기분이 좋아져 동생과 장난도 치고, 처음 보는 풀이나 꽃, 동물 등이 무엇인지 아버지께 여쭙곤 했다. 시원한 약수 물도 한 잔 마시고 집에 돌아와서는 어머니께서 차려주신 맛있는 아침을 먹으며 함께 이야기를 나누었다. 그리고 금방 까먹었지만 등산가는 것도 좋다는 생각을 잠시 했었다.

요즘의 나는 주말 아침이면 느지막이 일어나 이불 속에서 스마트폰을 만지작거린다. 그리고는 겨우 일어나 먼저 컴퓨터를 켠다. 가끔 일찍 일어나 따뜻한 커피를 마시며 컴퓨터로 밀린 일을 할 때도 있다. 늦게 일어나거나 일찍 일어나거나 늘 30분 정도 지나면 자잘한 소리를 듣고 일어난 딸이 와서 하품을 하며 "아빠 뭐해?"라고 묻는다. 나는 약간의 귀찮음을 숨기며 "컴퓨터로 일하지."라고 하며 열심히 타자를 친다. 그런데 책을 읽고 나서 문득 생각이 들었다. '아버지께서 주말 아침마다 뒷산에 가자고 한 것이 그냥 운동을 하러 가자는 것이 아니지 않았을까?'라고.

이번 주 주말엔 꼭 시간을 내어 나도 우리 가족과 함께 뒷산에 한 번 올라가고 싶다. 숲 속에 숨어 있는 나의 마음을 찾으러 가보고 싶다.

2020 두 번째 비밀책 《유품 정리인은 보았다》 요시다 타이치, 김석중, 황금부엉이

## 2020년 비밀 독서단 2차 지령서

먼저 목숨을 걸고 아름다운 별 지구를 지키기 위한 첫 번째 지령을 완수한 여러 단원들에게 질병관리본부를 대신하여 감사함을 전합니다. 그리고 2020년 비밀 독서단 단원들에게 두 번째 지령을 내립니다.

이번 지령은 여러 단원들의 열망을 모아 자신의 유품을 77년 후에 하나도 빠짐없이 잘 정리할 수 있도록 이 책을 읽고 사전에 철저히 준비하기 위해 노력하는 것입니다. 2차 지령 또한 외부 세력에 절대 발각되지 않도록 비밀스럽게 수행해 주기 바랍니다.

[이 지령서는 5분 후부터 글자가 안 보일 것입니다.]

이 책은 유품 정리인인 저자가 고독사한 사람들의 유품을 정리하며 관찰하고 든 생각을 담은 책입니다. 죽음 중에서도 고독사를 다루고 있

고 죽음을 묘사하는 부분이 너무 자세하기도 하여서 보는데 당혹스럽고 불편하다는 선생님들이 많이 계셨습니다. 평소 잘 사용하지 않는 '시취' 라는 단어에 흠칫하게 되기도 합니다. 하지만 지금까지 '어떻게 살 것인가'에 집중했다면, 이 책을 계기로 '정리하는 삶, 비우는 삶'을 생각해 보며 주위를 둘러보게 됩니다. 어떤 선생님은 부족하고 허점투성이 인생이지만 이 세상 떠날 때 사람들에게 좋은 기억, 따뜻한 추억 한 자락 남기고 싶다고 하셨습니다. 그러려면 더 많은 정과 사랑을 나누어야겠지요.

### '훈남' 쌤의 감상 글

- 가상일기, 2040년의 어느 날 -

이제 교직 생활한 지 어언 30년…

나이가 들어 수업은 점차 힘들어지고, 개성 강한 학생들에게 나이 든 교사로만 인식되어 소통도 잘 안 된다. 뭔가 변화가 필요하다. 그래서 과감히 '명예로운' 퇴직을 감행하였다.

교직을 그만두니 개인 물품은 깨끗이 정리하라고 보챈다. 마음도 깨끗이 정리해야 하는데 물품부터 정리하라니. 살짝 야속하기만 하다.

나의 교직 유품이라 할 수 있는 물건을 살펴보니 가져가야 할 물건들이 보이지 않는다. 교재들은 더 이상 연구할 필요도 없고, 작은 보관함은 들고 가자니 짐만 될 거 같고, 필기도구도 따로 챙길 필요도 없어 보인다. 허망하다. 정리할 교직 유품이 없다.

결국 가져갈 것은 실내화, 수건 등 잡화들뿐이다. 30년 동안 거침없이 달려왔건만 결국 남는 건 이것뿐이라니…

'퇴직'은 어느 교사에게나 100퍼센트 방문한다. 아무리 뛰어나고 훌

룽하다 할지라도 언젠가 퇴직을 맞이하게 된다. 그러나 많은 교사들은 하루하루 다가오고 있는 '자신의 퇴직'을 외면하고, 마치 자신과는 아무런 관계가 없다는 듯이 살아가고 있는 것이 현실이다. 언젠가는 자신도 퇴직한다는 것을 아무도 생각하고 싶지 않은 것이다. 자신이 건강하고 기운이 있을 때는 더욱 그렇다. 나부터 그랬다.

'제 2의 삶'이라 했던가. 퇴직 이후의 삶도 긴데 남은 인생도 가치 있게 살고 싶은데 준비가 부족했다. A~Z까지 단계별로 촘촘히 계획했어야 했다. 난 나의 삶을 좀 더 밀도 있게 돌아보지 못했고, 앞을 내다보지도 못했다.

노란 박스에 개인 물품을 집어넣고, 학교 계단 위를 차분히 내려온다. 계단을 올라가는 것도 힘들었지만 내려가는 것은 더욱 힘들다. 차에 시동을 걸고 정든 교정을 바라본다. 나의 30년 교직도 분명 가치 있었을 것이라 생각해 본다.

이제 교문 밖을 나가려는데 계속 머릿속에 하나의 물음이 사라지지 않는다.

'내일 뭐하지…… 뭐하지…… 뭐라도 하겠지……'

2020 세 번째 비밀책《삶을 위한 수업》마르쿠스 베른센, 오마이북

## 2020년 비밀 독서단 3차 지령서

또 한 번의 어려운 지령을 완수한 단원들에게 교육부를 대신하여 감사함을 전합니다. 여러분의 노고를 국무총리, 국회의장, 대법원장 등 정부 고위층에 충분히 전달하도록 노력은 하겠습니다.

이번 지령은 퇴직 후 서유럽으로 여행을 떠나기 위한 사전 작업의 하나로 덴마크의 교육에 대한 정보를 수집하는 것입니다. 퇴직 후의 행복한 여행을 상상하며 목숨 걸고 3차 지령을 수행해 주십시오.

지령 :《삶을 위한 수업》을 읽고 2줄 이상의 글을 아무도 모르게 작성하라!

3차 지령 또한 외부 세력에 절대 발각되지 않도록 비밀스럽게 수행해 주기 바랍니다.

[이 지령서는 노안으로 인해 5분 후부터 글자가 안 보일 것입니다.]

이번 책은 삶을 위한 수업을 실천하고 있는 덴마크 교사 10명의 이야기입니다. 교육을 주제로 한 만큼 선생님들은 자신의 수업과 비교하면서 글로 열띤 논의를 펼치셨습니다. 책에 나온 방법처럼 우리도 지금 배우는 공부가 대학에까지 연결된다는 것을 느낄 수 있도록 대학 강의를 직접 듣는 경험을 갖게 하고 싶다는 선생님도 계셨습니다. 선생님들의 헌신이 없이는 행복한 수업이 될 수 없다고 이야기하신 분도 계셨습니다. 시험기간에 초과근무를 달고 어떻게 하면 시험의 변별력을 높일 수 있을까를 고민해야 하는 현실이 씁쓸하다고도 하셨습니다.

이 책에는 '행복한 나라 덴마크의 교사들은 어떻게 가르치는가'라는 부제가 붙어 있는데 저는 지금은 그것이 조금 다르게 느껴집니다. 코로나19 전이었다면, '정말 행복지수가 높다던 북유럽에서는 어떤 교육이 이루어질까'라는 부러움을 갖고 읽었을 테지만 코로나를 겪으면서 세계에 대한 기존 인식의 많은 부분이 허상이었다는 것을 알게 되었습니다. 그래서 이 책 속의 선생님들 이야기는 덴마크에 초점을 맞추기보다는 그저 우리 주변에 있는 열성적인 여러 선생님처럼 받아들여졌습니다. 덴마크 교사여서 더 배울 점이 있는 것이 아니라 그저 같은 교사로서 배울 점이 있었습니다. 지식에 머물지 않고 현실과 연계를 시키려는 노력, 학생들과 끊임없이 소통하려는 노력은 나라를 불문하고 교사의 당연한 고민입니다.

이 책의 첫 번째 장점은 제목입니다. 수업이 삶을 위한 것이 아니라면 도대체 교육이 왜 필요하겠습니까? 제가 제 교과를 사랑하는 이유도 그것입니다. 교과 내용 자체가 삶과 직접 관련이 있기 때문에 수업은 저를 긴장하게도 하지만 설레게도 합니다. 수업을 통해 학생들이 자신의 삶을 잘 가꾸어 가기를 바라는 마음이 늘 수업의 밑바탕이 됩니다.

두 번째는 각 교사별 이야기 마지막에 '교사에게 건네는 조언'으로 정리가 되어 있어 책을 다 덮은 후에도 다시 정리해 볼 수 있어서 좋습니다. 그 정리를 보며 자신을 다시 되돌아볼 수 있습니다.

교사는 늘 좋은 수업을 꿈꿉니다. 저도 저의 한 마디가, 제 행동 하나가 누군가에게는 의미 있게 다가오리라는 생각으로 수업을 설계합니다. 그 시간이 행복하지요. 그걸 실현하는 과정에서 물론 헤맵니다. 하지만 이것이 저의 길이고 우리의 길입니다. 아이들을 향한 이런 마음이 학교에 있는 동안 지속되길 바랄 뿐입니다.

## '진흙길' 쌤의 감상 글

-

답답한 나의 수업과 더디 가는 학생들을 보며 뭔가 다른 방법이 있겠지 싶었다. 그래서 덴마크에, 핀란드에, 독일에 뭔가 답이 있지나 않을까 생각했었다. 답이 있었을까? 답이 있었는지도 모르겠다. 하지만 나는 알아차리지 못했다. 나의 수업은 그들처럼 되지 못했다.

'왜 사느냐?'를 고민하면 나의 생각은 죽음에 다다르게 되었다. 친구가 말하기를 왜 사느냐가 아니라 어떻게 살 것인가를 고민해야 한다고 했다. 수업은 어떤가? 역시 '어떻게 수업을 할 것인가?'를 고민하는 게 중요할까, '왜 수업을 하는 것인가?'를 고민해야 할까.

코로나로 인해 나의 수업은 거의 일방적인 설명식 수업으로 이루어져 있다. 고민은 '거리를 유지하면서도 학생들이 참여하는 수업은 어떻게 할까?'이다. 즉, 어떻게 수업을 할 것인가가 나의 관심사이다. 그런 나에게 이 책은 수업 방법론뿐만 아니라 수업 철학 역시 중요하다고 말하고 있다. 특히나 초, 중, 고 학생들을 가르치는 모든 교사들이, 그리고 과목까지 다른 교사들의 수업 철학이 닮아 있다는 것은 충격적이다. 우리 역시 덴마크 교사들과 마찬가지로 학생들이 행복하기를 바란다. 그 행복이 수능을 잘 보고 대학을 잘 가야 얻어진다고 생각하는 교사가 있는 반면, 그것에 관심을 두지 않는 교사도 있다. 나는 그 가운데 서서 어느 것도 포기하지 않는다고 합리화를 하고 있는 중이다.

과연 올바른 수업, 올바른 교육 철학이 존재하는 것일까? 올바른 수업과 철학이 존재한다고 하여도 모든 수업이 다 같지는 않겠지? 어떤 것이 올바른(최고의) 길인지 알지 못하지만 그저 나의 생각대로 나의 수업에 변화를 조금씩 가져와보자. 관성을 거부해 보자! 진흙길이라도 한

걸음 내딛는 마음으로 일단 나아가자. 멈추지 않으면 언젠가 닿으리라. 그리고 나도 학생들도 행복했다고 기억하리라.

2020 네 번째 비밀책 《내가 원하는 것을 나도 모를 때》 전승환, 다산초당

## 2020년 비밀 독서단 4차 지령서

[주의 : 지령서의 내용은 마음이 깨끗한 사람의 눈에만 보입니다.]

지령 :

4차 지령 또한 외부 세력에 절대 발각되지 않도록 비밀스럽게 수행해 주기 바랍니다.

"엄마, 이 비는 가을비예요, 겨울비예요?"

쌀쌀한 날씨 속에 오랜만에 내리는 비를 보며 아이가 물었습니다.

"이 비는 가을에서 더 깊은 가을로 가는 비지. 가을에서 가을가을로 가는 비."

도동서원의 은행나무가 노랗게 물들어가듯 제 인생의 가을도 깊어갑니다. 처음 이 책을 읽었을 때는 작가에게 와닿은 문장으로만 여겨져 그저 고개만 끄덕이며 읽었습니다. 작가에게는 자연스럽게 연결되었을 문장과 책들이 생소하게 느껴지기도 했습니다.

그런데 깊어가는 가을 속에 다시 읽으니 그 문장이 어느새 저의 문장이 되어가고 있었습니다. 그동안 외로움, 슬픔, 그리움을 그다지 모르고

살았는데 올해는 갑자기 찾아드는 그런 감정에 저도 모르게 멈칫하곤 했습니다. 이게 뭐지 했는데 책에서 이야기하는 많은 공감의 말을 들으며 최근에 알게 된 'I do too'노래가 떠올랐습니다. "이런 적 있나요. 나도 그런 적 있어요. 나도 그렇거든요." 같은 감정을 느낀 누군가가 있다는 것만으로도 위로가 됩니다.

얼마 전 무엇엔가 열정을 쏟다가 그 일이 마무리 되었습니다. 에너지를 쏟아내고 나니, 윤동주의 시 구절 '나는 무얼 바라/ 나는 다만, 홀로 침전하는 것일까'가 생각나더군요. 나는 무얼 바라 살아가고 있는지, 이제는 무엇에 에너지를 쏟을 것인지 돌아보게 됩니다. 돌아보면 너무나 아름다울 이 시간, 보들레르의 시처럼 술에, 시에 취하여 무작정 걸으며 제가 꿈꾸는 삶은 무엇인지 제 마음의 목소리에 귀 기울이고 싶습니다.

이 책은 다양한 책에서 작가가 위로받고 감동받은 인생의 문장들이 가득합니다. 마찬가지로 책을 읽으며 많은 부분이 가슴에 와닿아 형광펜으로 밑줄을 그으며 읽었다는 선생님들도 계시고, 이 책을 계기로 소소한 일상을 같이하는 주변 사람들을 소중하게 챙겨야겠다고 생각하신 선생님도 계셨습니다.

### '진흙길' 쌤의 감상 글
-

'여기서 행복할 것'의 줄임말이 '여행'이라고 한다. 여기서 행복하려면 어떡해야 할까? 스스로 자존감이 높아야 할 것이다. 요즘 예전에는 좋아하지 않았던 종류의 이야기를 주변에서 많이 듣는다. '부동산'과 '주식' 이야기. 그 이야기를 들을 때면 자존감이 낮아진다. "머니가 머니?! 내 인생에서 중요한 것은 그게 아니야!"라고 말하면서 무시할 수 있는 입장이 아니란 것을 세월이 흘러가면서 더더욱 느끼고 있기에 현재의 내 자존감의 위치가 인생에서 가장 낮은 위치일 것이다. 자존감을 높이기 위해 운동을 시작한다. 머니를 이길 수 있는 건 건강뿐! 돈 많은 ㅇㄱㅎ회장보다는 오래오래 건강하게 살자! 내가 원하는 것은 건강!

자존감을 높이기 위해서는 한 가지 방법이 더 있다. 아래의 문장을 이해하는 것이다.

'행복한 가정은 서로 닮았지만, 불행한 가정은 저마다의 이유로 불행하다.'

사람들은 누구나 자기만의 특별한 고통을 짊어지고 산다. 하지만 그 고통도 자신이 고통스럽다고 믿는 순간 고통이 된다. 스스로 불행을 만드는 것이다. 우리 가족이 불행한 이유는?(내가 불행한 이유는 우리 가족이 불행하기 때문에, 우리 가족이 불행한 이유를 묻는 것으로 충분하다.) 오지도 않은 미래를 걱정하는 것! 미래를 위한 준비는 좋은 것이지만, 준비를 하면 할수록 불안해하고 있다. 자식은 자식대로의 삶을 살며 성장하고 어른은 어른대로의 삶을 살며 역시 성숙한다. 가족이라는 울타리 안에서 어느 정도의 적당한 역할만 해내면 충분하다고 본다. 완벽하기 위하여(절대 완벽은 없다. 욕심은 끝이 없기에) 고통에 빠질 필요가 없다. 불안해할 필요가 없다. 관계만 유지 하자. 딸에게서 이런 말 한 마디 들을 수 있을 만큼만 하자.

"아빠는 따뜻한 물과 같아. '나'라는 차를 더욱 향기롭게 만들고 내 향을 퍼뜨려 주는 존재."

내가 원하는 것은 인정! 특히 가족 간의 인정! 인정을 받기 위해서 나 먼저 가족들을 인정해야겠다. 바로 내일부터!

## 나에게 비밀 독서단은

수업과 업무로 편안하게 책 한 권 펼치기가 참 힘이 듭니다. 그러니 완독은 더더욱 쉽지 않은 일이지요. 그래서 이렇게 책 선물을 받고 읽으며 생각을 나눈다는 것은 참 소중한 시간인 듯합니다. 바쁜 와중에 숙제처럼 읽어낸 책에서 몇 번이나 감정의 울림이 왔다는 선생님이 계셨습니다. 아마 숙제처럼 읽기 시작한 분들도 많을 것입니다. 하지만 책은 처음 들어가기가 어렵지 한 번 들어가면 그 속에 빨려들어가는 경우가 많습니다. 또한 누군가가 함께 읽는다고 생각하면 '어서 나도 읽어야지'라는 생각이 듭니다. 어느 책제목처럼 함께 읽기는 힘이 세기 때문입니다.

### '새하얀 거북이' 쌤
-

책 한 권을 읽었다는 성취감이 얼마만인가요. 처음 펼쳤을 때 3쪽만 읽어도 집중이 흐트러졌고 완독 못 할 거란 걱정에 물리책 밑에 살포시 넣어 외면하기도 하였습니다. 기간이 다가올수록 책을 펼쳐 읽기보다 피하기 바빴고 어느 날 갑자기 이대로는 안 되겠다며 그동안 피하기만 했던 그와 마주하고 끝내버렸습니다. 책과의 싸움에서 이긴 기분입니다. 학생을 가르친다는 교사가 몇 년 만에 책과의 싸움에서 승리하였다는 것이 부끄럽지만 나는 오늘 이 승리의 기쁨을 비밀 독서단과 함께 하고자 합니다.

### 김영탁 쌤
-

비밀 독서단은 시작된 지 2년 밖에 되지 않았지만 참여한 많은 교사들이 극찬하는 활동입니다. 교직에 헌신하지만 헌신짝이 되어 실망하고 있는 교사들에게 자신의 삶을 환기시키고 다시 활력을 불어넣는데 큰 도움을 줍니다. 가입해서 활동할 가치가 충분히 있는 모임입니다.

## 이영순 쌤

-

스마트폰이 일상이 되어 자투리 시간에조차 검색을 하고 뉴스를 보고 유튜브 영상을 보는 등 손에서 떨어질 날이 없는 스마트폰 대신에 비밀독서단 활동은 손에 다시 책을 잡는 계기가 되었습니다. 또한 책을 읽고 난 후에 다른 선생님의 후기를 읽으면서 사고를 넓혀가고 새로운 시각을 갖게도 됩니다. 후기에 대한 부담이 없고 다양한 종류의 책을 선물처럼 받을 수 있다는 것은 이전의 교직생활에서는 누릴 수 없었던 교사로서의 행복감입니다. 선생님들께 부담 없이 다가와 여러 면에서 즐거움을 주는 이런 활동이 널리 전파되기를 바랍니다.

## 김춘식 쌤

-

MBC 복면가왕은 가면을 쓰고 노래를 부른 사람을 맞추는 방식으로 진행이 됩니다. 가면을 쓰고 노래를 부른 사람은 '편견 없이' 자신의 감정과 몸짓과 목소리를 들려줄 수 있어서 너무 행복했다고 말합니다. 비밀 독서단 역시 제게는 그러합니다. 편견 없이 책을 쓴 사람의 이야기를 읽고, 편견 없이 나의 감정과 생각, 세상에 대한 목소리를 들려줄 수 있습니다. 또한 다른 선생님은 어떤 생각을 하고 목소리를 내고 있는지, 어떤 삶을 살았고 또 살아가고 있어서 별명은 이러한지, 생각해보게 됩니다. 이 독서단의 결과물은 늘 책보다 더 기다려지게 됩니다. 제게 있어서 비밀 독서단은 '행복 독서단'입니다.

# #02
## 독서연구회,
## 죽음을 다각도로 들여다보다

누구나 인생의 전환점이 있습니다. 저는 30대와 좀 다른 40대를 살아가고 있습니다. 30대는 학교일과 세 아이 육아에 푹 빠져서 살았다면, 40대는 나름 삶의 길을 찾아가며 바쁜 가운데서도 마음의 여유를 누리고 있습니다. 이렇게 달라진 데는 주된 두 가지 이유가 있는데 그중 하나는 다도(茶道)입니다. 차를 배우면서 자연스럽게 명상도 하고 제 삶을 관조하는 힘도 생겼습니다.

또 다른 하나는 바로 독서와 토론 모임입니다. 책을 즐겨 읽고 모임을 통해 생각을 나누다 보니 어느새 제 주변에는 언제나 친구 같은 책이 놓여있습니다. 학교 현장에서도 교사가 먼저 책도 즐겨 읽고 토론 모임도 하며 몸으로 그 즐거움을 알고 나면, 아이들에게 지도하고 싶은 마음도 저절로 생기고 지도도 더 잘 할 수 있겠지요.

올해는 감사하게도 책을 좋아하시는 선생님들과 학교에서 교사독서

연구회를 함께 하게 되었습니다. 선생님들과 책에 대한 이야기도 나누고 독서 토론도 하면서 다독만이 아니라 심독이 가능했습니다. 이후현 선생님은 윤리 선생님이셔서 토론에 철학적 깊이를 더해주셨고, 최현애 선생님은 영어 선생님이셔서 번역의 부족함을 원어로 채워주셨습니다. 특히 죽음을 주제로 다룬 4권의 책을 통해 죽음을 다양한 시각에서 바라볼 수 있었습니다.

우선 독서 토론 모임 방법에 대한 이야기를 먼저 들려드리겠습니다. 이어서 독서연구회 선생님들의 책이야기와 죽음에 관해 함께 토론한 이야기를 전해드리겠습니다.

# 독서 토론 모임 이렇게 해봐요

누구에게나 장점이 있다면 단점도 있지요. 저는 뭔가 시작은 잘하는데 끈기가 부족해서 오랫동안 하지 못하는 경우가 많았습니다. 떡을 만들겠다고 찜기에 떡살까지 완벽하게 구비하고는 한때 하고는 그만 두어 남편이 매번 언제 하냐고 놀리곤 합니다. 독서도 마찬가지지요. 마음은 있는데 꾸준하게 하는 게 힘들더군요. 그래서 제가 선택한 방법이 토론 모임입니다.

독서 토론 모임이라고 하면 부담을 가질 수 있습니다. 다들 깊이 있는 이야기를 나누는데 나만 꿀 먹은 벙어리가 되는 건 아닌지 걱정도 되지요. 처음 시작은 이렇게 부담감을 갖고 시작할 수도 있지만 막상 해보면 얻는 게 참으로 많습니다.

같은 책을 이렇게 다양한 시각으로 볼 수 있다는 것에 놀라고, 같은 부분에 감동을 받았다면 맞장구를 치며 행복해하지요. 평소 서로 일상의 소소한 이야기를 나누는 것도 중요합니다. 하지만 때로 그 너머의 어떤 특정한 주제를 가지고 이야기하면 우리가 얼마나 그런 이야기에 갈증을 느끼고 있었는지 알게 됩니다.

저는 8년 전 독서 계획을 세우면서 대구시교육청 독서인문지원단에서 활동하시는 선생님들 독서 모임과, 지역 주민들을 대상으로 하는 도서관 독서 모임에 가입을 했습니다. 선생님들 모임의 경우 저야 육아휴직 중 간 것이라 여유가 있었지만 수업 후 바쁜 시간을 내서 모여든 선생님들의 열정에 놀랐습니다.

지역 독서 모임은 지금까지 계속 한 달에 한 번씩 하고 있습니다. 처음에는 가벼운 책으로 시작했지만, 지금은《참을 수 없는 존재의 가벼움》,《안나 카레리나》같은 고전도 1년에 몇 권씩 넣어서 토론하고 있습니다.

거듭 발전해서 지난겨울부터는 매달 시든 수필이든 글 한 편 써서 가져오기로 했습니다. 이미 시를 조금씩 쓰는 회원도 있어서 매달 모일 때 하나씩 써서 보여주기로 했습니다. 이것이 서로에게 또 다른 자극제가 되었습니다.

물론 서로 다른 직업을 가진 사람들이 모인 독서모임이 좋긴 하지요. 우리가 모둠 토론을 시켜 보면 이질적인 집단에서 더 다양한 의견이 나오는 것처럼요. 하지만 교사 독서 모임처럼 동질 집단의 장점도 있답니다. 서로의 상황을 잘 알기 때문에 생각의 공감과 이해가 쉽습니다. 여러 과목 선생님들이 모이면 과목의 전문성 덕분에 책을 깊이 들여다볼 수도 있습니다.

저의 모임 얘기를 듣고 선생님 한 분은 지역 모임을 찾아보셨는데 '꿈벗컴퍼니'라고 동구에 있는 독서모임을 찾으셔서 참여하시기도 하셨습니다. 조금만 관심을 가지면 주변에서 모임을 쉽게 찾을 수 있습니다.

## 토론 모임을 하면 무엇이 좋을까요

혼자 읽는 것보다 책을 꼼꼼하고 깊이 읽게 됩니다. 무엇이든 얘기를 해야 하니 당연한 이야기겠지요. 또한 힘겨운 책을 끝까지 읽게 하는 힘도 줍니다.

저는 첫 토론 모임에서 책에 대한 저의 이야기를 누군가가 귀담아 들어주며 맞장구 쳐주고 때론 감동을 받는다는 게 너무 행복했습니다. 이야기하면서 제 생각이 잘 정리된다는 것도 느꼈습니다. 누군가의 다른 이야기를 듣는다는 것도 좋아서 늘 다음 책과 모임이 기다려집니다.

토론 모임의 장점 중 하나는 자신이 골라서 본다면 절대 보지 않았을 괜찮은 책을 만난다는 것입니다. '세상에 이런 좋은 책이 있었어?'라는 생각이 들 때면 그 책을 소개해 준 사람이 너무나 고맙습니다. 심리학 용어 중 '사람은 보고 싶은 것만 본다'는 '확증 편향'이라는 말이 있습니다. 자신의 가치관이나 신념에 부합되는 정보에만 주목하고 그 외는 무시하는 것입니다. 특히 요즘은 확증 편향적 언론매체 때문에 더 문제가 되기도 합니다. 책도 혼자 읽다 보면 비슷한 종류만 읽게 됩니다. 하나만 파고 들면 깊어질 수도 있지만 옆으로 넓게 파는 것도 필요합니다. 토론 모임을 하면 이러한 독서 편식도 어느 정도 사라집니다.

또한 모임을 하면 다양한 시각을 알게 되면서 자신이 가진 알을 깨게 됩니다. 공무원이어서 육아휴직 기간이 그야말로 제가 성장할 수 있는 귀한 시간이라고 생각했는데 토론 모임을 하면서 자영업자나 회사원에게는 휴직이 정말 불안의 시간이라는 것을 생생하게 깨달았습니다. 그동안 매번 날짜를 어기지 않고 나오는 월급에 익숙해 그 틀에서만 바라보고 있었던 것입니다. 책에서 산후우울증이란 얘기를 들었을 때도 그저 나름대로 짐작만 하고 있었는데 경험담을 직접 들으니 눈이 새로 뜨이는 것 같았습니다.

이처럼 토론 모임에서 책에 대한 생각을 나누다 보면, 자연스럽게 삶도 더 잘 이해하게 되고 생각의 폭이 넓어집니다. 특히 모임을 하면서 한 해 한 해 갈수록 눈에 띄게 성장하는 회원이 있었습니다. 그런 회원을 보는 것도 행복했고 그것이 다시 저에게 자극이 되기도 했습니다.

모임을 해 보니 회원 각자가 회원 중에 한 사람이라도 매력적인 누군가가 있다면 그 모임에는 꼭 나오게 되더군요. 서로가 서로를 모임에 계속 나올 수 있도록 도와주는 버팀목이었습니다.

## 토론 모임 진행은 어떻게 하나요

모임은 해가 거듭할수록 회원의 성장과 함께 진화합니다. 처음에는 수다에 가까운 가벼운 모임으로 시작하더라도 나중에는 고전도 읽게 되고 때로는 글쓰기까지 나아가기도 합니다.

일단 모이면 한 달에 한 번이라 서로의 안부를 물으며 가볍게 시작하기 마련입니다. 하지만 이것이 길어지면 누군가 자연스럽게 책으로 이야기 방향을 끌어야 합니다. 모둠 학습을 할 때 모둠장이 필요한 것과 같습니다. 다들 반가운 것이야 당연하지만 귀한 시간 내서 책이야기를 하려고 왔으니, 갈 때 마음이 충만할 수 있도록 책과 관련된 깊이 있는 이야기가 필요합니다.

토론 방법은 자유(비경쟁) 토론과 디베이트 토론으로 나누어 볼 수 있습니다. 독서 토론은 아무래도 찬반이 나누어지기보다 풍부한 생각을 나누는 것이 중요하므로 주로 자유 토론의 방식으로 이루어집니다. 자유 토론의 경우 우선 책에 대한 전체적인 감상을 돌아가면서 이야기합니다. 그리고 마음에 들었던 부분이나 이해가 안 되었던 부분을 이야기하며 의견을 나눕니다. 그 부분을 직접 낭독하며 이야기 하는 것도 좋습니다. 미리 질문이나 논제 한 가지씩을 생각해 와서 질문을 공유하고 그에 대한 생각을 나누어 봅니다. 질문은 모두 답을 찾지 못하더라도 나누는 것만으로도 의미가 있습니다.

이 때 리더가 있어서 사적인 이야기로 너무 빠질 때 다시 책으로 돌아올 수 있도록 하고, 누군가가 중요하지만 놓치는 부분을 이야기해 준다면 더없이 좋습니다.

토론 전 한 사람이 발제문을 작성해 오거나 모임 후 기록, 정리를 한다면 좋겠지만 지역 모임에서 그렇게 하는 건 부담이었습니다. 그래서 정말 마음 편하게 모여서 이야기를 나누는 것으로 만족했습니다. 올해 교사독서연구회에서는 다들 열성적으로 참여해 주서서 발제문도 작성하고 토론 후 감상 글도 작성하였습니다.

처음에는 논제 없이 소감 위주로 편하게 모임을 진행하다가 회원들의 의견을 모아 좀 더 깊이 있는 토론이 이루어지도록 하면 됩니다. 처음부터 부담을 주면 오래 유지하기가 힘들어집니다. 질문이나 논제를 미리 생각해 오게 해서 모인 다음 그중 몇 가지를 선택해 집중적으로 이야기를 나눈다면 좋습니다.

감상을 이야기 나눈 후에 키워드를 뽑고 키워드를 바탕으로 논제를 두 개 정도 만들고 그중 하나를 선택하여 토론을 하는 방법도 있습니다.

때로는 디베이트 토론을 하는 것도 의미가 있습니다. 우리가 늘 쌀밥을 먹다가 한 번씩 수수밥이나 콩밥을 먹으면 영양도 많고 맛도 좋습니다. 토론도 늘 자유롭게 하기보다 좀 형식을 갖추어서 한다면 또 다른 맛을 느낄 수 있습니다. 논리를 펼치는 그 과정 자체가 즐거움이고, 긴장감이 논제에 더 집중할 수 있도록 도와줍니다.

디베이트 토론은 발언 시간이 정해져 있기 때문에 그 시간 동안 자신의 생각을 조리 있게 표현하고 상대 논점의 허점을 지적할 수 있어야 합니다. 그러려면 얼마나 준비를 하느냐가 관건입니다. 준비를 하더라도 자신의 말로 표현하는 연습을 하지 않으면 상대의 질문에 바로 답을 할수가 없습니다. 그런 과정에서 논리력은 자연스럽게 향상될 것입니다.

토론 진행 순서

(1) 책에 대한 생각과 소감 나누기

(2) 마음에 드는 부분 낭독하고 이유 설명하기

(3) 질문 공유와 토론하기


박상배 작가의 '본깨적 독서법'을 토론 모임에 적용하여 순서대로 이야기 나누어도 좋습니다.

본  What I see    책에서 중요한 것

깨  What I learn   내가 깨달은 것

적  What I apply   삶에 적용해 보고 싶은 것


## 토론 모임 책은 어떻게 선정하나요

책은 모임 회원들의 독서 수준이 서로 다르므로 서로의 수준을 고려해서 선정해야 합니다. 평소 읽고 이야기 나누고 싶었던 책을 서로 추천해 보거나 예전에 도전했다가 실패한 책도 같이 읽기에 괜찮습니다. 모임 초반에는 가벼운 책으로 시작할 수 있지만 가벼운 책이야 혼자서도 충분히 읽고 생각해 볼 수 있습니다. 이왕 시간을 내서 만나는 것이므로 이런 기회에 망설이던 고전 작품을 도전해 보는 것도 좋습니다.

저는 읽고 싶은 책이 생길 때마다 다이어리 맨 뒤에 목록을 수시로 적어둡니다. 그중 몇 가지를 생각해서 모임에 참여합니다. 분야도 문학, 역사, 과학, 사회, 예술 등 너무 한 쪽으로 치우치지 않도록 하면 좋겠지요. 주제가 달라지면 더 다양한 이야기를 할 수 있고 자신의 관심사를 넓힐 수 있기 때문입니다.

책을 좋아하고 읽으려는 의지를 가지고 모인 사람들이므로 수준이 좀

높더라도 어려운 책에 도전해 보고 싶어 하는 사람이 있습니다. 그럴 경우 다들 동의를 구하여 수준을 좀 높여주는 것도 좋습니다. 다만 무작정 유명하다고 어렵고 두꺼운 책을 선정하면 모임을 그만 두고 싶어 하는 사람이 생기기 마련입니다.

전 모임 덕분에 《사피엔스》, 《침묵의 세계》 등을 꼼꼼하게 읽을 수 있었습니다. 제가 리더 역할을 하고 다들 저의 의견에 기대를 하고 있는 터라 대충 읽어갈 수는 없었습니다. 특히 《침묵의 세계》는 제가 읽던 책에서 추천한 것을 보고 함께 읽고 싶어서 추천했지만 무엇을 얘기하고 싶어 하는지 파악하기가 여간 어렵지 않았습니다. 저의 수준에 스스로 부끄러워하며 포기하려다가 겨우 한 번 다 읽었는데 그러고 나니 다시 제대로 보고 싶었습니다. 두 번째 읽기에서야 감이 잡히면서 책 내용이 들어왔습니다. 아마 이 모임이 아니었으면 사놓고 중도에 포기했을 것입니다.

함께 나누면 더 좋은 책
(순서는 제가 생각하기에 쉽게 읽히는 책부터입니다.)


《지금은 없는 이야기》 최규석, 사계절
《톨스토이 단편선》 톨스토이, 인디북
《가끔은 격하게 외로워야 한다》 김정운, 21세기북스
《빅터 프랭클의 죽음의 수용소에서》 빅터 프랭클, 청아출판사
《가재가 노래하는 곳》 델리아 오언스, 살림출판사
《어떻게 살 것인가》 유시민, 생각의길

《지적 대화를 위한 넓고 얕은 지식》채사장, 웨일북

《기탄잘리》타고르, 무소의뿔

《우리가 잘못 산 게 아니었어》엄기호, 웅진지식하우스

《유튜브는 책을 집어삼킬 것인가》김성우, 엄기호, 따비

《자유론》존 스튜어트 밀, 책세상

《인문학은 밥이다》김경집, 알에이치코리아

《노자의 목소리로 듣는 도덕경》최진석, 소나무

## 토론 모임은 몇 명이 적당한가요

지역 독서 모임은 현재 6명이 하고 있는데 매번 빠지는 사람이 거의 없고 토론도 잘 이루어집니다. 같은 멤버로 계속 이어온 것은 아니지만, 6명 정도가 발언 기회를 골고루 가지며 이야기도 풍성하게 나오기에 적당했습니다.

선생님들 모임은 10명이 넘은 경우가 있었는데 그때도 아무런 문제가 없었습니다. 물론 한 사람이 긴 이야기를 할 수 없기 때문에 깊이 있는 이야기가 어려울 때도 있습니다. 다른 사람들의 발언 시간을 위해 하고 싶은 이야기를 참거나 친밀해지기 전에는 자신의 속이야기 하기에도 좀 어려움이 있습니다. 하지만 인원이 많아서 더 다양한 이야기가 나왔고 누군가의 참신한 이야기에 깜짝 놀라기도 했습니다. 이야기하지 않고 듣기만 하고 싶은 선생님들도 계셔서 꼭 이야기해야 한다는 강제성을 빼니 10여명 안팎이어도 별 어려움이 없었습니다. 말을 잘 하지 않는 선생님도 모임이 거듭될수록 자연스럽게 이야기를 하셨습니다.

선생님들 모임은 바쁜 학교생활 중에 다른 선생님들의 진솔한 이야기를 듣는 것만으로도 힐링이 되기도 했습니다. 오은의 《다독임》이라는 책에 보니 '배고프다'라는 말이 있듯이 '입고프다, 귀고프다'라는 말도 있다고 하더군요. 귀고픈 날은 모임에서 좋은 이야기를 편안히 듣고만 있어도 행복하지요.

평소 책을 많이 읽지 않아 모임을 하기에 혹시 머뭇거리시나요? 책을 많이 읽었다고 인성이 덩달아 좋아지는 것은 아닙니다. 앎과 삶이 일치하기란 쉽지 않지요. 또한 지혜는 책에서만 얻을 수 있는 것이 아니라 삶의 다양한 경험에서 얻을 수 있습니다. 때로는 책을 많이 읽지 않아도 삶의 지혜가 깊은 사람을 모임에서 만나게 되는데 그럴 때는 저절로 고개가 숙여집니다.

# 3인 3색 책 이야기

책은 [　　　　　]이다

### 나 쌤

책은 쑥, 마늘이다.

누구나 책이 중요하다는 것은 알고 있지만 꾸준하게 읽기란 쉽지 않습니다. 눈에 결과가 바로 보이지 않기 때문입니다. 직원회를 앞두고 회의실을 청소하면서 한 선생님께서 몸으로 일하니 참 좋다고 하셨습니다. 움직이는 만큼 바로 결과가 나오기 때문입니다. 아이들이 게임을 좋아하는 이유도 레벨이 바로바로 올라가기 때문이지요.

하지만 책은 그 효과가 바로 나오는 것이 아니기에 단군신화에 나오는 '쑥과 마늘'처럼 책 읽는 즐거움에 빠지기까지는 나름의 부단한 인내와 노력이 필요합니다. 그러나 시간이 흐른 후 독서가 습관이 된다면, 어느 순간 책을 늘 옆에 두고 좋아하는 작가의 다음 책을 손꼽아 기다리는 자신을 발견하게 됩니다.

### 최 쌤

책은 사막이다.

많이 읽지도 않았지만, 읽어도 읽어도 읽어야 할 책들이 계속 펼쳐져 있습니다. 걸어도 걸어도 계속 걸어가야 할 모래사막이 펼쳐져 있는 그런 느낌처럼요.

이 쌤

책은 놀이터이다.

방과 후 학교 도서관에서, 또 책이 있던 시골집 다락방에서 자주 놀았습니다. 다락방에 놓인 위인전, 소설 전집을 읽으면서 다양한 사람과 세상을 만났습니다. 어릴 때 소설을 읽으면 마치 그 장면이 머릿속으로 영상처럼 떠오르곤 했고, 위인전을 읽으면 글 속 주인공(위인)이 하는 행동에 감정 이입이 되어 가슴이 두근두근했던 기억이 있습니다. 어린 시절 저에게 책은 가장 좋은 놀이터였습니다.

어른이 되고 나서도 책은 제가 일상으로부터 벗어나 잠시 다른 세계로 떠나는 장소였습니다. 책 속에서 휴식도 하고 위안도 얻고 자신을 돌아보는 시간도 가질 수 있었습니다. 여전히 책은 제 인생의 멋진 놀이터입니다.


## 책을 어릴 때부터 좋아했나요

나 쌤

국어교사면 당연히 책도 좋아하고 토론도 좋아하고 감성도 풍부할 것이라고 생각합니다. 저의 경우 전혀 아니었습니다. 저는 고등학교 때 수학을 좋아해서 이과였습니다. 물론 책과는 거리가 멀었죠. 어릴 때 동화책 100권을 어머니께서 사 주셨는데 그것도 형제들 중 다 읽지 않은 것이 저였습니다. 고등학교 때는 작가를 꿈꾸던 중학생 동생이 외국 소설책을 빌려서 읽기에 자존심이 상해서 오기로 《부활》, 《폭풍의 언덕》 등 몇 권을 읽은 기억이 전부입니다.

그러다가 얼떨결에 교차 지원해서 대학교를 국어교육과로 가게 되었습니다. 책을 많이 읽지도 않고 책을 좋아하지도 않아 걱정이 이만저만이 아니었습니다. 그래도 대학생활 중에는 논리적인 문법 분야의 비중이 커서 공부하는데 별 어려움이 없었습니다. 그런데 막상 학교 현장에 와보니 문법은 비중이 너무나 작고 문학을 비중 있게 다루고 있었습니다. 독서에 대한 필요성이 절실했지요. 하지만 책 안 읽던 사람이 하루 아침에 책을 즐겨 읽는다는 것은 상상하기 힘들었고, 가르치는 데 꼭 필요한 작품 위주로 읽는 게 전부였습니다. 그렇게 훌쩍 15년이라는 세월이 흘렀습니다.

당연히 독서 수업이나 토론 수업은 엄두도 내지 못했지요. 그러다가 3년 육아휴직을 하면서 도저히 안 되겠다 생각이 들어 저를 성장시키는 시간을 갖고 싶었습니다. 그중 하나로 독서 계획을 세웠는데 하루 한 권 읽기를 시작했습니다. 열의를 가지고 한 달 동안 열심히 읽었죠. 그런데 한 달이 지나고 보니 열심히 읽었는데 남는 게 없는 거예요. 그래서 고민하다 방법을 바꾸었습니다. 속도와 상관없이 읽되 기록하며 읽기를 시작했습니다. 그렇게 3년을 읽는 동안 저도 모르게 책이 좋아졌습니다.

### 최 쌤

뭐든지 풍족하게 넘치면 귀한 줄을 모르듯이 요즘같이 다양한 종류의 책이 넘치는 세상에서는 책에 대한 목마름이 별로 없습니다. 읽어야 하는 책은 넘치고 넘치는데 읽을 시간이 없다는 평계로 모든 일의 순위에서 독서가 뒤로 밀리고 있습니다. 어릴 때는(라떼는 말이야- 정말 옛날 사람 얘기다) 그저 한 권 한 권이 소중해서 보물 상자 열듯이 첫 장을 펼치고 숨가쁘게 읽어대곤 했습니다.

아버지께서 전집을 사서 집에 들어오는 날이면 반가운 손님이라도 온 듯이 달려 나가 그 책 겉표지부터 진지하게 눈으로 음미하고 제목을 한 번 좌악 훑어보며 뭐부터 먼저 읽을까 고민하는 시간이 세상 즐거운 한

때였습니다. 독서도 유행을 타는지 도서의 유통 방법이 그래서였는지 숱한 방문 판매의 영향으로 그 시절 집집마다 위인전, 동화집들이 한 세트 이상은 다 있었습니다. 가난한 우리 집에도 그럴싸한 책꽂이에 하드커버로 번지르르한 책들이 가지런하게 꽂혀있는 것을 보는 제 마음은 왠지 뿌듯해지고 부잣집 딸이 된 듯한 어설픈 허영으로 가득 차며 빨리 읽어치우고 싶은 마음뿐이었습니다.

위인전만 계속 읽어대기가 지루하던 어느 날, 세계 동화집이 집에 들어왔습니다. 그 날의 그 무지개빛 즐거움을 뭐라 형용하기가 어렵습니다. 위인전의 특성상 실화에 바탕을 둔 교훈적인 스토리 전개로 별다른 상상력 없이 지루함으로 지쳐갈 때 였습니다. 세상의 모든 판타지와 전설과 우화가 한데 어우러진 동화집이라니… 안데르센과 그림 형제 동화집은 몇 번이고 마음에 드는 얘기를 다시 찾아 읽기도 하였습니다. 단편 이야기의 재미에 빠져 있다 보니 한 권 통째로 이야기가 전개되는 《작은 아씨들》,《제인 에어》,《폭풍의 언덕》등 명작 전집들은 책이 두껍다는 이유로 나중에 읽기로 미루고 있던 책이었습니다.

그러던 어느 날 식어가던 저의 독서 습관에 불을 다시 지핀 사건이 생깁니다. 초등학교 6학년 때인데 담임 선생님께서 가정 방문을 하신 것입니다. 집에 꽂혀 있는 책들을 주욱 보시더니 "우와~ 현애는 이렇게 좋은 책들을 다 읽었나보다."라고 운을 떼시는데, 아버지께서 고자질하시듯이 선생님께 "두꺼운 책에 손이 안가서 책꽂이에 반 이상은 장식용입니다."라고 일러바치셨습니다. 선생님은 갑자기 해결해야 할 상담 미션을 맡으신 듯 너무나 적극적으로 공책을 한 권 가져오라 하시더니, 매일 독서 일기를 적어서 검사를 맡으라고 하셨습니다. 갑작스러운 숙제가 생겼으나 저 개인에게만 따로 각별히(?) 내 주신 과제에 대해서 부담인 듯 자부심인 듯 거부할 수 없는 묘한 기분을 느끼면서 정해진 독서 기간을 두고 꼬박꼬박 독후감을 써서 검사를 맡았습니다. 나중에 그 책들이 권장도서, 필독서 리스트에 있는 명작이라는 것을 알게 되었을 때 그 당시 독후감을 써보라는 돌발적인 과제를 주신 선생님께 평생 고마움을 느끼게 되었습니다.

그런데 책을 그렇게 꼬박꼬박 읽던 습관이 나이가 들어가면서 다시 게으름 속으로 묻혀버리고 새로 발간되는 책에 관심이 생기면 찜만 해놓고 어느새 흘러가버리는 시간을 원망만 하고 있습니다. '아 그 책은 읽으려다가 미루었더니만…'이라는 책이 너무 많습니다.

### 이 쌤

어릴 때부터 책은 좋아했습니다. 책 속에서 새로운 세상을 만나는 것이 즐거웠어요. 별로 달라질 것이 없는 시골 생활에서 책은 변화무쌍하고 다양한 세상을 만나는 통로였거든요. 한글을 알고 나서부터 집에 보이는 책들은 웬만하면 다 읽어 보려 했던 것 같아요. 가장 기억에 남는 책들은 형, 누나의 중학교 국어 교과서입니다. 초등학생이지만 중학교 국어책에 실린 단편 소설, 수필, 시, 기행문 읽은 것이 매우 즐거웠습니다. 아직도 《요람기》의 '범버꾸범버꾸' 같은 단어가 떠오를 정도로 그 내용들이 마음에 와닿았습니다.

## 책은 어떻게 읽나요

### 나 쌤

책을 읽기는 읽는데 읽고 나서 생각이 안 나는 경우가 많습니다. 독서는 즐겁기만 해도 되지만 기억에 나서 적절할 때 활용할 수 있으면 더 좋겠지요. 그래서 저는 본격적인 독서를 시작할 때, 다이어리에 키워드와 중요한 기억할 내용을 적는 '기록하며 읽기'를 했습니다. 기록하며 읽기는 독서 근육을 키워주는 최고의 독서법입니다.

처음에는 인상 깊었던 책 내용만 일부 기록을 했는데 어느 순간 책과 비교되는 저의 생각이 중요하다는 생각이 들었습니다. 그래서 파란 펜으로 제 생각도 군데군데 적기 시작했습니다. 받아들이는 데 급급하다 보면 다 맞는 말인 것 같고 책을 많이 봐도 여전히 자신의 생각은 채워지지 않습니다. 책이 정말 내 것이 되려면 사색의 시간이 반드시 필요했습니다.

그리고 그 생각을 흘려보내지 않기 위해서는 떠오를 때 기록하는 것만 중요한 것이 아니었습니다. 기억을 오래도록 하기 위해 학생들에게 반복학습의 중요성을 이야기하는 것처럼 독서 후에도 반복이 중요하다는 것을 깨달았습니다.

되새김질을 위해 저는 주로 운전하는 시간을 이용하는데 운전 중 옆에 독서 기록을 적은 다이어리를 둡니다. 신호가 걸려 잠시 쉴 때면 다이어리에 적어둔 키워드를 슬쩍 보고 적은 내용을 떠올려 봅니다. 키워드에 대한 제 생각도 정리하는 것이지요.

남편과 차를 타고 갈 때는 다이어리를 들고 타서 궁금했던 부분을 같이 이야기하면서 자연스럽게 토론을 했습니다. 몇 년간 그렇게 했는데 그것이 제 독서 인생에 많은 도움을 주었습니다.

그 후 복직해서는 많이 읽지는 않았지만 매번 책이나 연수 받은 내용을 키워드별로 기록 하니 매년 다이어리가 2/3 정도 채워졌습니다.

하지만 이렇게 7년 정도 지났는데 뭔가 다시 2% 부족한 것을 느꼈습니다. 그러던 중 올 1월에 이지성의 《에이트》라는 책을 두 번째 읽으면서 작가가 관심 분야를 제대로 알기 위해 시중에 나온 관련 책을 다 읽었다는 부분을 보고 충격을 받았습니다. 그 책을 처음 읽을 때는 스쳐지나갔던 부분이 이번에는 다르게 다가왔습니다. 왜 누구는 뭔가를 만들어내고, 나는 그것을 따라 하기에 급급한 지 고민했는데 나름의 답을 찾은 겁니다. 몰입해서 깊이 읽는 시간이 필요했던 것입니다.

다시 집중해서 책을 읽겠다고 목표를 세웠습니다. 마침 코로나19로 올 초에 집에 있는 동안 시간적인 여유가 있어서 책을 많이 읽을 수 있었습니다. 우리가 수업에서 학생들의 학습에 점프가 일어나야 한다고 하잖아요? 몰입해서 여러 권을 읽다 보면 서로 비교가 되면서 자연스럽게 점프가 일어나는 것 같았습니다.

그런 과정을 거치면서 독서는 다독(多讀)과 심독(深讀) 모두가 필요하고 적절한 조화가 중요하다는 생각을 절실하게 하게 되었습니다. 덕분에 이 책의 주제처럼 학생들에게도 다독과 심독을 위한 독서 교육 방법을 깊이 고민하게 되었습니다.

책과 멀어서 책을 우선 읽어야 겠다고 생각하시는 분은 즐거움에 빠지는 게 먼저이므로 권수에 구애받지 않고 읽어야 합니다. 가벼운 토론 모임을 통해 함께 읽기도 많은 도움이 될 것입니다. 책읽기의 즐거움을 충분히 느낀 분이라면 독서 근육을 더욱 키우기 위해 짧은 시간에 많이 읽는 다독과 토론 모임을 통한 심독을 함께 한다면 좋을 것입니다.

최쌤

독서하는 생활 좀 하는구나 싶던 시절에는 한꺼번에 보는 책이 세 권쯤 되었습니다. 장소마다 보던 책을 달리하여 식탁에 한 권, 침대 머리맡에 한 권, 학교에 한 권을 두고 동시에 읽던 때도 있었습니다. 내용이 헷갈리지는 않았지만 한 가지 내용에만 오롯이 빠져드는 게 낫겠다는 결론을 내고 이제는 한 번에 한 권에만 집중하자라는 생각입니다. 소설은 그냥 읽지만 수필집이나 동기 부여용 도서에는 줄을 그어가며 읽는 편인데 다시 다른 공책에 옮겨 적는 성의는 없는 편입니다. 그래도 너무 좋은 구절은 외우기도 했는데 이제는 그런 열정과 그런 암기력이 어디로 가버렸는지…

이쌤

책에 따라 다양한 방법으로 읽고 있습니다. 한 번 읽었는데 꼼꼼히 읽어야 되겠다는 생각이 드는 책은 공책에 옮겨 쓰면서 다시 읽기도 합니다. 줄을 긋기도 하고, 포스트잇을 붙이기도 합니다. 공책에 옮겨 쓰면서 읽을 때도 있는데, 이 방법은 행간에 담겨 있는 의미가 더 분명하게 다가와서 좋습니다. 그리고 거기에 제 생각을 몇 줄 더 적을 때도 있습니다.

## 어떤 종류의 책을 주로 읽나요

### 나 쌤

저는 과학 분야나 소설책보다는 인문학 관련 책을 좋아합니다. 시집이나 산문집도 좋아하고, 예술 책도 많이 보지는 않지만 늘 관심을 갖습니다. 또한 국어 수업과 관련하여 말하기나 글쓰기 관련 책도 즐겨 봅니다.

본격적으로 독서를 하기 위해 무슨 책을 읽으면 좋을지 고민되는 분들 계시죠? 저는 본격적인 독서를 하면서 독서나 독서법에 관한 책의 도움을 많이 받았는데, 독서 관련 책이 그렇게 많은지 그때서야 알았습니다. 《독서천재가 된 홍대리》,《일독일행》,《기적의 독서법》 등 이런 책을 읽고 자신의 독서 방향을 잡아 보는 것이 좋습니다. 이런 책은 책을 읽고 싶은 마음을 순식간에 들게 합니다. 그러고 나서 주변의 추천을 받아 읽거나 도서관에서 제목을 죽 훑어보고 관심 분야의 책을 읽으면 됩니다.

저는 처음에는 다음에 무슨 책을 읽을지 고민이 되었는데 읽다 보니 다음에 읽고 싶은 목록이 저절로 나왔습니다. 자신이 읽은 책에서 추천이 있기도 하고 그 책이 마음에 든다면 그 작가의 다른 책을 자연스럽게 찾아 읽게 되었습니다.

책은 좋아하는 작가 책 외에는 일단 도서관에서 빌려 보고 소장 가치가 있는 것만 사려고 하는데 그래도 양이 꽤 되더군요. 그래서 나름 분야별로 책꽂이에 꽂았습니다. 특히 만남이 너무 행복했던 책이 매년 한두 권은 꼭 있기 마련이라 그런 책을 따로 잘 보이는 곳에 꽂아 두었습니다. 그곳은 오며가며 쳐다보기만 해도 흐뭇하답니다.

책에서 너무 좋았던 구절이나 책 읽으며 떠오른 의미 있는 생각들은 따로 적어두고 싶더군요. 그래서 간단하게 붓펜과 색연필로 그림을 그

일상의 소소한 행복

사랑하면 알게 된다

슬플 때
슬픔으로 깊어지고

기쁠 때
기쁨으로 풍요로워지고

소박하고 검소한 삶

리고 구절을 적은 후 벽에 붙여 두기도 했습니다. 그 앞에 서서 찬찬히 읽고 있으면 그때 읽은 책이 떠오르면서 마음의 정화가 저도 모르게 이루어졌습니다.


최쌤

손에 쉽게 잡히는 책은 뭐니 뭐니 해도 소설 종류이며 한 번 시작하면 끝이 궁금해서 하던 일을 접어두거나 잠을 포기하고서라도 읽어내는 경향이 있습니다. 그렇지만 《안나 카레리나》처럼 두께가 좀 있고 여운이 길게 가는 뿌듯한 감동을 쉽게 읽히는 가벼운 소설에서는 좀체 느끼기가 쉽지 않습니다. 특별히 선호하는 독서 습관이랄 게 없는 독서량이지만 어느 한 겨울 방학 동안은 읽고 싶은 책을 쌓아두고 한 권이 끝나기 무섭게 다음 책을 열면서 마구마구 읽어대던 시간들이 있었습니다. 지금 생각해보니 나름대로 간절한 목마름이 있어서 그렇게 해소하지 않았을까 싶습니다. 그러다가는 다시 마음이 식어지고 나 혼자만의 시간보다 신경써야 할 주변의 사건과 사람이 많아지면서 주변에는 다 읽어내지도 못한 채 쌓여가는 교과 관련 서적만 가득해갑니다. '이것도 읽어야 하고 저것도 읽어야 하고'라는 조급한 마음만 생깁니다. 누가 읽으라고 강요하지도 않는데…

### 이쌤

여러 분야의 다양한 책을 읽는 편입니다. 20대에는 시집과 소설을 많이 읽었습니다. 각종 문학상 단편집을 매년 몇 권씩 사서 봤고, 군 생활을 하는 동안은 특정 소설가 작품에 빠져서 탐독했습니다. 30대에는 학교 논술 수업에 필요한 고전들을 읽었습니다. 수업 준비로 읽은 거라서 재미가 덜했는데 요즘 다시 읽어 보니 행간의 의미가 더 보이네요. 그리고 여행을 좋아해서 국내여행, 해외여행 가리지 않고 많은 여행 책을 읽었습니다. 40대에는 마음 가는 에세이를 많이 읽는 것 같습니다. 나름대로의 삶의 가치관이 생긴 후에는 사람 냄새나는 따뜻한 글들이 와닿더라고요. 요즘에는 중학생 딸아이와 책 이야기를 같이 하는 게 좋아서 청소년 대상의 글도 가끔 봅니다.

## 책은 주로 어디서 읽나요

### 나쌤

저는 집에 제가 책읽기 좋아하는 장소가 있습니다. 마당이 보이는 곳에 어머니께서 물려주신 재봉틀이 있는데 그곳에 앉아서 책을 보면 더

없이 마음이 편안하고 집중이 잘됩니다. 누구나 그런 장소가 있겠지요.

계속 앉아서 읽다가 집중이 좀 떨어진다 싶으면 마루로 나섭니다. 책꽂이에 책을 세워 두고 허리를 천천히 돌립니다. 중간에 기록할 것이 있으면 잠시 멈추었다가 다시 허리를 돌리면서 책을 읽습니다. 마루에서 실내 자전거를 타면서 읽기도 합니다. 이처럼 몸을 쓰면서 읽으면 책읽기가 더 즐거워지더군요. 워낙 운동을 안 해서 고육지책으로 시작했지만 의외로 독서가 더 잘될 때가 많았습니다.

책을 좋아하시는 분들이라면 침대 머리맡에 늘 책 몇 권이 있겠지요. 저도 잠자리에서 책을 보다가 스르르 잠들 때도 많은데 하루 일을 정리하면서 제 삶을 들여다보게 하는 것이 바로 책입니다.

책의 즐거움에 빠져 있을 때는 책이 보고 싶어서 카톡하는 시간이 아깝게 느껴지는 경우가 있습니다. 통화를 했으면 5분이면 끝날 이야기인데 폰은 잡았다하면 30분이 훌쩍 지나갑니다. 아무 생각 없이 폰을 만지작거리며 힐링을 할 때도 있지만, 지나고 보면 그 시간이 참 아깝더군요. 그럴 때 "나 이제 누구 만나러 가야 해."라고 한 적이 있습니다. 그 누구는 바로 책을 쓴 작가입니다. 이렇게 매번 내가 만나고 싶어 하면 그 누군가는 시간을 따지지 않고 자신의 이야기를 제게 들려줍니다. 책이 없었다면 제인생에서 감히 만날 수 없는 사람도 말입니다. 그저 감사할 따름입니다.

### 최 쌤

책은 소파에서도, 침대에서도, 식탁에서도, 읽고 싶은 장소에서 읽는 편입니다. 가장 편안하게 잠이 쉽게 들지 않고 집중하며 읽는 곳은 아들 공부방에 있는 등 받침이 편한 의자에 앉아 있을 때입니다. 공부 열심히 하라고 특별히 골라서 사 준 비싼 의자가 체형을 잘 받쳐주면서 편하긴 정말 편합니다. 읽다가 졸음이 오면 소리 내어 읽으면서 책장을 넘깁니다. 좀 어려운 책은 눈으로는 읽고 있는데 머리로는 다른 생각을 할 때가 있습니다. 그럴 때 소리를 내어 읽어주면 다시 책 내용으로 돌아오기가 쉬워집니다. 요즘은 목소리 좋은 연예인들이 책 읽어주는 것만으로 돈을 버는 희한한 세상입니다. 저도 책은 잘 읽을 수 있고 읽는 것도 좋아하는데, 연예인도 아니고 목소리도 안 좋은 일반인인 저로서는 그것이 부럽기만 할 뿐입니다.

### 이쌤

책을 여러 곳에 두고 읽으려고 노력합니다. 제 방 침대 옆, 학교 책상 위, 차 안, 화장실 등 곳곳에 책을 두고 그때그때 읽으려고 합니다. 주로 주말에 카페에서나 잠들기 전 제 방에서 읽을 때가 많습니다. 이 글을 쓰면서 생각해 보니 의외로 서재에서는 잘 읽지 않았네요.

## 책을 읽고 무엇이 달라졌나요

### 나쌤

우리는 늘 선택 속에 놓여 있습니다. 그럴 때 자신에게 유리한 방향으로 선택하기 마련입니다. 가끔은 남에게 피해를 주더라도 말입니다. 그런데 책을 읽다가 어느 순간 나에게 득이 되느냐 아니냐가 아니라 '옳은가 옳지 않은가'가 기준이 되어야 된다는 생각이 들었습니다. 그 순간 눈앞의 장막이 하나 걷어지는 것을 느꼈습니다. 마치 그동안 찾던 북극성을 만난 듯 선택에 더 이상 고민할 필요가 없었습니다. 마음은 너무나 가벼웠고 한편으로는 충만했습니다. 이것이 제가 책에서 얻은 첫 번째 감동입니다. 그전에는 '정의'라는 것을 말로만 글로만 알고 있었다면 책을 통해 온 몸으로 느끼게 된 것입니다. 그 이후 저도 모르게 제 삶의 중심을 바르게 잡아가고 있었습니다.

그리고 책을 통해 사람들의 다양한 삶과 생각을 들여다보면서 절대적인 것은 없다는 생각이 들어 인간을 좀 더 잘 이해하게 되었습니다. 사람과 자연, 일상을 좀 더 자세하게 들여다보게 되었고 그 덕분에 삶도 더 풍요로워지게 되었지요.

세상에는 멋있는 사람이 참 많습니다. 제가 닮고 싶은 기품 있는 삶을 사는 사람들도 있습니다. 책을 보다 보면 '내가 모르는 것이 참 많구나.'하는 생각에 절로 고개가 숙여지고 겸손해집니다. 또한 그런 멋진 사람을 알게 되었다는 것만으로도 감사하게 됩니다.


### 최쌤

동기 부여 관련 책을 읽고 사소한 생활 속 습관이나 마음가짐에 변화를 주려고 노력은 하고 있으나, 생각보다 몸에 베인 습관을 바꾸는 일은 쉽지가 않은 일인 것 같습니다. 그렇지만 책을 읽지 않았다면 허구이든 실화이든 그 많은 삶의 모양새나 다양한 관념의 세계를 간접 체험할 방편을 잃어버리는 안타까운 삶을 살지 않았을까 싶습니다. 한편 요즘 아이들은 종이로 된 활자 책 없이도 뭔가 굉장한 간접 체험들을 다양하게도 많이 할 수 있어서인지 책을 읽지 못한 것에 대한 아쉬움이 없어 보여 안타깝습니다. 빠르게 장면이 전환되는 동영상과 스트리밍의 세계에 빠진 지금의 아이들은 종이책에서만 맛보는 찐 감동을 모르고 살아가는 게 아닌가 싶어서 많이 안타깝습니다.

감명 깊은 책을 읽은 직후에는 마음에 뭔가 많은 것이 남습니다. 그래서 책에서 읽은 내용 중에 좋은 것은 제 삶에 가끔 적용해 보려고도 합니다. 마음처럼 쉽지는 않지만 이런저런 노력들이 조금씩 모여서 스스로 조금씩 철이 들어(?) 가는 것을 느낍니다.

## 인생의 책은 무엇인가요

나 쌤

8년 전쯤《무위당 장일순》이라는 책을 읽고 충격을 받은 적이 있습니다. 사회운동가이면서 생명운동가로 협동조합인 '한살림'을 만드신 분인데 '앎'과 '삶'이 일치하는 삶을 살 수도 있다는 것을 그분을 통해 알았습니다. 그 책 덕분에 그분이 쓰신《나락 한 알 속의 우주》와《무위당 장일순의 노자이야기》도 읽게 되었습니다. 노자이야기를 읽다보니 노자의《도덕경》을 해설한 최진석 교수의《노자의 목소리로 듣는 도덕경》도 읽게 되었고 최진석 교수의《인간이 그리는 무늬》라는 책이 좋아서 그 책으로 독서 수업도 하게 되었습니다.

몇 년 전에는 류시화의《새는 날아가면서 뒤돌아보지 않는다》라는 책이 저에겐 그 해의 책과 같았습니다. 그 후 류시화의 책을 더 찾아서 읽다가《시로 납치하다》라는 책을 만났는데 정말 시 한 편 한 편 아껴가며 본 기억이 납니다. 그 책 속의 시들이 너무나도 마음에 와닿아 시를 더 좋아하게 되었습니다.

이처럼 순간순간 제 삶에 훅 들어와 저를 흔들고 간 책은 많이 있습니다. 책은 꼬리에 꼬리를 물고 다음 책을 안내하더군요. 한 때는 웬만큼 유명한 책은 다 읽고 싶은 욕심도 있었는데, 그것은 이룰 수도 없고 이루려다 보면 결국 체하게 된다는 것도 알게 되었습니다. 지금은 저와 인연이 된 책 한 권 한 권에 그저 감사하며 읽고 있습니다.

### 최 쌤

이 질문을 받았을 때 얼른 떠오르는 책이 한 권 있을 줄 알았습니다. 그러나 읽을 때마다 좋았던 그 감동들도 기억의 저편에서 희미해진 채 그냥 수많은 책들이 내 인생의 책이었던 것 같습니다. '이 책이 내 인생의 책이다' 하고 기억에 저장해두지 못해서 안타깝지만, 요즘 누가 여행 가면서 가볍게 들고 다닐 책을 하나 소개해 달라고 하면 거침없이 권하는 책은 하나 있습니다. 원서를 읽고 싶은데 초보라고 하길래 파울로 코엘료의 《alchemist(연금술사)》를 권했습니다. 그 책을 선물했더니 히말라야를 다녀온 동료 교사가 베이스캠프에서 그 책을 읽고는 잔잔한 감동을 받고 힘을 낼 수 있었다면서, 다음 사람에게 또 소개하는 그런 책이 되었습니다. 그런 얘기를 들으니 제게만 좋았던 책이 아니구나 싶어서 원서 읽기 초보에게 권하는 대표 책이 되었고, 그 이후 그가 지은 많은 책들을 원서로 보게 되었습니다. 남미 작가가 영어로 쓴 책이라 문장이 짧고 쉽습니다. 특히 두꺼운 책 읽기를 힘들어하는 학생들 중에 원서를 추천해달라는 학생이 있으면 기꺼이 그의 책 중 또 다른 한 권인 《Like the flowing river(흐르는 강물처럼)》를 골라 소개할 것입니다.

### 이 쌤

인생의 책이라… 특별히 평소에 그렇게 생각하는 책은 없습니다. 다만 질문을 받고 먼저 떠오른 책은 어느 여름방학 내내 한꺼번에 읽어내려 갔던 《태백산맥》입니다. 읽는 내내 흥미진진하였고, 어떻게 하면 이렇게 긴 글을 멋지게 쓰실 수 있을지 감탄한 책이었습니다. 그리고 법정스님의《무소유》를 좋아합니다. 뭔가 제가 생각하는 삶의 가치관에 부합하면서도 스님의 담백한 말씀이 저에게 많은 화두를 주었던 책입니다.

## 평소 학생들 독서 교육을 위해 하는 것이 있나요

### 나 쌤

수업 시간에 가급적 책을 많이 소개하려고 합니다. 저도 누군가의 책 추천을 들으면 그 책을 빨리 보고 싶어 하는 것처럼 아이들도 마찬가지라고 생각합니다. 특히 주말을 보내고 월요일에 오면 책이야기로 시작을 하지요.

요즘은 '한 학기 한 권 읽기' 수업이 있어서 1학년 대상으로 수업을 할 때는 책으로 토론도 하고 서평쓰기나 구술 평가도 실시합니다. 2학년 교과에는 독서 교과가 있는데 좀 무리를 하긴 했지만 6권의 책으로 한 학기 독서 수업을 한 적이 있습니다.

《독서 천재가 된 홍대리》라는 책으로 책을 읽고 싶은 욕망을 불러일으키고《어린 왕자》와《연금술사》로 이야기에 대한 흥미와 자신의 꿈을 찾는데 관심을 갖도록 했습니다. 네 번째로《법륜 스님의 행복》을 통해 따뜻한 마음으로 자신과 다른 사람의 삶을 어루만져 주도록 했으며, 좀 어렵지만 최민식 교수의《인간이 그리는 무늬》로 인문학적 소양도 길러주려고 했습니다. 마지막으로《비주얼 씽킹》이라는 책을 읽으며 글을 이미지로 표현하는 연습을 하도록 한 후 독서 교과서의 비문학 지문을 이미지로 요약하도록 했습니다.

책마다 다양한 독후 활동을 모둠별로 하였는데, 그때를 생각하면 아이들도 저도 힘겨우면서도 참 행복한 수업을 했던 것 같아 흐뭇합니다.

### 최 쌤

제가 읽은 책 중에 교과서 내용과 겹치거나 연관된 주제가 생각나면 짧게 줄거리를 소개하면서 마지막 결론은 말하지 않고 꼭 읽어 보고 알아내기 바란다면서 책을 권하기도 합니다. 어떤 책을 다함께 읽고 수업에 끌어들이기에는 교과 수업의 진도에 너무 쫓기고 있는 형편입니다. 가끔씩 동아리 학생들에게 소개하면 같은 책을 읽고 얘기해 볼 기회가 조금은 더 있기도 하지만…

### 이 쌤

윤리 수업시간에 배운 내용을 심화시키고 삶과 연결할 수 있는 책들을 권장합니다. 예를 들면 동양윤리 단원이 끝나면 신영복의 《강의》를, 서양윤리 단원이 끝나면 마이클 센델의 《정의란 무엇인가》 등을 권하는 방식이죠. 그리고 윤리 수행평가가 각자의 진로와도 연결되어 있어서 진로와 관련된 책을 읽으라고 권하기도 합니다. 윤리 수업 시간에 배운 동양고전과 서양윤리 및 사회 사상이 죽은 지식으로 기억되는 것이 아니라, 학생들의 삶과 자신이 속한 공동체와 연결하여 생각할 수 있도록 도와주고 싶습니다.

# 깊이를 더하는 독서 토론 속으로

코로나19라는 상황 때문에 다시 이슈가 된 고전을 아십니까? 바로《페스트》입니다. 그 책으로 첫 토론 모임을 시작했습니다. 이어서《유품 정리인은 보았다》,《이반 일리치의 죽음》,《예언자》,《생각의 탄생》,《백범 일지》,《방구석 미술관》등의 책으로 독서 토론을 하였습니다.

처음에는 특별한 계획을 세우지 않고 그때그때 읽고 싶으면서 혼자 읽기 힘들었던 책을 서로 추천하며 그중에서 한 권씩 골랐습니다. 그런데 하다 보니 삶과 죽음 특히 죽음에 대한 내용의 책이 많았습니다. 계획한 것이 아니었지만 신기하여 토론하면서도 놀랐습니다. 덕분에 외면하고 싶지만 죽음을 염두에 두고 살아갈 수밖에 없는 우리의 삶을 다각도로 들여다보며 자연스레 깊이를 더할 수 있었습니다. 토론이 거듭될수록 죽음에 관한 작은 조각들이 맞춰지는 기분이었습니다. 죽음에 관한 네 작품은《페스트》,《유품 정리인은 보았다》,《이반 일리치의 죽음》,《예언자》입니다. 간단히 비교해 보면 다음과 같습니다.

|  | 죽음의 형태 | 생각 거리 |
|---|---|---|
| 《페스트》 | 전염병으로 인한 집단적 죽음 | - 재앙같은 죽음을 대하는 태도<br>- 연대의 의미 |
| 《유품 정리인은 보았다》 | 고독사 | - 유품으로 들여다보는 죽은 이의 삶 |
| 《이반 일리치의 죽음》 | 평범한 사람이 갑작스런 병으로 죽음 맞이함 | - 죽어가는 이의 시선<br>- 죽음이 가까운 이를 대하는 진심 |

| 《예언자》 | 자연사 | - 삶의 주요 키워드가<br>  갖는 의미 |
|---|---|---|

《페스트》는 집단적 죽음 앞에서 우리에게 어떠한 연대가 필요한지 돌아보게 합니다. 《유품 정리인은 보았다》는 죽음조차 외면 받는 이들을 위해 우리는 무엇을 해야 하는지 고민하게 합니다. 《이반일리치의 죽음》은 죽음을 직시한다는 것과 죽어가는 이에게 진정한 위로란 무엇인지를 보여줍니다. 마지막으로 《예언자》를 통해 죽음과 우리는 늘 한 이불을 덮고 살고 있으며 이는 삶의 다양한 가치와 함께 그 의미를 들여다보아야 한다는 것을 깨닫게 합니다.

이곳에는 삶과 죽음의 이야기를 다루고 있는 《페스트》, 《유품 정리인은 보았다》, 《예언자》, 《이반 일리치의 죽음》 이렇게 네 작품의 토론 과정과 결과 등을 담아보았습니다.

토론 순서는 책에 대한 감상을 우선 나누어 보고 마음에 남는 구절을 낭독하며 그 부분에 대한 생각을 나누었습니다. 그리고 질문을 자유롭게 포스트잇에 적고 B4 용지에 붙여 질문을 분류한 후 이를 중심으로 토론을 하였습니다.

페스트와 코로나19의 절묘한 대응

-《페스트》알베르 카뮈, 민음사

토론 전 작성한 발제문으로 이야기의 구성과 인물을 살펴보았습니다. 5부로 이루어진 구성은 다음과 같습니다.

■ 구성

1부 – 오랑 시 페스트 선언하고 도시 폐쇄

2부 – 도시 속 재앙(생이별, 연락 두절, 차량 운행 정지, 식량 배급)

3부 – 질병이 절정에 달한 상황과 집단적 현상(난폭한 행동, 사
　　　망자 매장, 생이별당한 이들 고통)

4부 – 보건대를 통한 반항적 대응 태도, 어린아이 죽음

5부 – 물러가는 페스트와 오랑 시의 해방, 오통 판사, 침 뱉던 노
　　　인, 타루, 리유 아내 죽음(패배의 절정)

우선 전반적인 감상을 나눈 후 인상적인 부분을 찾아 읽으면서 생각을 나누었습니다. 이 책은 페스트 상황에서 여러 시각의 상황 묘사와 인물 심리 표현이 돋보입니다. 특히 우리는 코로나 상황에서 최전선에 있는 의사들의 심리를 알기 어렵습니다. 이 책의 서술자인 의사 리유를 통해 그들에 대한 이해의 폭을 넓힐 수 있었습니다.

선생님은 만약 직업상 그곳에 갔다가 도시가 폐쇄되었다면 어떻게 하실 건가요? 빨리 벗어날 방법을 찾지 않았을까요? 취재차 이곳에 왔다가 발이 묶인 신문기자 랑베르가 있습니다. 탈출하기 위해 애쓰다가 막상 방법을 찾았는데 망설입니다. 그때 리유가 이야기합니다. "그것은 어

리석은 일이다. 행복을 택하는 것이 부끄러울 게 무어냐." 그때 탈출을 포기한 랑베르는 "그렇습니다. 그러나 혼자만 행복하다는 것은 부끄러운 일이지요."라고 말합니다.

누군가의 불행 위에서 자신이 행복하다면 그건 진정한 행복이 아니겠지요. 저는 이 부분을 보면서 방탄소년단의 〈봄날〉 뮤직비디오가 생각났습니다. 거기에는 '오멜라스'라는 장소가 나옵니다. 이것은 에슐러K. 르귄의 《바람의 열두 방향》이라는 책 중 '오멜라스를 떠나는 사람들'과 관련이 있습니다. 오멜라스에는 모두의 행복을 위해 지하에 희생양처럼 비참하게 살아가는 아이가 있습니다. 그 아이의 존재를 알면서도 행복할 수 있을까요? 결국 랑베르도 의사 리유와 함께 연대하여 '보건대'라는 자원봉사자 조직에서 함께 일하며 사람들을 돕습니다. 이처럼 위기 상황에서 연대의 의미가 무엇인지 고민하게 하는 책입니다.

다음으로 질문을 공유하며 토론을 했는데 많은 질문이 쏟아졌습니다. 그중 몇 가지를 추려봅니다.

- 가장 공감 가는 인물은? 나와 가장 가까운 인물은?
- 타루와 리유가 수영을 하며 우정을 나누지만, 정작 타루의 갑작스런 죽음으로 정말 우정답게 체험할 시간도 갖지 못한 채 헤어진다. 그렇다면 우리는 함께하는 동안 무엇을 하며 살아야 하나?
- 재앙을 어떻게 바라봐야 하는가? 지나가버리는 악몽이라 생각하고 일상적 일을 그대로 하면 되나?
- 페스트에 비유될 수 있는 일들은?
  (부조리한 사건을 불신하거나 외면, 회피하는 분위기는 전쟁 발발 초기와 유사함)

- 인간에게 연대의 의미는?
- 자신의 삶에서 '보건대'에 해당하는 모임이나 조직을 경험한 적 있는가?
- 폐허가 된 세상의 재건을 위해 꼭 필요한 직업은?

이후현 선생님께서 토론을 준비하면서 《페스트》와 코로나19 대유행 상황을 비교한 표입니다. 절묘한 대응에 놀랍기만 합니다.

| 구분 | 《페스트》속의 상황 | 코로나19가 유행하는 현재 상황 |
|---|---|---|
| 시기 / 장소 | 1940년대 / 알제리 오랑 | 2020년 전 세계 |
| 매개 동물 | 쥐 | 시장 야생 동물(?) |
| 증상 | 호흡기, 폐 | 호흡기, 폐 |
| 위험성 | 한 번도 경험해본 적 없는 위기 상황, 자신도 모르는 사이에 쉽게 감염되고, 서로 감염시킬 수 있는 상황 | 한 번도 경험해본 적 없는 위기 상황, 자신도 모르는 사이에 쉽게 감염되고, 서로 감염시킬 수 있는 상황 |
| 도시 봉쇄 | ○ | ○ 또는 × |
| 혼란과 유언비어 | ○ | ○ |
| 공적 대책의 특징 | 시 당국과 관료의 무능 | 시스템을 잘 갖추어 가는 나라와 대처가 미흡한 나라가 대조적 |
| 개인들의 반응 | 다양한 군상 (도피, 체념, 연대) | 다양한 군상 |

| 시사점 | 연대의 중요성 | 사회적 공감대와 국가의 신속한 대처 필요성, 개인 방역 수칙 준수 필요성 |
| --- | --- | --- |

**《페스트》를 토론한 후 최현애 선생님께서 쓰신 글입니다.**

코로나 시대에 살고 있다. 'pandemic'이라는 단어를 이토록 분명하게 개념 정리를 해주는 시대 상황이라니… 온 몸과 마음으로 그 단어의 뉘앙스를 느끼게 되는 사건이다. 매스컴이나 SNS가 제 역할을 다하여 전염되는 상황을 올림픽 기록 세우는 경기처럼 각 나라별로 수치를 비교 분석해 주고 있다. 공포로 다가오는 숫자의 기록들을 보면서 그 옛날에 유럽인들이 2억 명 가까이 죽어나갔다는 흑사병, 페스트에 대해서 궁금해지기 시작했다. 설마 지금의 코로나 사태로 그때처럼 될까 싶어서. 페스트가 역사 속에서 어땠는지 궁금하기도 했고 소설 《페스트》는 어떤 내용을 다루고 있는가 궁금하던 차에 이 책을 읽고 함께 감상을 나눌 기회까지 있어서 참으로 뜻깊은 시간이었다.

누군가 말했다. 코로나를 앓고 있는 작금의 상황들을 지켜보면서, 시기를 나누는 기준으로 기원전 B.C.와 기원후 A.D.라고 표기하던 것을 이 바이러스와의 전쟁이 끝나면 코로나 전 B.C.(Before Corona)와 코로나 후 A.C.(After Corona)로 나누어야 하지 않을까라고. 웃기는 이야기 같지만 분명히 코로나 이후에 우리의 마음가짐이나 생활양식은 그 이전과는 많이 달라질 것 같다. 역사적인 사건임에 틀림없다. 이 역사적인 사건 한 가운데서 나의 연대기는 《페스트》를 읽기 전과 읽은 후로 나누어진다할 만큼 선명한 자취를 남기는 내용이었다.

세상에,《이방인》을 읽을 때는 나이가 어려서 그랬는지 잘 못 느꼈었는데 알베르 까뮈야말로 언어의 마술사, 천재가 아닌가. 문장 문장이 다 빛이 난다. 번역 서적을 읽을 때면 차라리 원서가 더 쉽지 않을까를 생각하게 되는데, 특히 이 책에서의 사건 서술이나 심리 묘사는 문장이 꼬리에 꼬리를 물고 수식을 하며 길게 이어지는 방식이라, 번역가는 어지간히도 애를 먹지 않았을까 싶다.

페스트 선고를 받고 폐쇄된 도시 오랑에서 이 재앙을 이겨내기 위해 보건대를 조직하여 각자의 방식대로 페스트에 대응하는 주요 인물들의 삶의 태도를 의사 리유의 서술로 풀어내는 이 놀라운 소설을 읽게 된 것은, 코로나 사태가 내게 미친 많은 심적인 동요 중에 가장 의미 있는 사건이 아닐까 생각한다. 감상을 함께 나눈 선생님들도 다 같이 고개를 끄덕인 일이지만, 어떻게 이렇게 1940년대에 쓴 소설이 지금의 사태를 그대로 정확하게 꿰뚫어보고 묘사한 것 같은지. 지금의 이 코로나 사태를 소재로 누군가 또 굉장한 소설을 쓰거나 영화를 만들기도 하겠지만, 까뮈는 자기가 겪은 사건이 아니라 참고한 사건과 서적들만으로 자신이 직접 겪어낸 듯 생생하게 의사 리유의 입을 통해 객관성을 잃지 않으면서 사건의 흐름과 페스트의 속성, 등장인물들이 페스트를 대하는 자세 등을 디테일하게 묘사했다.

마지막 장을 덮었을 때 느낌은 가히 이 작품은 문학이 예술로 승화된 작품이라는 생각이 들었다. 진정한 고전 작품을 이렇게도 적절한 시기에 읽게 되어 시대를 초월하여 등장인물에 감정 이입이 더 몰입감 있게 된 것도 같다. 혼자만의 감상으로 끝나지 않고 서로가 느낀 점과 끌리는 대목을 함께 얘기해 본 시간은 독서가 주는 감동을 몇 배나 더 끌어올려 주었다. 인기 드라마에 열광하여 그 재미를 수다로 공감하며 함께 즐기던 시간보다 더 달콤한 수다의 시간이었다. 같은 책을 읽고 저런 생각도 하다니 하면서 서로에게 배울 점이 많았던 아름다운 수다가 좋았다.

끝나도 끝난 게 아니라 잊힐 때 쯤 다시 찾아올지도 모른다는 페스트처럼 까뮈의 세밀하고 절절한 묘사에 대한 소름끼치는 전율감은 코로나가 고개를 들 때마다 문득문득 다시 떠오를 것 같다.

## 유품으로 보는 죽은 이의 삶
### -《유품 정리인은 보았다》요시다 타이치, 김석중, 황금부엉이

이번 책은 선생님들이 수업과 여러 업무로 바빠서 비밀 독서단에서 받은 책으로 토론을 하기로 하였습니다. 이 책은 일반적인 죽음이 아니라 고독사의 다양한 사례가 담겨 있어 읽는 내내 불편하기도 하여 마땅찮습니다. 하지만 토론을 하고 책에 대한 인상이 좀 좋아졌습니다. 그래서 혼자 읽고 덮어버리기보다는 함께 이야기를 나누는 것이 의미가 있다는 것을 절실히 깨달은 책입니다.

이 책은 유품을 통해 그 사람의 삶을 다시 그려봅니다. 물건은 아무것도 남기고 싶지 않지만, 막상 사랑하는 이가 아무 것도 남기지 않는다면 너무 섭섭할 것 같습니다. 때론 그 물건을 보며 그 사람을 떠올릴 수 있다면 그것 또한 추억이고 행복이 될 수 있기 때문입니다. 그렇다면 우린 무엇을 남기고 싶을지 생각해 보게 됩니다. 죽음을 준비하며 정리를 너무 잘하여 남겨진 이들이 마음 아프기도 합니다. 베풀었지만 막상 죽고 난 후에는 그에 미치지 못하는 사람들을 보며 죽음과 함께 관계도 많이 끊어질 수밖에 없다는 것도 느낍니다. 특히 우리 사회에서 죽음의 순간에서

조차 소외된 고독사 문제와 노인 복지문제를 들여다보게 하는 책입니다.

**토론하면서 나온 질문들입니다.**

- 죽은 후 남기고 싶은 유품은?(나만의 유품 목록 세 가지)
- 죽음을 기억한다면 어떤 삶을 살아야 할까?

  (웰다잉을 위해 우리가 미리 준비할 것은)
- 죽는 시기를 결정할 수 있다면 언제쯤?
- 내가 바라는 죽음은?
- 유품 정리하는 직업에 대한 사회적 편견은?
- 고독사의 원인과 해결책은?
- 존엄한 죽음을 위해 사회나 국가가 담당할 몫은?

## 좀 더 인간다운 죽음

메멘토 모리(Memento mori). '죽음을 기억하라'는 라틴어입니다. 꽃을 꽂아두면 늘 그 시듦을 봅니다. 꽃이 송이째 툭 떨어져 가슴을 철렁하게 하는 동백이 있고, 한 잎 한 잎 떨어져 죽어서도 바닥을 장식해 주는 장미도 있습니다. 백리향은 향기만이 아니라 시든 모습도 아름다워 한참을 그대로 두게 되지요. 하지만 어찌 되었든 그 꽃들은 버려집니다. 씨를 남기고 흙으로 돌아간다고 생각하면 한결 낫지만, 꽃을 볼 때면 인간의 삶도 이와 다르지 않다는 생각을 합니다. 동전의 양면처럼 우리네 삶도 죽음과 맞닿아 있습니다.

사십대 중반, 저는 어찌 보면 지금 삶에서 가장 아름다운 시간 속에 있습니다. 일도 안정되어 있고, 아이들도 어느 정도 자라 손이 좀 덜 가기도 하여 그동안 미루어 두었던 하고 싶은 일을 조금 여유 있게 할 수 있습니다. 하지만 한 편으로 조금씩 고장 나기 시작하는 몸과 볼 때마다 달라지시는 부모님을 뵈면서 죽음을 생각하게 됩니다.

아무것도 지니지 않은 채 날아가는 새와 달리 우리는 수많은 물건에 둘러싸여 살아가고 그것을 남깁니다. 죽은 이와 함께 생명을 잃은 유품을 들여다보는 마음은 어떠할까요? 저는 죽으면 무엇을 남길까요? 제가 중요하게 생각한 삶의 태도와 가치만 전해지길 바라지만, 지금 제 주변을 가득 채우고 있는 물건들을 생각해 보면 어림도 없는 일입니다. 조금씩 덜 가지는 준비를 해야겠습니다.

십여 년 전 시부모님의 유품을 정리하는 남편을 지켜본 적이 있습니다. 대부분 부모의 유품은 자식들이 정리하기 마련이지만, 연고가 없거나 자살로 생을 마감한 이들에게는 참 난감한 일입니다. 생각해 본 적이 없었는데, 이 책을 통해 그 일을 하고 있는 이들이 참 고마웠습니다. 특히 죽은 이와 남은 이를 배려해 주고 기다려주는 모습에 마음이 따스해졌습니다. 어렵고도 중요하고 누군가는 해야 하는 일입니다. 집에서 닭을 열 마리쯤 키우는데 가끔 닭을 잡기 위해 장에 가져가면 닭을 잡아 주시는 할아버지가 계십니다. 험한 일을 대신해 주시는 유품 정리인처럼 고맙습니다.

죽은 지 오랜 시간이 흐른 후 발견되어 구더기와 함께 있는 모습은 정말 저 정도일까 싶을 정도로 끔찍했습니다. 특히 책 앞부분의 성도착증 환자를 비롯한 은둔형 외톨이 이야기는 일본의 이야기라고 치부하고 싶었습니다. 하지만 우리나라도 열악한 환경에서 홀로 죽음을 맞이하는 고독사는 앞으로 점점 늘어날 수밖에 없습니다. 당장 우리 동네에도 혼자 사시는 할머니가 여럿 되십니다. 사회와 개인이 더 세심하게 관심을 가져야 할 것이고, 관계에서 해결할 수 없다면 시스템이 받쳐줘야만 합니다. 어찌 보면 감시고 구속이지만, 인공지능의 힘을 빌리는 것도 한 방법이 될 터입니다.

전 가끔 마당 그네에 앉아서 가족들의 행복한 모습을 지켜보며 편안하게 죽음을 맞이하는 상상을 해봅니다. 제가 바라는 바지만, 죽음은 언제 어떤 모습으로 다가올지 알 수 없습니다. 다만 좀 더 인간다운 죽음을 맞이하고 싶습니다. 제가 모르는 누군가도 그러하길 간절히 바랍니다.

## 죽어가는 이의 시선
－《이반 일리치의 죽음》톨스토이, 열린책들

이 책은 죽음을 새로운 시각에서 바라보게 합니다. 유품 정리인이 누군가의 죽음 후 그 삶을 더듬어 보았다면 이 책에는 죽음을 앞둔 주인공의 심리가 잘 담겨져 있습니다. 정말 죽음이 가까워지면 저런 생각과 행동을 하게 될지 그렇다면 죽음에 가까운 이들을 우린 어떻게 대해야 할지 고민하게 하는 책이었습니다.

그 고민의 많은 부분을 해결해 준 부분이 있었습니다. 주인공 이반이 자신의 배설물을 치우러 온 하인 게라심에게 힘들지 않냐고 묻자 그가 답하는 부분입니다. "우리는 언젠가 다 죽습니다요. 그러니 수고 좀 못 할 이유가 없지 않겠습니까." 기꺼이 하는 마음이 바로 우리가 지녀야 할 진정한 연민의 마음이 아닐까 싶습니다.

특히 이 책은 작품 뒤에 나오는 석영중 교수님의 해설이 너무나도 명쾌합니다. 해설에 반하여 그분의 영상을 찾아보았는데 교수님의 차분하면서도 통찰력 있는 표현에 한번 더 반했습니다. 덕분에 톨스토이 작품 전반을 들여다보기도 하여 뜻깊었습니다.

죽음은 삶의 의미를 밝히는 빛

은해사 수림장 사무실에 다녀왔다. 양지 바른 언덕 위 소나무 한 그루를 정하고 돌아오는 길에 삶과 죽음에 대한 여러 가지 생각을 했다. 구순을 훌쩍 넘으신 어머니는 종종 죽음에 대한 말씀을 하시곤 한다. 그 말씀의 내용이 워낙 여러 갈래이고, 그 말씀 속에 담긴 감정과 느낌도 매번 다르다. 내가 저 연세가 되었을 때 난 죽음에 대해 어떤 생각을 하고 있을까?

이처럼 요즘 나에게 죽음이란 그리 멀리 있는 단어가 아니다. 최근에 죽음과 관련된 책도 몇 권 읽기도 했거니와, 평소 윤리 수업에도 동서양 여러 사상가들의 죽음관에 대해 다루고 있다. 그럼에도 불구하고 이번에 읽은 《이반 일리치의 죽음》은 또다시 죽음에 대해 생각해 보게 하고, 현재의 내 삶을 돌아보게 만들었다. 톨스토이의 여러 대표작 중 하나인 이 책은 그리 길지 않은 분량이었지만, 메시지와 울림은 컸다. 명불허전. 고전이 왜 고전인지 명작이 왜 명작인지 자연스럽게 드러내고 있었다. 소설은 삶과 죽음에 대한 통찰을 바탕으로 여러 가지 사건과 인물을 구석구석 짜임새 있게 잘 배치해 두었고, 주인공의 심리 변화에 대한 묘사 또한 놀라웠다.

## 1) 언제 찾아올지 모르는 죽음

주인공의 병명은 소설 속에서 정확히 제시되지 않는다. 불과 몇 개월 만에 급속히 악화되어 죽음에 이르는 것으로 보아 그것은 예후가 좋지 않은 특정암과 같은 것일지도 모른다. 그런데 그 병의 발병 계기는 주인공이 인생에서 가장 행복하다고 생각하던 시기(승진에서 밀려나 힘든 시기를 보내다가 오히려 더 많은 연봉과 더 높은 자리를 차지하고 즐겁게 이사할 새집을 꾸미던 시기)에 우연한 작은 사고로부터 비롯된다. 새집을 꾸미는 일에 집중하다 옆구리를 부딪친 사건… 이렇게 우리는 언제 죽음과 맞닥뜨릴지도 모르는 매 순간순간을 살아가고 있다.

## 2) 죽음을 회피하는 우리

키제베터 논리학 삼단논법 속의 카이사르는 인간이기 때문에 죽는다. 그런데 사람들은 그 카이사르와 현실 속의 자기 자신을 분리시킨다. 지금 살아 숨 쉬고 있는 '나'와 이미 죽은 카이사르는 같은 사람이되 같은 사람이 아니다. 자신의 죽음을 회피하는 우리들의 모습이다. 문명화되고 적당히 세련되고 교양미가 있는 지극히 평범한 사람들은 평소에 자신의 죽음을 직시하지 않는다. 소설에 따르면 죽음의 문제를 회피하는 하는 것은 결과적으로 나중에 '대단히 끔직한 것'이 된다. '나'라는 특정하고도 분명한 육체와 의식을 가지고 살아가는 우리에게 불교에서 말하는 '무아(無我)'를 깨닫기란 쉬운 일이 아니다.

## 3) 죽음을 앞둔 이가 진정 바라는 것

책을 읽다 보니 죽음에 대해 회피하고 거짓된 태도를 보여주는 많은 사람들 중에서도 친구인 시바르쯔가 특히 눈에 들어왔다. 그는 장례식장에서도 빈트게임의 즐거움을 생각하는 인물이다. 이는 이반 일리치의 아프기 전의 모습이기도 하다. 남편의 장례식장에서도 국가지원금에 관심을 기울이며 조문객에게 접근하는 미망인 쁘라스꼬비야 표도로브나도 많은 생각거리를 던져주는 인물이다.

그런데 죽음을 앞두고 병약해진 주인공에게 위안이 되어준 젊은 농부 게라심의 등장은 시바르쯔를 비롯한 많은 사람들의 거짓과 위선을 보다 선명하게 대비시켜 주었다. 작가가 하고 싶은 말의 일부분을 게라심의 행동과 말을 통해 보여 주는 듯하다.

### 4) 변호사와 의사의 기만

타인의 삶과 생명에 대해 직접 관여하면서도, 삶과 생명의 본질이나 상대방에 대한 연민과 관심이 없이 자신만의 직업적 권위와 능력을 드러내는 것에만 열중하는 변호사와 의사의 모습이 등장한다. 이반 일리치는 자신을 담당하는 의사의 모습에서 자신의 직업적 모습을 발견한다. 교사 역시 그렇지 않을까? 교직 경력이 쌓일수록 그 경험과 전문성을 바탕으로 깔끔하게만 일처리 하고 있는 것은 아닐까? 학생의 인생과 삶에 대한 깊은 관심은 어느새 뒷전이 된 채로 말이다.

한편 타인의 삶에 대해 쉽게 재판하던 주인공은 죽음을 앞두고 스스로 삶에 대한 재판을 받게 된다. 타인을 재판하던 그 누군가라도 죽음을 앞두고 자신의 인생에 대한 스스로의 재판 시간을 피해갈 수 없는 걸까? 그 때 우리는 어떤 판단을 하고 어떤 감정을 느끼게 될까?

### 5) '그것이 아닌 삶'과 내면의 목소리

주인공은 죽음을 앞두고 극심한 육체적 고통보다 더 끔직한 정신적 고통을 겪는다. 그것은 의식적으로 반듯하고 품위 있게 잘 살아왔다고 생각한 자신의 평생의 삶이 '그것이 아닌 삶'이었다는 것, '그것이 아닌 것'이었다는 사실과 직면하는 것이었다. 그 모두가 삶과 죽음의 문제를 가려버리는 거대하고 무서운 기만이었다는 사실을 깨달았다. 그는 자신에게 주어진 시련에 울음을 울다가 그친 후, 그 고요 속에서 언어로 된 목소리가 아닌 영혼의 소리를 들으면서 삶을 성찰하게 된다. 바쁜 일상 속에서도 내면의 소리에 귀를 기울이는 것이 중요하다. 바쁘기만 하고 내가 '그게 아닌 삶'을 살고 있지는 않는지 돌아봐야 한다.

### 6) 진정한 삶의 기쁨

주인공이 아프기 전에 그가 삶의 기쁨이라고 느꼈던 것들. 이를테면 빈트 게임, 공무를 수행하며 느끼는 기쁨, 사교활동을 하면서 느끼는 기쁨 등은 진정한 기쁨이 아니었다. 그렇다면 무엇이 진정한 삶의 기쁨인가? 그리고 한편으로 생각해 보면 빈트 게임의 즐거움, 공무수행을 하면서 느끼는 자존심 충족의 기쁨, 사교활동을 통해 느끼는 기쁨도 진정한 그것이 아니라 할지라도 우리가 인생을 살아가는데 필요한 기쁨은 아닐까?

### 7) 죽음에 대한 직시와 아직 바로잡을 수 있는 삶

놀랍게도 주인공은 죽음을 불과 얼마 두지 않은 시간에 자신이 삶을 바로 잡을 수 있다는 사실을 깨닫는다. 사흘째 밤낮으로 울부짖는 주인공의 손을 잡아서 아들이 입을 맞추고 울음을 터뜨리는 순간 주인공은 '나락으로 굴러 떨어져 빛을 보았다.' 아들을 보면서 주인공은 '그것'이 뭔지 질문을 던진다. 그 후 아들이 불쌍하게 여겨지고, 아내도 안쓰럽게 느낀다. 그리고 속으로 용서를 빈다. 그 후 자신은 죽음에 대한 두려움과 고통에서 해방된다. 역설적이게도 죽음에 대한 두려움은 삶에 대한 성찰을 하게 하고, 삶에 대한 성찰은 죽음의 고통에서 벗어나게 한다. 죽음을 직시하고 진정 인생에서 무엇이 중요한 '그것'인지 깨닫는 것, 그리고 그것을 잊지 않도록 수시로 성찰하는 것. 이것이 우리가 자신의 삶을 바로잡고, 스스로를 죽음의 고통으로부터 해방되도록 만드는 단순하고 분명한 메시지이다. 주인공처럼 죽는 순간에 와서야 죽음을 직시하는 것보다 평소에도 자신의 죽음을 직시하고 삶을 성찰하기를 게을리하지 않는다면 지금보다는 남은 인생을 더 의미 있게 살 수 있지는 않을까? 우리는 뭔가를 깨달았더라도 금세 잊어버리기도 하고, 눈앞의 이익과 욕망에 휩쓸리기도 하는 존재이니까. 이 소설은 수업시간에 하이데거와 지눌의 사상을 일러주는 것보다 더 큰 화두를 던져주는 힘을 지녔다.

## 8) 필멸의 인간들이 느끼는 진정한 공감

소설 속의 표현처럼 인생은 어쩌면 역겹고 무의미한 것인지도 모른다. 그리고 우리 인생은 그 누구도 고통과 죽음을 대신해 줄 수 없는 고독한 것인지도 모른다. 그렇지만 게라심과 함께 있을 때 주인공은 위안을 얻었다. 게라심과 아들의 행동과 눈빛에 담겨 있는 것들은 인간에 대한 진정한 공감이 아닐까. 문명과 세련의 도시물을 먹지 않고, 오히려 죽음을 직시하고 있는 게라심의 말과 행동에서 타인에 대한 진정한 공감이 무엇인지를 생각하게 된다.

이 책을 읽으면서 다시 내 모습을 돌아보게 된다. 나는 평소에 내가 죽음과 멀지 않은 곳에서 죽음을 의식하며, 더 중요한 일을 챙기고 산다고 생각했다. 그런데 생각과는 달리 순간순간 속에서는 아프기 전의 이반 일리치와 같은 모습으로 살아가고 있는 것은 아닐까? 겉으로 보기에 반듯하고 성공적인 삶을 사는 것에 집중하고 있는 아닐까? 중요하지 않은 소소하고 작은 일에, 승진이나 지위와 같은 자리에, 나이, 점수, 아파트 가격과 같은 숫자에 집중하며 살고 있는 것은 아닐까? 내가 인생에서 바라보고 힘을 쏟고 있는 일들은 과연 '그것'인가? '그것이 아닌 것' 인가? 진정한 삶의 기쁨을 추구하고 있는지, 삶의 고통을 잊기 위해 감 각적 쾌락을 추구하고 있는지를 돌아보게 된다. 나에게 다시 물어보자. "지금 죽어도 후회하지 않을 삶을 살고 있는가?"

## 삶 속의 죽음
- 《예언자》칼릴 지브란, 무소의 뿔(류시화 역)/ 현암사(오강남 역)

이번 책은 예전부터 읽고 싶어서 목록에 넣어둔 책입니다. 같이 토론 을 하기에 책이 어려울까 봐 걱정을 했는데 두께도 얇고 짧은 글 속에 깊이 있는 내용이 담겨 있어 보는 내내 감탄을 하며 행복했습니다. 지금 까지 세 편의 작품이 '죽음'을 주제로 다룬다면 이 책에서는 죽음이 작 은 일부분으로 담겨 있고 대부분 삶의 이야기입니다. 우리는 삶을 떼놓 은 죽음만 생각할 수 없습니다. 삶의 중요한 키워드의 하나로 죽음을 바 라볼 수 있어서 지금까지 세 작품의 토론을 통해 고민한 죽음의 문제를 좀 더 확장해 보는 계기가 되었습니다.

### 번역의 차이
이 책은 같은 출판사 책으로 하지 않고 류시화가 번역한 책과 오강남 번역 책을 각각 두 권을 주문하였습니다. 같은 작품이어도 누구의 번역 이며 편집 상태, 추가 내용 등이 어떠하냐에 따라서 차이가 난다는 것을 절실하게 깨달은 책입니다.

류시화 번역 책에는 칼릴 지브란의 그림과 그의 삶이 잘 정리되어 좋았습니다. 뒷부분에 영어 원문이 있어서 특히 원문과 비교해서 보기에 더없이 좋지요. 토론하면서 의미가 명확하게 다가오지 않는 부분은 영어를 가르치시는 최현애 선생님께서 원문과 비교하며 말씀해 주셔서 도움이 많이 되었습니다. 하지만 처음 책을 접했을 때, 정작 중요한 지브란의 글 내용에는 주목하기가 좀 어려웠습니다. 글씨가 작은 탓도 있고 반말 투라서 곰곰이 생각해 볼 틈을 덜 주는 듯하고 그 말들을 무조건 받아들여야 할 것처럼 느껴져 부담이 될 때도 있더군요. 그래서 쉽게 글에 몰입하기가 어려운데, 대신 지브란의 삶이 류시화의 말투로 고스란히 잘 담겨 있어 그 뒷부분을 읽고 나면 좀 더 공감이 되어 글이 잘 들어옵니다. 류시화 번역의 《기탄잘리》 책도 처음에는 타고르의 삶에 대한 부분이 더 재미있었는데, 그 부분을 읽고 나서 보니 앞의 시가 또 다르게 다가오더군요.

이에 비해 《도덕경》, 《장자》 같은 책을 번역한 오강남 번역 책은 경어체를 사용하여 정감 있고 그 의미를 자신의 삶과 비교하여 들여다보게 합니다. 작가의 삶이 상세하게 나와 있지 않아서 아쉽지만, 작가의 목소리를 언제든 옆에 두고 곱씹으며 되새겨보기에 좋도록 편집되어 있습니다. 류시화 번역 책이 잠언시집 같은 느낌이 든다면, 오강남 번역 책은 산문집 같은데 다 읽고 나면 시 같은 느낌을 받게 되지요. 평소에는 류시화 책을 좋아하는데 이런 잠언집은 해설이 많다고 좋은 책은 아니란 걸 이번에 알았습니다.


삶과 죽음 사이의 중요한 질문들

이 책은 '선택받은 자'라는 뜻의 알무스타파가 12년간 나그네로 산 오팔리즈 성을 떠나면서 사람들에게 진리의 말을 남기는 책입니다. 태어

남과 죽음 사이에 있는 중요한 질문 26가지에 예언자는 친절하게 답하며 통찰을 보여주는데 읽을수록 그 의미를 곱씹어보게 됩니다. 주제마다 제가 생각하는 것에서 늘 한 단계, 또는 몇 단계 더 나아가고 있어서 놀랍지요. 10년 이상의 각고 끝에 출판되었다고 하는데 한 마디 한 마디 얼마나 최선을 다하였는지 고스란히 느껴졌습니다. 사실 20대부터 이 책에 대한 고민이 있었다니 놀랍기만 합니다.

아니나 다를까 수많은 질문 중 '사랑'이 가장 첫 번째 질문으로 나왔습니다. 사랑은 자신을 주는 것 말고는 아무것도 줄 수 없고, 사랑은 스스로를 충만하게 하는 일 말고는 다른 소망이 없다고 합니다. 글만 읽어도 사랑으로 가슴 충만한 삶이 그려지더군요.

책을 몇 번 읽다 보니 칼릴 지브란의 말들이 좀 꿰어졌습니다. 삶과 죽음이 동전의 양면이듯 사랑, 기쁨과 슬픔, 쾌락, 죄 등 모든 것은 서로 나누어져 있으면서 이어져 있다는 것을 이야기하는 것 같았습니다. 마치 동양의 음양 사상을 이야기하는 듯한 부분이 있는데 이처럼 이 책은 겉으로 드러난 것의 이면을 들여다보게 합니다. 선한 자와 악한 자를 따로 떼어놓을 수 없듯이 서로 이어져 있음은 먹고 마심, 죽음에도 드러나는데 결국 모든 것이 자연의 순환 흐름을 따르게 됩니다. 이는 선하지 못하다고 해서 악한 것이 아니듯 양분법과는 엄연히 다릅니다.

'결혼, 자녀, 가르침'에 대한 부분은 서로 속박이 되어서는 안 되고 함께 하며 일부를 나누되 각자 혼자이며 스스로 길을 찾아야 한다는 공통점이 있습니다. 결혼은 마치 코로나19 상황에서 '함께 하되 거리를 둔다'는 것과 같지요.

'집'이 안락함과 안락함에 대한 욕망만 가지고 있어서는 안 되며 평화, 추억, 아름다움을 갖도록 해야 한다는 부분에서도 저를 되돌아보게 합니다.

'옷'에 대한 부분에서는 수수한 옷차림이 엉큼한 이들의 눈길을 막아 주는 방패일 뿐이라고 하여 처음에는 의아했습니다. 옷은 화려하지 않고 수수하며 단정하게 입어야 한다고 평소 생각하고 있었습니다. 하지만 제가 좋아하는 맨발 걷기를 생각해 보니 자연과 우리 몸은 있는 그대로의 만남을 원하는 것이 맞다는 생각이 들었습니다. 햇빛과 바람이 옷이 아니라 살갗에 직접 닿기를 바란다는 것에 공감이 되었지요.

'주는 것'에 대하여서는 '지금 가지고 있는 것은 내일 필요할지도 모른다는 두려움에 보관하고 있는 것이 아니고 무엇이겠습니까?'라고 합니다. 언젠가 입을 것이라고 하는데 버리는 것, 주는 것, 화 대신 미소 짓는 것 등 모든 것이 종이 한 장보다 얇은 생각 때문인 것 같습니다. 한순간 바꾸면 마음이 그리도 홀가분하니 말입니다.

천주교를 믿으시는 선생님은 그 종교의 입장에서 이 책이 더 와닿았다고 하셨습니다. 하지만 특정 종교에 한정되지 않고 자신의 종교와 상관없이 삶에서 의미 있는 이야기들이 많이 담겨 있습니다. 신을 알려면 주위를 살피고 공중을 보라고 하는 것처럼 초자연적인 모습도 보여줍니다. '죽음'에 관해서는 바람 속에서 벌거벗고 서는 것이며, 태양으로 녹아 들어가는 것이라고 표현하지요.

예언자의 말이 더 빛나는 이유는 바로 곳곳에 담긴 비유적 표현 덕분입니다. 추상적인 말들이 비유를 통해 구체적으로 살아납니다. 부모는 자녀가 살아 있는 화살처럼 날아가게 하는 활이므로 화살이 빨리 그리고 멀리 날아가도록 즐거운 마음으로 구부러지면 된다고 합니다. 부모와 자식을 활과 화살로 생각해 본 적은 없는데 화살이 잘 날아갈 수 있도록 도와주는 것이 부모라고 생각하니 자식은 부모의 소유가 아니라 단지 잠시 보살펴 주며 사랑을 주는 존재라는 것이 더 잘 느껴집니다.

우리의 몸은 '우리 영혼의 하프'에 비유합니다. 그러면서 거기에서 아름다운 음악이 울려나게 할지 말지는 우리의 몫이라고 하지요.

'주는 것'에 대해서는 '주면서 괴로움도 모르고 즐거움도 바라지 않고, 구태여 덕을 쌓는다는 등의 생각도 없는 이들이 있습니다. 이들의 줌은 저 너머 계곡에 서 있는 향나무가 그 향기를 대기에 내뿜는 것과 같습니다.'라고 표현합니다.

26가지 질문을 보면서 이 정도면 삶과 죽음 사이의 중요한 질문들은 다 물어보았다고 생각했습니다. 그런데 '화'라는 말도 모를 것 같은 누군가가 화를 내는 것을 우연히 보고는 '화'에 대한 질문은 왜 없는지 의아했습니다. 인간의 감정 중 큰 비중을 차지하는 것이고 인간이 고민하는 부분이기도 하기 때문이지요. 그러다가 이곳에 적힌 대로만 한다면 화가 있을 리 없겠다는 생각도 들었습니다.

토론을 하다 보니 칼릴 지브란을 다시 불러내 '배움, 거절, 관계'에 대해서도 그것이 무엇인지 물어보고 답을 듣고 싶었습니다.

## 나에게 독서 토론 모임은

최현애 쌤

-

학교 다닐 때는 독서 토론하는 친구들도 많았고 어른이 되어서는 교사 모임에서도 독서 토론을 하는 것을 많이 보아 왔으나, 정작 저는 제대로 된 독서 토론에 참여해 본 적은 없는 것 같습니다. 그냥 얘기를 나누다 보니 독서 토론처럼 되어서 그 책과 연관된 다른 책을 소개받아 보기도 하고 같은 책의 내용을 다르게 받아들이는 사람의 얘기도 들어보고 의견을 나누어보고 그랬던 적은 좀 있었던 듯하지만요.

이 토론 모임이 아니었으면 '언젠가 읽어봐야지…' 하고 벼르기만 했을 책들을 읽게 된 것도 고마운 일인데, 그 감동이나 느낌을 함께 나누게 된 시간들은 매우 뜻깊게 자리매김하였습니다.

책을 읽는다는 것이 문자를 읽고 이해하게 되고 혼자 느끼고, 혼자 생각하고 마음의 양식을 얻으면 다인 줄 알았습니다. 그러나 같은 책에 대한 비슷하지만 다른 느낌을 이렇게 함께 공유해 본다는 것은 독서에 대한 질을 한층 높여주었고, 다른 이들의 느낌을 궁금해하며 책을 읽느라 색다른 독서의 맛을 들인 듯합니다.

또한 각자의 처한 입장에서 책을 읽게 되는 타이밍은 그 책 내용을 받아들이는 태도에 꽤나 많은 영향을 미친다는 생각이 들었습니다. 그래서 고전이라 일컫는 좋은 책들은 한 번 읽어 보았더라도 나중에 어느 날또 다시 읽으며 이전과 다른 감상을 맛볼 수 있을 것 같습니다.(역시 고전이 깊은 맛이 있더라구요.) 책 읽는 맛을 제대로 느끼게 해준 이 모임에 저를 초대해 주셔서 정말 감사합니다.

이후현 쌤
-

교사들끼리 독서 토론 모임은 한 적이 별로 없어요. 이전 학교에서 교실 수업과 관련하여 같이 책을 읽고 이야기를 나눈 것이 기억납니다. 이 모임을 통해 같은 책을 읽고도 서로 다른 생각과 관점을 나눌 수 있어서 좋았고 혼자서 책을 읽을 때보다는 확실히 다른 사람들과 함께 읽으니 자연스럽게 다독도 되었습니다.

이번 독서연구회를 하면서 함께 읽는 것은 독서의 의미가 더 깊어질 수 있다는 점에서 더 좋았습니다. 첫째, 이전의 교사 독서 토론 모임은 주로 특정 목적 이를테면 수업 방법, 학생 상담 등을 위한 독서였기 때문에 업무적 성격이 강했다면, 이번 독서연구회는 여러 분야의 교양서 중심이어서 각각의 책에 오롯이 집중할 수 있어서 좋았습니다.

둘째, 소설이나 문학 평론에 대한 개인적인 편견을 가지고 있었는데, 이를 깨뜨리게 되어 의미 있었습니다. 철학서보다 소설은 깊이가 약하다거나, 사회과학 분야의 책보다 소설은 허구적이라고 제가 편견을 가지고 있었다는 것을 이번에 알게 되었습니다. 소설은 현실의 문제를 현실보다 더 실제적으로 반영할 수도 있고, 철학서에 담긴 내용을 독자에게 더 잘 와닿는 방식으로 전달할 수도 있다는 것을 깨달았습니다.

마지막으로, 무엇보다 좋았던 점은 역시 책과 삶에 대해 주변 선생님들과의 생각을 공유할 수 있는 기회가 되었다는 점입니다. 같은 책을 읽으면서 때로는 공감을 때로는 저와는 다른 시각으로 보는 새로움이 좋았습니다. 늘 일상과 업무에 바쁘다는 핑계로 책을 가깝게 하지 못하다가 책과 사람과 삶에 조금 더 가까워진 느낌입니다.

# #03
# 회의시간,
# 시 속에 빠지다

## 시로 여는 직원회

선생님, 직원회 시간 즐거우신가요? 기다려지시나요? 직장이든 학교
든 회의는 필수입니다. 하지만 일방적인 전달 위주의 회의라면 딱딱하
고 지루한 시간이지요. 학교에서 직원회는 학교에 따라서 매주 하기도
하고 한 달에 한 번씩 하기도 합니다. 다 같이 서로 얼굴을 마주보는 반
가운 자리이지만, 부서별 전달내용도 많고 때로는 논의할 것들도 많아
서 마음이 무거운 자리입니다. 이런 직원회 시간을 기다려지는 시간으
로 만드는 방법이 있습니다. 그 시간마다 선물을 받는다면 어떠신가요?

요즘은 물건이 넘치고 넘쳐서 웬만한 물건은 받아도 짐이 되어 그리 반 갑지도 않다구요? 맞습니다. 그래서 준비한 선물은 바로 '시'입니다.

코로나19로 각자 긴 공백을 갖고 모든 선생님이 4월이 되어서야 첫 만남을 가졌습니다. 오랜 기다림 끝에 만남이라 더 반가웠습니다. 교무 부 업무를 맡아 직원회를 준비하면서 반가운 마음을 어떻게 전할까 고 민했습니다.

그때 나태주 시인의 '선물'이라는 시가 생각나 이 시로 직원회 첫 시 배달을 하게 되었습니다. 테이블 위에 놓인 시 한 편에 선생님들은 좋아 하셨지요. 직원회를 시작하기 전 시를 찬찬히 읽어 보시며 흐뭇해하셨 습니다. 코로나19로 불안한 상황에 긴장하던 선생님들의 마음이 시 한 편으로 부드러워졌습니다.

거기에 힘을 얻어 두 번째 시배달은 좀 더 업그레이드를 하고 싶었습 니다. 한지 종이에 직접 붓펜으로 시를 쓴 후 복사하여 드렸습니다. 복 사기가 좋아서인지 복사처럼 느껴지지 않아서 시가 더 정성스럽게 보였 습니다. 그리고 생각해 보니 그저 시 한 편 받는 것보다는 스토리가 있 는 시 선물을 받는다면 더 좋을 것 같았습니다. 시 위에 작은 글씨로 시 와 관련된 짧은 이야기를 곁들였습니다. 시에서 느낀 제 감정을 솔직하 게 몇 줄로 적은 것이지요. 한결 시가 가깝게 느껴졌습니다.

 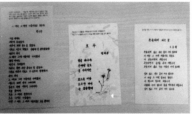

한번은 메시지를 주고받다가 모 선생님께서 답을 보내주시면서 제가 시를 좋아한다는 것을 아시고는 시 한 편을 같이 보내주시더군요. 그것을 그 다음 달 직원회 시로 선생님들께 배달해 드렸습니다.

그것을 계기로 제가 계속 추천하기보다는 선생님들이 추천해 주시면 좋을 듯하여 세 번째 시부터는 선생님들의 시 추천을 받아서 시배달을 했습니다. 사람마다 좋아하는 시는 다르기 마련입니다. 추천하신 선생님 스토리를 시에 하나 더 얹은 것이지요. 시를 보며 누가 추천했는지 궁금해 하고, 알고 난 후에는 추천한 선생님을 떠올리니 시가 더 의미 있게 다가왔을 것입니다.

〈첫 번째 시배달〉 '선물', 나태주

선물

나태주

하늘아래 내가 받은
가장 커다란 선물은
오늘입니다

오늘 받은 선물 가운데서도
가장 아름다운 선물은
당신입니다

당신 나지막한 목소리와

웃는 얼굴, 콧노래 한 구절이면

한아름 바다를 안은 듯한 기쁨이겠습니다.


선물하면 물질적인 것을 떠올리기 마련입니다. 하지만 오늘이, 그리고 당신이 가장 크고 아름다운 선물이라고 생각하면 세상이 다르게 보이고 마음이 한순간에 환해집니다. 선물을 받듯 감사하며 하루를 시작하면 삶이 즐거운 여행 같을 것입니다.

올 4월, 코로나19로 전면 원격수업이 이루어져 새로운 교사의 삶을 살고 있었습니다. 아이들을 원격으로만 만날 뿐이었지요. 그러던 어느 날 학습지를 가지러 학교에 온 아이가 교문에서 "선생님." 하고 불렀습니다. 얼마 만에 들어보는 반가운 목소리이던지요. 오후에는 영재학교 추천서를 받으러 온 학생이 "선생님 댓글 넘 좋아요. 친구들도 다들 좋다고 해요."라고 했습니다.

그 한 마디에 제 얼굴에 화색이 돌았습니다. 선생님들만 있는 학교 생활에 익숙해지려던 찰나, 제가 언제 가슴이 뛰는지 알려주는 말들이었습니다. 아이들이 그야말고 소중한 선물이라는 생각이 들었습니다.

아이들이 무심코 던지는 한마디에 제가 힘을 얻듯이 제가 무심코 던지는 한마디에 아이들도 더 잘하고 싶은 마음이 생길 것입니다. 삼백 명이 넘는 아이들에게 댓글을 다는 게 만만치 않지만 좀 더 정성을 들여야겠다는 생각이 들었습니다.

나태주의 또 다른 시 '꽃들아 안녕'에 보면 전체 꽃들에게 한꺼번에 인

사하지 말고 '꽃송이 하나하나에게/ 눈을 맞추며/ 꽃들아 안녕! 안녕!//
그렇게 인사함이/ 백번 옳다.'라는 부분이 나옵니다. 아이들 한 명 한 명
이름을 불러주며 다정하게 다가가는 교사가 되고 싶더군요.

〈두 번째 시배달〉'호수', 정지용

지난번 시 '선물'은 어떠셨나요? 두 번째 시배달입니다.
저는 이 시 덕분에 누군가 그리울 때면 조용히 눈을 감아 봅니다.


호수

정지용


얼굴 하나야
손바닥 둘로
폭 가리지만


보고픈 마음
호수만 하니
눈 감을밖에


'향수'라는 시로 잘 알려진 정지용의 짧은 시입니다. 너무나 보고 싶
은 마음을 이보다 간략하면서도 절묘하게 표현할 수 있을까 싶습니다.
　우리는 요즘 스마트폰과 함께 생활하면서 소중한 감정들을 많이 잃어

가고 있는 것 같습니다. 그리움이나 애틋함의 감정이 들어설 시간을 주지 않고 바로 연락을 하지요. 누군가 멀리 가더라도 영상통화가 있으니 애달프지도 않습니다. 좀 머뭇거리며 상대를 마음에 담아 둘 수 있는 여유가 간절해지는 날입니다.

〈세 번째 시배달〉 '흔들리며 피는 꽃', 도종환

그리운 사람 떠올리며 눈 감아보셨나요? 세 번째 시배달입니다.
힘겨울 때면, 이 시 덕분에 아름답게 피어나고 있다고 위로해 봅니다.
이 시는 이 세상 그 어떤 꽃들도 흔들리고 젖으며 피듯이 우리의 사랑과 삶도 젖지 않고 가는 것은 없다는 내용의 시입니다.

연이은 태풍 소식에도 잘 버텨주던 마당의 감나무가 잎을 우수수 떨어뜨렸습니다. 열매를 달아두기 위해 잎을 내어주는 듯하여 안쓰러웠습니다.
잎을 떨어트리고 나니 감나무가 달고 있던 감이 확 드러났지요. 저렇게 많이 달고 있느라 참 애썼구나 싶었습니다. 바닥에는 감잎이 수북하고 군데군데 떨어져 터져버린 홍시가 속살을 빨갛게 보이고 있었습니다. 그 달콤함을 맛보려고 나비가 날아들고 개미가 모이더군요.
감나무한테 태풍이 시련이듯 우리는 지금 코로나19 속에 온세계가 흔들리고 있습니다. 이제는 "아, 폰을 두고 왔어."가 아니라 "아, 마스크를 두고 왔어."가 더 걱정스러운 상황이 되었습니다. 이 마스크를 언제쯤

벗고 온전하게 서로의 모습을 바라보게 될지 막막합니다. 코로나19가 사람들의 생기를 앗아갔습니다.

하지만 코로나19가 자연의 생기까지 앗을 수는 없어 봄이 되니 곳곳에 꽃망울이 터지고, 자연은 본연의 리듬에 따라 어김없이 흘러가더군요. 위기가 기회라 하지 않습니까. 우리는 모두 수많은 씨앗을 품고 있습니다. 인간에게 닥친 이 위기가 마음에 싹을 틔우고 꽃망울을 준비하는 시기가 될 수 있었으면 합니다.

〈네 번째 시배달〉 '농담 한 송이', 허수경

이 시는 누군가의 가장 서러운 곳으로 가서 농담 한 송이 따서 가져오고 싶다는 내용의 시입니다. 가장 서러운 곳에서 가져오는 농담이라 더 짠하네요. 달콤한 꿀만 탐하지 않고 누군가의 서러운 이야기에 귀 기울이는 나비가 고마운 날입니다.

누군가의 속상한 이야기, 서러운 이야기에 공감하며 같이 마음 아파하기는 쉽지 않습니다. 그 짐이 옮겨오는 듯하여 같이 힘겨워질까 미리 걱정해서 그런 것일까요? 그런 점에서 힘든 아이들을 보듬어 주는 상담 선생님들은 참으로 대단하게 여겨집니다. 머리로는 공감해 주어야 한다고 생각하지만 바쁘게 지내며 지친 하루를 보내다 보면 제 한 몸 건사하기도 힘겨울 때가 있습니다. 그래도 아이들이 우리에게 희망이듯 저희도 아이들에게 희망이 되어야겠지요. 아픈 곳을 어루만져 주고 다시 희망이 온기를 불어넣어 주시는 상담 선생님들의 따스한 마음이 바로 저 시의 화자가 아닐까 합니다.

## 〈다섯 번째 시배달〉 'Splendor in the Grass',
## William Wordsworth

"참 좋을 때다." 어른들이 하시던 이 말씀이 어느덧 제 말이 되어가네요. 하지만 아직 마음에 위안을 주는 생각과 사색을 가져오는 세월처럼 이렇게도 소중한 것들이 남아 있다고 생각하니 세상에 감사할 일밖에 없네요. 함께여서 행복합니다.


Splendor in the Grass

William Wordsworth


What though the radiance which was once so bright

Be now for ever taken from my sight,

Though nothing can bring back the hour

Of splendor in the grass, of glory in the flower;

We will grieve not, rather find

Strength in what remains behind;

In the primal sympathy

Which having been must ever be;

In the soothing thoughts that spring

Out of human suffering;

In the faith that looks through death,

In years that bring the philosophic mind.

초원의 빛(장영희 역)


한때는 그렇게 밝았던 광채가
이제 영원히 사라진다 해도,
초원의 빛이여, 꽃의 영광이여,
그 시절을 다시 돌이킬 수 없다 해도,
우린 슬퍼하기보다, 차라리
뒤에 남은 것에서 힘을 찾으리.


인간의 고통에서 솟아나오는
마음에 위안을 주는 생각과
사색을 가져오는 세월에서.



이 시는 영어 선생님께서 추천해 주신 영시입니다. 장영희 교수의 번역인 '초원의 빛'으로 시를 감상했습니다. 이런 기회가 아니라면 영시를 접할 기회가 없겠지요. 추천하신 선생님께서 잊고 살았던 영시에 대한 감흥을 다시 일깨워줘서 고맙다고 하셨어요. 참 좋아해서 한 구절은 늘 외우고 다녔던 시인데 한동안 잊고 지냈다면서요. 저희도 선생님 덕분에 생전 모르고 지나갔을 아름다운 시 한 편 보게 되었습니다.

아침에 출근 준비를 하면서 남편에게 이것저것 부탁했더니 무얼 그리 시키느냐고 하더군요. 그래서 "같이 늙어 가는 처지에 서로 돕고 살자."며 우스갯소리를 했지요. 그러자 "넌 늙어 가지만 난 늙었다."라며 슬픈

소리를 하더군요. 시력도 이제 예전 같지 않지만 세상을 좀 대충 보며 더 너그러워지라고 그런 것이겠지요. 잃는 것이 있다면 얻는 것이 있다는 것을 이 시를 보며 더 느끼게 됩니다.

〈여섯 번째 시배달〉 '그때는 그때의 아름다움을 모른다', 박우현

　누군가 그러더군요. "어릴 때, 서른이면 인생 다 살았고 예순이면 신선이 되는 줄 알았다." 신선이 되어 가는 중이라 생각하니 웃음이 나오네요. 지금이 육체적 젊음의 절정은 분명 아닙니다. 하지만 또 다른 절정을 넘어가고 있겠지요.

　그때는 그때의 아름다움을 모른다

박우현

　이십 대에는
　서른이 두려웠다
　서른이 되면 죽는 줄 알았다
　이윽고 서른이 되었고 싱겁게 난 살아 있었다
　마흔이 되니
　그때가 그리 아름다운 나이였다.

　삼십대에는
　마흔이 무서웠다

마흔이 되면 세상 끝나는 줄 알았다
이윽고 마흔이 되었고 난 슬프게 멀쩡했다
쉰이 되니
그때가 그리 아름다운 나이였다.

예순이 되면 쉰이 그러리라
일흔이 되면 예순이 그러리라.

죽음 앞에서
모든 그때는 절정이다
모든 나이는 아름답다
다만 그때는 그때의 아름다움을 모를 뿐이다.

이 시는 교감 선생님으로 승진해서 다른 학교로 가시게 된 선생님께서 추천하신 시입니다. 그 선생님께서 아시는 분이 쓰신 시라고 하시니 더 정감이 가더군요. 그분은 9월에 다른 학교로 가셨지만, 그 빈자리를 다같이 시를 읽으며 떠올릴 수 있어서 마음이 따스했습니다. 어떤 선생님은 시가 너무 좋아서 직원회 하는 동안 시를 다 외웠다고 하시더군요. 잘 알려진 시가 아니지만, 마음을 움직이는 소중한 시를 만나게 되는 것도 시배달의 재미입니다.

이 시를 받아보고는 주변 선생님께 여쭈어 보았습니다. 옆자리 서른 되신 선생님은 마흔을 생각하면 아찔하다고 합니다. 제가 초임 때 사십 대 선생님을 뵈면 대단하고 먼 일로 느껴진 것처럼 아이들은 제가 사십 대라고 하면 놀랍니다. 그러고 보니 어느새 아찔한 나이가 되었군요. 쉰이 다 되신 부장님은 예순을 생각하면 편안하기도 하지만 서글프기도 하다고 합니다.

이 시처럼 아름다움 속에 있지만 아름다움을 모르는 게 인간인가 봅니다. 하지만 이 시 덕분에 인생의 절정을 살아가고 있다니 가슴 설레기도 하네요.

〈일곱 번째 시배달〉 '낙화', 이형기

피었으면 지는 것이 순리입니다. 낙화가 있어야 녹음도, 열매도, 씨도, 그리하여 이듬해의 꽃도 있습니다. 하지만 현재를 더 붙잡으려는 인간에게는 참 어려운 일이네요. 그래서 가야 할 때를 알고 가는 이의 뒷모습이 더없이 아름다워 보이나 봅니다.

낙화

이형기

가야 할 때가 언제인가를
분명히 알고 가는 이의
뒷모습은 얼마나 아름다운가.

봄 한철
격정을 인내한

나의 사랑은 지고 있다.

분분한 낙화…
결별이 이룩하는 축복에 싸여
지금은 가야 할 때

무성한 녹음과 그리고
머지않아 열매 맺는
가을을 향하여
나의 청춘은 꽃답게 죽는다.

헤어지자
섬세한 손길을 흔들며
하롱하롱 꽃잎이 지는 어느 날

나의 사랑, 나의 결별
샘터에 물 고이듯 성숙하는
내 영혼의 슬픈 눈.

이 시는 조식의 한시와 함께 교장 선생님께서 추천하신 시입니다. 자연의 흐름 속에 인간의 삶을 고스란히 대응되는 모습이 놀랍습니다. 꽃이든 나무든 사람이든 삶의 길이가 서로 다를 뿐 우리는 피어나고 지는 변화 속에 있습니다. 꽃을 부여잡고 있다고 그 삶이 더 아름다운 것은 아니지요.

우리는 봄이면 벚꽃의 아름다운 흩날림에만 주목하지 그 꽃이 진 자리에 버찌가 조롱조롱 열리는 것에는 관심이 없습니다. '나는 어떤 열매를 위해 꽃을 떨어뜨리는 것인지, 꽃 진 자리에 성숙함이 자리하고 있는지' 곰곰이 생각해 볼 일입니다.

〈여덟 번째 시배달〉 '질투는 나의 힘', 기형도

삶의 기준이 남이 되는 순간 삶은 초라해지지요. 제 삶을 살아가게 하는 힘은 무엇인지, 진정 스스로를 사랑하고 있는지, 그간 걸어온 길을 더듬어 봅니다.

질투는 나의 힘

기형도

아주 오랜 세월이 흐른 뒤에
힘없는 책갈피는 이 종이를 떨어뜨리리
그때 내 마음은 너무나 많은 공장을 세웠으니
어리석게도 그토록 기록할 것이 많았구나
구름 밑을 천천히 쏘다니는 개처럼
지칠 줄 모르고 공중에서 머뭇거렸구나
나 가진 것 탄식밖에 없어
저녁 거리마다 물끄러미 청춘을 세워두고

살아온 날들을 신기하게 세어보았으니
그 누구도 나를 두려워하지 않았으니
내 희망의 내용은 질투뿐이었구나
그리하여 나는 우선 여기에 짧은 글을 남겨둔다
나의 생은 미친 듯이 사랑을 찾아 헤매었으나
단 한번도 스스로를 사랑하지 않았노라


이 시를 보며 제 삶에서 질투의 감정을 더듬어 보았습니다. 임용된 지 3년쯤 되었는데 함께 근무하는 모 선생님이 왠지 꺼려졌습니다. 애교 섞인 말투며 행동이 가식적으로 느껴지며 계속 신경이 쓰였습니다. 그때는 저도 모르게 미운 마음이 생겨 답답했습니다. 그런데 지나고 보니 그것이 질투라는 것을 알았습니다. 그다지 특별할 것이 없어 보이는데 아이들이 좋아하는 것을 보고 질투를 느꼈던 것이지요. 지금 생각해 보면 참 어리석은 일인데 그때는 그 선생님을 저의 경쟁상대로 생각했나 봅니다.

물론 지금은 아이들이 좋아하는 선생님이 주변에 많을수록 제가 더 감사한 마음이 듭니다. 함께 하는 이가 동료이고 동지라고 생각하면 한순간 마음이 편안해지는데 예전에는 미처 몰랐던 것이지요.

아이들도 옆에 있는 친구가 경쟁의 대상이고 질투의 대상이라면 참 슬픕니다. 아이들이 있는 그대로의 자신을 사랑할 수 있도록 바로 수업 시간에 이 시를 들려 주었습니다. 아이들이 아주 오랜 세월이 흐른 뒤에 단 한 번도 자신을 사랑하지 않았다고 후회하지 않기를 바라면서요.

아이들도 우리도 함께여서 더 행복하고, 함께여서 더 성장할 수 있었으면 합니다. 그렇게 생각하니 온통 감사할 일로 가득하네요.

〈아홉 번째 시배달〉 '그 겨울의 시', 박노해

코로나가 사라지기를 애타게 기다리는 이들의 아픈 침묵 속에서
그동안 등 따시고 배부른 것에 만족하던 스스로를 부끄러워하며 한
해가 저무는 길목에서 반성의 깃발을 날려 봅니다.

그 겨울의 시

박노해

문풍지 우는 겨울밤이면
윗목 물그릇에 살얼음이 어는데
할머니는 이불 속에서
어린 나를 품어 안고
몇 번이고 혼잣말로 중얼거리시네

오늘 밤 장터의 거지들은 괜찮을랑가
소금창고 옆 문둥이는 얼어 죽지 않을랑가
뒷산에 노루 토끼들은 굶어 죽지 않을랑가

아 나는 지상에서 가장 아름다운
시낭송을 들으며 잠이 들곤 했었네

찬바람아 잠들어라
해야 해야 어서 떠라

한겨울 얇은 이불에도 추운 줄 모르고
왠지 슬픈 노래 속에 눈물을 훔치다가
눈산의 새끼노루처럼 잠이 들곤 했었네

선생님들이 추천한 시들이 하나같이 참 따뜻합니다. 이 시는 퇴직을 앞두신 선생님께서 추천해 주신 시입니다. 자신의 안일함만 생각하지 않고 힘들고 어려운 이를 떠올리는 할머니의 마음이 우리네 삶을 되돌아보게 합니다.

학교에서도 묵묵히 힘든 곳에서 일하시는 분들이 계십니다. 날이 더우나 추우나 아침 일찍 교문에서 주차 안내 해주시는 지킴이 분, 누가 보든 말든 구석구석 청소해 주시는 분, 어디가 어디인지 분간이 안 되는 학교를 누비며 물건을 배달해 주시는 택배 기사님, 올해는 수시로 학교 구석구석을 소독해 주시는 방역 도우미 분까지… 참 고마운 분들입니다. 한 해가 저무는 겨울날이어서인지 그 분들께 더 따뜻함을 전해야겠다는 생각이 듭니다.

제가 아는 분 중에는 아는 편의점에 수시로 기부하는 분이 있습니다. 편의점에서 식사를 해결하는 이들은 주로 시간에 쫓기는 학생들이나 형편이 어려워 간단하게 끼니를 때우려는 사람들이 많습니다. 그곳에서 일하다 보면 사고 싶어도 머뭇거리는 사람이 보이기 마련이지요. 그래서 형편이 어려워 보이는 사람이 오면 기부 받은 돈으로, 날짜가 얼마 안 남아서 음식을 주는 척하며 공짜로 준다고 합니다. 그 말을 듣고 주변을 둘러보니 우리가 조금만 마음을 내면 할 수 있는 일들이 참 많은 것 같습니다.

## 나에게 시배달은

### 이영순 쌤

-

여러 가지 전달사항으로 바쁜 직원회 시간에 시배달은 기발함 그 자체입니다. 또한 자칫 적막이 흐르는 딱딱한 시간이 될 수 있는 시간에 선생님이 직접 쓰신 정성이 가득한 시를 선물 받는다는 것은 더없는 기쁨입니다. 배달된 시는 저의 교무수첩에 하나둘 쌓여갑니다. 그 쌓여가는 시만큼 저의 감성도 부드러워지겠지요. 시를 선물 받으면서 부족하지만 일상을 짧은 시로 표현해 보고 싶은 마음이 생기는 것이 저만은 아니겠지요.

### 김춘식 쌤

-

피곤한 월요일 아침, 무거운 몸만큼이나 가라앉은 제 마음에 호수만한 돌을 던진 시 한 편이 있었습니다. 바로 직원회 시간에 받은 정지용의 '호수'입니다. 2연 6행. 단 12어절로 삶에 대한 느낌과 생각을 저리도 애절하게 전할 수 있을까 감탄하면서 밀려오는 감동까지 제어하기엔 제 가슴은 이미 돌멩이에 구멍 난 얼음 연못일 뿐이었습니다. 직원회 시간 내내 생각에 잠기었습니다.

다음 시배달이 온 날. 이제는 준비를 하고 있습니다. 직원회에 참석할 수 있도록만 감정을 조절하자고. 그리고 회의 후 시를 곱씹어 봅니다. 시에 대해 대화는 나누지 않았지만, 선생님들의 표정에서 시에 대한 소회를 알 수 있었습니다. 그렇게 한 편의 시는 우리를 하나로 묶어주었습니다.

# 마음에 품은 시 속으로

제가 추천하고 싶었는데 꾹 참은 아름다운 시 세 편을 더 소개해 드립니다.

'사랑' 한용운

사랑은 사전 상 '중히 여기어 아끼는 마음'이라고 합니다. 사랑한다는 말 쉽게 하지만 그 의미를 다하고 있는지 되돌아보게 되네요.

사랑

한용운

봄물보다 깊으리라
갈산보다 높으리라
달보다 빛나리라
돌보다 굳으리라
사랑을 묻는 이 있거든
이대로만 말하리

한용운 시인은 '님의 침묵'이라는 시로 많이 알려져 있지요. 그 시는 역설적 의미를 담고 있는 너무나도 아름다운 시입니다. 한용운의 다른 시를 찾아보다가 '사랑'이라는 시를 보고는 사랑을 이보다 더 잘 표현할 수 있을까 싶었습니다. 짧은 구절 속에 사랑에 담긴 깊고 높고 빛나고 굳은 마음이 잘 담겨져 있습니다.

우리가 일반적으로 '사랑'을 생각하면 연인 간의 사랑을 떠올리기 쉽습니다. 하지만 얼마 전 다큐 영화 〈다시 태어나도 우리〉라는 영화를 보면서 또 다른 사랑을 가슴으로 느끼게 되었습니다. 티벳에는 '린포체'라고 하여 위대한 스님들이 전생에 자신이 다하지 못한 업을 이루기 위해 다시 태어난다고 합니다. 이 영화는 티벳이 아니라 인도 북부에 태어난 어린 린포체와 그를 섬기는 노스승의 7년간 삶이 담긴 다큐입니다.

전생에 자신이 있던 사원을 찾아가야 하지만 중국 때문에 티벳으로 가지 못하고 린포체는 고아 같은 신세가 되지요. "넌 린포체가 아니다."라고 하는 누군가의 말에 린포체는 자신감을 잃게 됩니다.

그때 린포체에게 노스승은 "그런 사람의 말에 왜 귀 기울입니까? 훌륭한 린포체가 될 것입니다."라며 용기를 줍니다. 그 한 사람의 모습에 '부모로서의 사랑, 스승으로서의 사랑, 그리고 스승을 섬기는 시자로서의 사랑'까지 다 담겨 있었습니다.

더 나은 린포체 교육을 위해 두 사람은 결국 헤어지게 되는데 슬퍼하는 린포체를 위해 노스승은 눈싸움을 제안합니다. 눈이 오지 않지만 예전에 함께 한 눈싸움을 떠올리며 보이지 않는 눈으로 환하게 웃으며 눈싸움을 합니다.

그러다 넘어진 노스승은 끝내 눈물을 비치지요. 함께여서 행복했다는 말에 저도 절로 눈물이 나오더군요. 손으로 눈물을 훔쳤는데, 눈물 자국

은 이내 사라졌지만, 마지막 한 방울이 한참을 그 자리에 머물러 있었습
니다. 아래는 그 눈물을 보고 제가 써본 시입니다.


내 안의 바닷물


너의 아픔이
나의 눈물이 되어
손등 타고 흘러 내리네

지구가 바다여서
내 안 깊숙이 흐르는 바닷물

때로는 쓰디쓴 너의 삶이
그 짠물 한 줄기 끄집어낸다

너를 어루만지고
나를 어루만지고
돌고 돌아
바다 밑으로 가라앉는다

짜디짠 그 자리
꽃이 피어난다

## '슬픔 없는 사람이 어디 있으랴' 정채봉

한참을 들여다보고 먹먹했던 시입니다. 세상 무너질 것 같은 일도 지나보면 별일 아닌 게 되고, 큰 슬픔 앞에서 지금의 슬픔은 아무것도 아닌 게 되더군요.

슬픔 없는 사람이 어디 있으랴
- 백두산 천지에서

정채봉

아!
이렇게 웅장한 산도
이렇게 큰 눈물샘을 안고 있다는 것을
이제야 알았습니다.

사람들은 저를 보면 별 고생 없이 별 어려움 없이 살았을 것 같다고 이야기합니다. 물론 형편이 좀 어려울 때도 있었지만, 좋은 부모님 밑에서 큰 고생 없이 살아서 늘 감사하게 생각합니다. 하지만 시련 없는 사람이 어디 있겠습니까. 가까이 들여다보기 전에는 모든 것이 평화로워 보일 뿐이지요.

저는 아들이 귀한 집에서 태어나다 보니 결혼하면 아들을 꼭 낳고 싶었습니다. 왠지 모를 자신감도 있었지요. 지금 생각해 보면 무모한 자신감이었습니다. 하지만 임신 초기 제주도로 학생들을 인솔하여 수학여행을 가면서 무리를 해서인지 곧 이어 유산을 하게 되었습니다. 왜 나에게 이런 일이 일어나는지 받아들일 수가 없었습니다. 슬픔의 나날을 보내다 한참 후에야 깨달았지요. 제가 할 수 없는 일에 욕심을 부려서 그렇게 되었다는 생각이 들었습니다. 자식은 내가 마음대로 고르는 것이 아니라 하늘이 주는 대로 감사하게 받을 뿐이라는 것입니다. 이 일이 있은 후 좀 겸손해졌습니다.

이 시는 백두산 천지를 눈물샘으로 보고 있습니다. 그렇게 볼 수 있다는 것도 참신하지만 짧은 몇 줄의 시로 가슴을 울리더군요. 그렇게 웅장한 백두산도 눈물샘을 안고 있는데 하물며 인간이 슬픔을 담고 사는 것은 당연하다는 말에 참 위로가 되더군요.


'방문객' 정현종


발열 검사를 하는데, 교문을 들어서는 아이들 모습이 마치 하나의 세계가 걸어오는 것 같았습니다. 주저하며 들어서는 이에게 '환대'만한 것이 있을까요? 거리두기를 강조하지만 마음만은 두 팔 벌려 꼭 안아주고 싶습니다.


방문객

정현종


사람이 온다는 건

실은 어마어마한 일이다.

그는

그의 과거와

현재와

그리고

그의 미래와 함께 오기 때문이다.

한 사람의 일생이 오기 때문이다.

부서지기 쉬운

그래서 부서지기도 했을

마음이 오는 것이다 ─ 그 갈피를

아마 바람은 더듬어 볼 수 있을

마음,

내 마음이 그런 바람을 흉내낸다면

필경 환대가 될 것이다.


코로나19로 등교 시 발열 검사를 하는 것이 일상이 되어 버렸습니다. 덩달아 당번 교사가 정해지고 그 날은 한 시간을 일찍 학교에 도착해야 합니다. 발열 검사에 늦지 않도록 알람을 새로 설정하고 분주하게 서둘 렀습니다.

학생들이 하나 둘 교문을 들어서고 서로 마스크를 낀 채 인사를 나누 었습니다. 마스크로 가려진 부분을 나름대로 채워봅니다. 눈을 피하며 서둘러 지나가는 아이도 있지요. 제가 먼저 인사를 건네면 쑥스러운 듯

고개를 숙이는 아이도 있고, 먼저 인사를 건네는 아이도 있습니다. 가려 졌지만 반가움의 정도는 자연스레 느껴집니다.

아이들이 우르르 몰려오는데 갑자기 아이들 하나하나가 하나의 세계 라는 생각이 들었습니다. 시간과 공간을 달리한 이들이 이 시간 이 공간 에 마주친 것입니다. 한 사람을 막대로 표현한다면 수많은 막대가 공간 속에 움직이면서 서로서로 스치는 것 같았습니다. 수많은 세계가 나를 향해 걸어오고 있었습니다. 그리고는 스쳐 지나갔습니다.

그때 문득 사람이 온다는 건 한 사람의 일생이 오는 것이라는 이 시 가 떠올랐습니다. 주저하고 망설이며 들어서는 이에게 '환대'만한 것이 있을까요?

그래서 전 그 날 어떤 환대를 해줄 수 있을까 생각하다 수업 전 미리 가서 음악을 틀어주었습니다. 다행히 특별실에서 수업을 하다 보니 들 어오는 아이들을 제가 맞이할 수 있지요. 쇼스타코비치의 '재즈왈츠 2 번'으로 아이들을 살짝 들뜨게도 하고 때로는 잔잔한 클래식 곡으로 아 이들을 맞이하기도 합니다. 왜 음악을 틀어주느냐, 가요보다 클래식을 좋아하느냐, 제일 좋아하는 곡이 무엇이냐 등 연주 한 곡으로 아이들 의 질문이 이어집니다. 혹 음악 준비하다가 종이 쳐 못 들려주는 날에 는 어김없이 배움 기록지에 '오늘은 왜 음악이 없냐'는 글이 나오지요.

보고서로 시작한 글이 한 권의 책이 되었습니다. 함께 해주신 여러 선생님들과 학생들의 부단한 노력 덕분입니다. 일련의 과정을 거치면서 함께하기는 힘이 세다는 것을 절실하게 느낍니다.

책밥 프로젝트는 독서를 기반으로 한 융합적 교육이 일반 고등학교에서 가능하다는 것을 보여준 실험적 사례입니다. 이렇게 하나의 주제로 한 학기 동안 깊이 파고든 덕분에 아이들은 다른 주제를 만나더라도 다각도로 들여다보고 분석할 수 있는 안목을 기를 수 있을 것입니다. 특히 환경을 주제로 다루면서 배움이 '앎'에 그치지 않고 '삶'과 일치하는 아이들로 성장하는 것 같아서 든든합니다.

'다독, 심독, 시', 이렇게 여러 마리 토끼를 잡으려다 보니 힘에 부칠 때도 있었지만, 지나고 나니 좋은 기억들만 남습니다. 아이들과 소리에 집중했던 낭독 시간, 선생님들과 토론하여 책 속에 빠졌던 시간 등 모두가 행복했습니다. 특히 아름다운 시 덕분에 아이들은 물론 선생님들과 따스한 마음 나눌 수 있어 좋았습니다.

허기진 배는 밥이 든든하게 채워줍니다. 그러하듯 아이들에게 앞으로도 '책'과 '시'가 든든한 밥이 되어, 사고의 그릇을 넓고 깊게 채워줄 수 있었으면 합니다.

# 시 출처

---

정호승,　'노근이 엄마',《풀잎에도 상처가 있다》(2003), 열림원

　　　　'수선화에게',《수선화에게》(2015), 비채

백석,　　'수라',《정본 백석 시집》(2020), 문학동네

이지호,　'함수', 인터넷에 있는 시로 다방면으로 출처를 찾았으나 출처를 찾지 못

　　　　하였다.

김인육,　'사랑의 물리학',《사랑의 물리학》(2016), 문학세계사

류시화,　'그대가 곁에 있어도 나는 그대가 그립다',《그대가 곁에 있어도 나는 그

　　　　대가 그립다》(2015), 열림원

한상권,　'단디',《단디》(2015), 시인동네

나태주,　'선물',《선물》(2014), 푸른길

정지용,　'호수',《정지용 시집》(2020), 범우사

박우현,　'그때는 그때의 아름다움을 모른다',《그때는 그때의 아름다움을 모른다》

　　　　(2014), 작은숲

이형기,　'낙화',《초판본 이형기 시선》(2014), 지만지

기형도,　'질투는 나의 힘',《입 속의 검은 잎》(2000), 문학과지성사

박노해,　'그 겨울의 시',《그러니 그대 사라지지 말아라》(2010), 느린걸음

한용운,　'사랑',《한용운시집》(2001), 일신서적출판사

정채봉,　'슬픔 없는 사람이 어디 있으랴',《너를 생각하는 것이 나의 일생이었지》

　　　　(2020), 샘터

정현종,　'방문객',《광휘의 속삭임》(2008), 문학과 지성사